선물

이소피아 소설집

선 물

이소피아 소설집

평민사

차 례

아버지, 나의 아버지 —— 9

몬드리안의 天界 —— 31

死者, 다시 돌아오다 —— 43

칼 —— 59

게쉬탈트 심리학 그리고 냄새 —— 83

작고 사소한 것들과의 이별 —— 107

再生, 사라진 여자 —— 135

추위에 관한 짧은 이야기 —— 155

赫居世, 유리구슬을 품에 안다 —— 173

호모 사피엔스 사피엔스 —— 189

'야' 에 관한 짧은 이야기 —— 211

The Life Is Great —— 233

머리말

　선물은 누구에게나 반갑다. 그 선물이 뇌물이거나 대가성을 담보할 때 그 선물은 이미 선물이 아니다. 주고 싶은 사람에게만 주는 것, 주고 잊어버리는 것, 주었다는 사실을 잊는 것은 우리 인간의 크나큰 미덕이 될 수 있다. 그러나 ‘아버지’의 책임감을 잊지 않고 그에게서 받은 것을 반추하는 것도 선물이며 죽을 수 없어 다시 돌아온 ‘어머니’의 온갖 냄새를 묻는 것도 선물이다. 또한 ‘나’가 누구인지, 식당 노동자인지 혹은 펜네임 노동자인지 아니면 택시 드라이버인지, 여성인지 남성인지 기계 친화적인지 기계들과 불화하는지를 묻는 것도 선물이며, 금기가 무엇인지를 고민하는 것도 선물이다. 마지막으로 언어를 다루는 주체를 고민하는 것도 선물이다. 이 모든 선물을, 주고 싶은 사람에게만이 아니라 모두에게 선물하고 싶다. 이번 창작집에 실린 단편소설은 약 20년의 세월을 건너뛰어 발표된 작품도 있다. 어떤 단편소설이 처음 발표작이고 마지막으로 발표된 단편소설이 어떤 것인지 알아보는 것은 독자들의 몫이리라. 물론 그럴 필요가 있는 경우에 한 할 뿐이지만.

아버지, 나의 아버지

저기, 알 수 없는 곳으로부터 빛줄기가 무더기로 내게 쏟아져 왔다. 굴절되지 않고 바로 내 발등으로 떨어진 빛들은 그 자리에 떨어져 어느 순간 사라져버렸다. 아무런 흔적도 남기지 않고. 마치 내 아버지가 내 인생에 존재했었던, 내 인생에 개입했었던 길지 않은 시간들처럼. 나는 지금도 내 아버지의 존재를 어떻게 인정해야 할지 분명히 알 수가 없다. 내 마음속에 남아 있는 아버지의 원형(原型)은 이미 사라졌기 때문에. 그것이 언제부터였는지 정확히 알 수는 없다. 내가 분명히 알 수 있는 것은, 아버지가, 아버지의 이미지가, 아버지의 아버지다움이 너무도 빠르게 사라져갔다는 것이다.

신동

나의 아버지와 어머니의 결혼은, 외할아버지의 봉건적인 발상에 따른 일반적인 혼례절차에 의해 이루어졌다. 외할아버지는 살아 있을 당시 수십 척의 배를 가진 그 마을의 부호였지만 일본강점기 때 뺏기고 한국 전쟁을 치르면서 모두 다 국고에 귀속이 되어버렸다고 한다. 어머니의 고향은, 충남 서천의 마서라는 어촌이었고, 아버지의 고향은 농업이 주를 이루는 시초였다. 걷는다 해도 10시간이면 갈 수 있는 그리 멀지 않은 거리에 위치한 두 면(面)이었다. 외할아버지가 먼저 아버지 집을 방문했고 그 얼마 후 결혼식이 있었다.

혼전에 결혼 당사자인 두 사람이 얼굴을 볼 수 없었던 것은 물론이다. 외할아버지가 아버지 집을 방문하고 돌아와 딱 한마디 했다고 한다. 새끼 가난 애미 가난이 있다고 하는데 가난해도 그렇게 가난할 수가 없어. 그래도 혼인은 성사되었다. 그 당시 외가의 형편으로는 어머니를 혼인시키면서 논밭이나 몸종을 딸려 보낼 수 있는 형편이 되지 못했다. 외할아버지는, 가사는 돌보지 않고 잃어버린 배를 찾겠다고 여기저기 행정 관서를 드나들며 소송을 걸어놓고 동분서주하던 때였다. 외할아버지는 죽을 때까지, 옛 영화를 잊지 못하는 집착에서 벗어나지 못했다. 아버지의 아버지, 내게는 할아버지였던 분은 술로 인생을 탕진한 사람이다. 국회의원이었던 이모 씨와는 사촌 형제지간이어서, 그 측근과 어찌어찌 만날 일이 있다손 쳐도 할아버지 이름 석 자를 들먹일라치면 그들은 이내 인상이 달라져버렸다. 그만큼 형편없이 인생을 살다 갔다는 이야기일 것이다.

자식을 여섯씩이나 낳아놓고도 그는 주야장천 술상 앞에서 세월을 보냈다. 하니 말해서 다 무엇 하겠는가. 그 여섯의 형제 중, 학교를 다닌 사람은 아버지뿐이었다. 아버지는 시초면의 유일한 학생이었다. 물론 서당 같은 곳에서 한학을 공부했던 사람은 있었겠지만 신식 교육 기관에 입학해 공부를 한 사람은 아버지 한 사람이었다. 가난하기 짝이 없던 집안이었고 일제 말기라는 시절도 곤궁한 삶에 한 몫을 거들었을 것이다.

아버지는, 겉보리 죽이라는 걸 먹고 책보를 매고 10리 길을 달렸다. 책이 없어, 밤새도록 다른 친구의 책을 베낀 것도 한두 번이 아니었지만 월반에 월반을 거듭했고, 근동까지 신동이 났다느니 천재가 어쨌다느니 소문이 자자했다. 그러나 공부를 계속할 수 있었던 시간은 길지 않았다. 징집영장이 나와 군 생활을 시작한 것이다. 7년간이나 군에서 측량 기사로 일했던 아버지는, 소위 군에 말뚝을 박지 않고 제대를 했다. 군에 계속 몸담았더라면 좀 더 편안하게 살 수 있었을 것이란 얘기를 어머니로부터 들은 적이 있다. 얼마 남지 않은 학업은 거기서 중단되었다. 30대 중반이 넘어 제대를 한 것도 이유이겠지만 그때 아버지에게는 식솔이 딸려 있었다. 그렇게 시작된 아버지의 긴 인생 노정을 여기서 다 얘기할 수는 없다.

세 발 자전거

초등학교 입학 전이었을 것이다. 나는 어디서 주워왔는지 아님 사왔는지 알 수 없는 세 발 자전거에 거의 모든 정신을 빼앗기고 있었다. 올라 타 페달을 밟으면 앞으로 전진할 수 있으며, 아무 곳으로나 방향을 틀 수 있는 바퀴 셋 달린 그것은 나의 전부, 나의 전부가 무엇이든, 어쨌든 전부를 빼앗고 있었다. 자다가도 그 자전거 생각에 온몸이 떨렸고 깨어서도 그것을 바라보다 이내 올라타 저수지 주변을 돌고 도는 것에 광적으로 미쳐있었다. 그 광기로 인해 나는, 내 주변에 두 살 아래의 남동생이 있다는 사실을 까마득히 잊어버렸다. 아무도, 자전거와 어우러졌던 나의 세계속으로 들어올 수는 없었다. 나는 자전거였고 자전거는 나였다. 나와 자전거는 어느 누구의 접근도 허용해서는 안 되는 대단히 비인간적인 공간에 머물러 있었다. 남동생은 그 공간 속으로 들어올 수 없는, 곧 자전거에 올라탈 수 없는 존재였다.

자전거가 타고 싶어 내 주변을 맴돌다 결국 눈물을 흘리던 남동생의 존재를 의식한 것은, 저수지에 빠진 이후였다. 빠진 것이 아니라 우악스런 누군가의 손에 의해 나는 물속으로 던져져버렸다. 처음에는 놀라 물속에서 기어 나왔고, 두 번째는 이게 무엇이지, 내가 그 정도로 잘못했나, 두 번 던져 넣었으면 아버지도 화가 풀렸겠지 생각하며 힘겹게 기어 나왔다. 세 번째로 던져졌을 때는, 아 이제 죽는구나, 나는 물속에 깊이깊이 잠겨들었다. 공간은 사라지고 시간도 정지된 채 나는 계속 물 밑으로 빠져들었다. 나는 그때 처음으로 공간이 순식간에 사라져 버리고 시간이 일시에 멈출 수 있다는 것을 알았다. 물 밑으로 잠겨들던 시간이 촌음에 불과하다 하더라도 그 시간은 내 인생에 있어서 영원히 정지된 시간이었다. 정신이 들어 깨어났을 때 아버지는 없었다. 어머니가 나를 물속에서 건져 밖으로 끌어올렸다. 어머니는 나의 옷을 모두 벗기고는 아버지 보이지 않는 곳으로 가라며 내 등을 밀었다. 발가벗은 채 일자(字)집 뒷켠으로 숨은 나는 거기서 벌벌 떨었다. 뒷켠 꽃밭에는 붉은 사루비아가 불붙듯 한꺼번에 피어있었고 하오의 태양은 뜨겁게 작열하고 있었다. 그런데도 나는 추웠다.

속임수

　몇 살 때던가, 나는 빠다라는 것에 밥을 비벼먹고 체했다. 아파서 뒹굴었는지 울었는지는 기억에 없다. 아버지와 나는 들길을 한참이나 걸어 어디론가 갔다. 내 손에는 방아개비가 들려 있었다. 여름이었던 모양이다. 한의원이었는지, 침쟁이 집이었는지 아니면 양의사가 있는 어떤 병원이었는지 알 수 없었다. 어쨌든 나는 엉덩이를 까고 누웠고, 누운 채 방아개비의 다리 움직임에 온 정신을 다 빼앗기고 있었다. 그때 따끔하며 바늘이 엉덩이를 찔렀다. 놀라기는 했지만 아프다는 생각은 들지 않았다. 내 손에 들려 있던 방아개비 때문이었다. 놀라던 그 순간, 난 기묘하게도 다른 것을 생각했다. 속인다는 것. 침이든 주사든 칼끝이든, 그것에 바로 접근할 수 있는 통로를 차단해버리는 속임수. 그때 나는 아버지도 누군가를 속일 수 있다는 것을 알게 되었다. 사물을 인식할 수 있는 직로(直路)를 보여주지 않고 우회하거나 전혀 다른 사물을 통해 그것을 볼 수밖에 없었던 그 순간의 기억은 오랫동안 지워지지 않았다. 나는 아버지에게 방아개비로 날 속인 것에 대해 무엇인가를 말하고 싶었지만 그러진 못했다. 집으로 돌아오는 동안에도 내 눈앞에는 방아개비들, 녹색의 길고 날렵한 방아개비들만이 수천 마리 날아오를 뿐이었다.

종이비행기

　종이비행기를 날리며 놀 나이면 얼추 대여섯 살 무렵이었을 것이다. 저수지를 벗어나면 달리 달릴 들판이 따로 있었던 동네는 아니었다. 뒷산과 저수지 주변을 들쑤시고 다녔지만 그것도 성에 차지 않으면 나는 동생들을 데리고 과감하게 마을을 벗어나버리곤 했다. 눈대중으로도 분명 내가 사는 동네와는 달리 볼 것 많은 것들이 저 마을에 버티고 서 있었지만 난 그곳까지 가지 않았다.

　그보다 더 신나는 일이 있었기 때문이었다. 그 마을로 진입하려면 건너지 않을 수 없는 다리 위를 수도 없이 왔다갔다하는, 우리들의 손에는 아버지가 만들어준 종이비행기가 들려 있었다. 비행기를 공중으로 날리며 그것을 쫓는 재미는 다리 위가 그만이었다. 날려버린 비행기를 잡아낼 수만 있다면, 다리는 다른 평지보다 스릴을 증폭시키는 독특한 물건이 되었다.

　그렇게 종이비행기를 쫓던 어느 순간, 나는 그만 난간 없던 그 다리 위에서 밑으로 떨어져버렸다. 천 길 낭떠러지가 그러했을 것이다. 떨어지던 순간이 기억나는 것은 아니었다. 비행기를 쫓다 발을 헛디뎌 밑으로 떨어진 것은 분명했지만, 그 순간의 기억은 전혀 없다. 내 몸통만한 암석 무더기와 그 사이사이로 퍼런 물이 골탕져 흐르고 있었지만, 나는 두 눈 똑바로 뜨고 정신 멀쩡하게 그것을 지켜보았다. 내가 놀란 것은 몸에 상처가 없다는 것이 아니라, 다리 위에서 떨어졌다는 사실이었다.

　다리 위에서 떨어졌다고는 하지만 다친 곳 하나 없는 나는 얼결에 자리에서 일어나, 아무렇지 않은 듯 다리 위의 동생들을 올려다보며 웃었다. 하지만 사실 난 웃고 있는 것이 아니었다. 그 자리에 아버지가 없다는 것이 새삼 나를 비참하게 만들고 있었다. 내가 웃는 것을 내려다보며, 괜찮느냐고 말하는 동생들은 아버지가 아니었다, 동생들은 내가 피를 철철 흘려도 어떻게 해볼 요량 없는 동생들일 뿐이었다.

다리 위의 동생들이 아버지는 될 수 없다는 생각에 왈칵 울음이 넘어왔지만, 난 이미 엉덩이와 두 손에 달라붙은 마른 억새풀과 엉겅퀴 가시들을 떼어 내고 있었다. 나는 눈물을 들키지 않으려고 오래도록 그 자리에 서서 풀잎들을 하나하나 떼어냈다. 그때까지도 동생들은 다리 위에서 아래를 내려다볼 뿐, 아무런 움직임이 없었다.

무섬증

초등학교 입학 후일 것이다. 크리스마스트리가 세모 모양으로 세워진 시청 앞을 아버지와 나는 전차를 타고 지나갔다. 나는 아버지에게 아무것도 묻지 않았다. 처음 타보는 전차에 대해서도, 휘황하게 노랗고 붉은 점들로 장식된 크리스마스 나무에 대해서도. 무엇을 어떻게 물어야할지 앞뒤가 없었기 때문이었다. 생전 처음 탈것에 탄 기분이었으며, 생전 처음 불 켜진 전구를 본 기분이었다. 그 전에도 타 본 적이 있었을 것이다. 하지만 내 기억 속에 남아 있는 탈것과 손톱만한 전구는 그것이 최초였다. 시청이라고 쓰여진 건물에 대해서도 한마디 묻지 못했다. 아버지도 한마디 말이 없었다. 얼마나 시간이 흘렀을까, 아버지가 뭐라 한마디 했다. 아버지의 목소리는 복화술사가 입도 움직이지 않고 내는 소리 같았다. 나는 아버지가 무슨 소리를 하는지 잘 알아듣지 못했다. 아마 내리자는 소리였을 것이다.

난 아버지 앞에서는 종종 귀머거리가 되었다. 아버지와 내가 모두 합쳐 네 개의 눈을 가졌지만, 우리는 한 눈도 서로 마주친 적이 없었다. 전차를 어디에서 탔고 어디에서 내렸는지도 전혀 기억에 없다. 전차에서 내린 아버지와 나는 얼마를 걸어 누군가의 허름한 집으로 고개를 숙이고 들어섰다. 한 아주머니가 내 이름을 부르며 반겨주었다. 호들갑스럽게 치장을 한, 아버지를 고모부라고 부르는 여자의 입술은 새빨갛다 못해 검었다. 그 여자는 나에게는 고종 사촌 언니가 되는 여자였다. 난, 그 집에서 밥을 먹었고, 그 여자는 더 먹으라고 자꾸만 밥을 주었다. 배도 고프지 않은데 자꾸만 밥을 더 주는 그 여자가 이상하게 보였지만, 그렇다고 말하지는 않았다. 아버지와 그 여자는 한참 동안이나 옛날 얘기를 했다. 여전히 아버지의 목소리는 복화술사의 목소리처럼 알아듣기 어려웠고, 그 여자의 목소리는 크고 우렁우렁했다. 동생들이 아래로 셋이나 있는데, 왜 나만 데리고 그 집에 갔었는지 아버지에게 물어본 적은 없었다.

난 아버지가 무서웠다. 사진만 보아도 난 겁이 났다. 내가 무서워하는 사진은, 검은 선글라스를 쓰고 찍은 사진이었다. 사진 속의 안경 쓴 아버지를 보고도 난 무섬증이 일었다. 난 그 사진을 보면서 아버지의 손에 총이나 칼이 쥐어져 있는 걸 상상했다. 아니 그것이 굳이 총이나 칼일 필요는 없다. 지휘봉이든 단장이든, 아버지의 몸피를 조금이라도 부풀릴 수 있는 무엇인가가 추가되어 있다면 아버지는 곧바로 전진할 수 있는, 전진하다 수직 상승해 마지막에는 하늘 끝에 닿아버릴 것 같았다. 까마득한 하늘 끝으로. 총칼을 든 아버지의 모습을 상상하는 것만으로도 무서웠지만 그것은 결코 살의를 불러오거나 폭력을 유발하는 무섬증은 아니었다.

큰딸

아버지가 나를 번쩍 안아 은행 창구직원에게 얼굴을 보여주었다. 사립중학교의 행정실에서 근무했던 아버지는 은행에 자주 다녔다. 아버지가 창구 직원에게, 내 큰딸이오 했다. 나는 그때 큰딸이라는 것이 대단히 자랑스러운 것이라고 생각했다. 아버지의 목소리가 그렇게 말하고 있었다. 그 소리를 들으며 나는, 둘째 딸이나 큰아들보다 큰딸이라는 호칭이 얼마만큼 명예로운 것인지를 단번에 알아차렸다. 이후로도 나의 명예로운 호칭이 달라진 적은 없었다. 아버지가 나를 명예롭게 생각했던 것은, 아버지가 결혼하고 처음 만난 새 생명이 나였기 때문이거나 아니면 그 새 생명을 키우며 쏟았던 정성 때문일 것이다. 그것도 아니라면 아버지가 가진 독특한 사고의 그물망 속에 걸려든 진기한 보석이 나였기 때문일 것이다. 이 세상에 하나밖에 없는, 하나밖에 없어 그것이 보석인지조차 알 수 없는 그런 보석을 아버지는 가슴속에 간직하고 있었던 것이다. 그 보석의 이름은 아무도 모른다.

창구 직원이 환하게 웃으며 내 얼굴을 살짝 건드렸다. 그리고 무엇인가를 내 손에 쥐어주었는데 그것이 무엇이었는지는 기억이 나지 않는다. 저금통이거나 연필 정도였을 것이다. 그런 것들을 가지고 집에 돌아가서는 난 동생들에게 포악을 떨었다. 하지만 아버지 보는 앞에서는 아니었다. 그럴 수가 없었다. 아버지가 있는 자리에서는 어느 누구도 큰 소리를 내거나 싸우거나 티격태격할 수가 없었다. 우리는 아버지 앞에서 늘 벙어리였다. 목소리 큰 것도 야단맞고, 밥 먹으며 쩝쩝대는 것도 야단맞고, 마루를 소리 내며 왔다 갔다하는 것도 야단맞고, 밥상 위에 밥알 흘리는 것도 야단맞고, 우리는 수도 없이 야단을 맞았다. 같이 밥을 먹어도, 밥을 먹는지 야단을 먹는지 분간이 서지 않았지만 밥을 먹지 않을 수는 없었다. 다만 속도만은 우리의 자유였다. 그래서 나와 내 동생들은 빨리 밥을 먹어 치우고 그 자리를 떠버리는 것이 가장 좋은 방법임을 스스로 찾아내었다. 그것만은 아무 소리가 없었다.

낮잠

일요일이면 나와 동생들은 곧잘 아버지 학교에 놀러갔다. 아버지는 일요일에도 학교에 자주 나갔다. 우리들도 아버지를 따라 학교에 자주 놀러 갔다. 집에 텔레비전이 없었을 때는 텔레비전을 보러 갔고, 책이 없었을 때는 책을 보러 갔다. 그러다가 양호실 침대 위에 누워 노닥거리다 그대로 잠이 들기도 했다. 그날은 여동생과 함께 아버지를 따라간 날이었다. 바로 밑의 여동생과 함께 침대 위에 올라가 침대의 스프링을 마음껏 희롱하던 우리는 그만 그 침대 위에서 잠이 들어버렸다. 얼마나 잤을까. 깨어보니 여동생은 없고 나만 홀로 남겨져 있었다. 깨어 있는 낮 시간이 너무도 즐거워, 낮잠이라고는 자보지 않았던 내 어린 시절, 그 낮잠은 내 생애 최초의 특이한 인상으로 남겨졌다.

낮잠에서 깨어났을 때, 나는 양호실에 홀로 남겨진 것이 아니라 이 세상에 홀로 남겨진 듯한 느낌에 사로잡혔다. 그때 나는 이 세상과 내 자신을 확실하고 선명하게 분리할 수 있는 인식의 창을 만난 것이다. 아무렇게나 구겨져 흩어진 하얀 광목 이불과 스테인리스 철제 침대의 프레임은 저만치 밀려나 있었다. 그 이후로 한동안, 나는 방바닥에 앉아서 졸지언정 누워서 낮잠을 자지는 않았다. 이 세상에 홀로 남겨진 느낌, 이 세상이 나와 선명하게 구분되는 느낌, 그런 느낌은 때로 견딜 수 없는 고통을 동반하기 때문이었다. 그것은, 내가 알고 있는 모든 외부 세계로부터 분리되고 박탈되는 느낌이었다.

양호실을 빠져 나와 여동생을 찾았지만 난 여동생에게, 왜 혼자서만 나갔느냐고 묻지 않았다. 여동생은 도서관에서 책을 읽고 있었다. 그곳이 중학교 도서관이었는데 난 거기서 '로빈훗의 모험'을 보았다. 앉은자리에서 다 읽어버렸다. 주인공이 죽어가면서 마지막으로 남긴 말이 인상적이었다. 자신이 쏜 화살이 떨어진 곳에 자신을 묻어달라는. 나는, 눈물을 찔끔거리며 그 책을 덮었다. 왜 눈물이 나왔는지는 분명했다. 화살이 떨어진 바로 그곳에 자신을 묻어달라던 주인공이 가진 그 무엇을 난 부러워하고 있었던 것이다.

이미 저수지에 빠져 가사(假死) 상태까지 갔었던 내게 있어, 주인공의 그 마지막 말이 남긴 충격은 결코 단순하지 않았다. 내가 빠진 곳, 그곳에서 내가 죽었다면, 난 저수지가 장지(葬地)가 되겠지만, 그 주인공은 자신이 묻힐 곳을 지정해 줄 수 있었다. 그곳이 물속이든 산속이든 들판이든, 그런 것은 중요하지 않았다. 자기가 죽어 누울 곳을 자신이 정할 수 있는 행운을 가진 그를 나는 눈물을 흘리며 부러워했던 것이다. 물론 내 눈물은 주인공의 죽음에 대한 애도의 뜻도 포함되어 있었다.

첫 생리

배가 아팠다. 생리통인 줄은 몰랐다. 방에서 뒹굴고 있는데, 아버지가 마당에서 왜 아프냐고 물었다. 난, 몰라요 라고 대답했지만, 옆에서 엄마가 뭐라 소근거렸다. 아버지가 이내 밖으로 나가더니 게보린인지 펜잘인지, 어쨌든 진통제를 사왔다. 그때가 중학교 2학년 때였다. 난 그때까지 아버지와 함께 잠을 잤다. 아버

지의 품에 안겨서 잤다는 말이다. 그 나이가 되어 아버지의 품을
파고들어도 아버지는 그것을 용인했다. 참 알 수 없는 노릇이었
다. 웃을 줄도 모르고, 농담도 모르는 아버지가 그럴 수 있다는
것이 신기했다. 내 동생들은 전혀 아버지와 가깝지 않았다. 물론
동생들이 아버지 품에 안겨 잠을 잔다는 것은 있을 수도 없는 일
이었다. 아버지는 내 차지였으니까. 아버지는 나만을 애지중지했
으니까. 동생들이 그걸 알기 때문에 아버지를 멀리 했던 것은 아
니었다. 동생들은, 나보다 아버지가 훨씬 더 무서웠거나 아니면
아버지를 극도로 혐오했거나 둘 중 하나일 것이다.

　동생들은 나와는 달랐다. 인간을 알아내고 이해할 수 있는 인
식 구조 자체가 나와는 달랐기 때문이었다. 피상적이고 대단히
감상적으로 아버지를 이해했던 동생들에게 나는, 아버지를 이해
할 수 있는 나만의 특별한 채널을 말해주진 않았다. 말해줘도 모
를 테니까. 나는 나만이 가진 채널로 아버지를 이해했다.

　이 세상에 두 종류의 인간이 있다면, 그 하나는 외피를 중심으
로 인간을 이해하는 사람들이다. 마치 외피가 전부인 것처럼. 물
론 그들에게는, 스스로가 자랑스러워하는 내면이라는 것이 있다.
하지만 그들은 그것을 남들에게 보여줄 용기가 없는 사람들이다.
그들은 창고지기일 뿐이다. 아무 데도 쓸모없는 것들로 채워진
자신만의 창고 앞에 버티고 서 있는. 그들에게 소중한 것은, 시도
때도 없는 교류(交流)이며, 민감한 터치이며, 천박한 동정심 따위
이다. 그들은 예민하게 신경을 곤두세우고 제 몸을 더듬어주는
사람의 손끝에 목숨을 걸고 있다가, 그가 자신을 버리면 쉽게 그

를 동정해버리는 그런 종류의 사람들이다.

또 다른 하나의 유형은 그 반대의 인간들이다. 신경을 곤두세우지도 않고 제 몸을 만져주는 사람에게 목숨도 걸지 않는, 제 몸을 더듬어주던 그가 떠났다고 하더라도 함부로 그를 동정하지 않는 그런 종류의 사람이다. 내가 아버지를 이해하는 방식은 그랬다.

부끄러움

어느 날 밤이었다. 어머니가 아버지의 전화를 받은 모양이었다. 나와 여동생은 둘이서 아버지 마중을 나갔다. 누군가를 특별하게 마중 나가는 일이란 우리들에게 거의 없는 일이었다. 아버지를 포함한 우리 모두는 아무 말없이 일상을 이탈하거나 규칙적인 생활 리듬에서 벗어나 서로에게 염려를 끼치거나 고통을 주는 사람들이 아니었다. 그 모든 것의 모범은 아버지였다. 서울 왕래 때면, 술에 취해 길을 잃기 일쑤인 할아버지 마중을 나가는 아버지의 모습을 본 적은 몇 번 있었지만. 어쨌든 나와 여동생은 자정이 가까워오는 그런 시간에 눈을 비비며 아버지를 마중 나갔다.

아버지가 저만치서 비틀거리며 걸어오고 있었다. 나와 여동생은 생전 처음 보는 아버지의 비틀거림에 두 눈을 빼앗긴 채 천천히 아버지에게로 다가갔다. 우리 둘은 아무 소리도 하지 못하고 아버지의 양팔을 각각 하나씩 붙잡았다. 그때 언뜻 나는 아버지의 얼굴을 똑바로 바라보아서는 안 된다는 생각을 했다. 아버지의 얼굴에서 부끄러움을 읽었기 때문이었다. 온 얼굴과 온 몸에서 묻어나던 부끄러움. 그런 사람을 어떻게 똑바로 바라볼 수 있겠는가. 아버지는 양팔을 우리에게 맡긴 채 무거운 몸을 비틀거리며 앞으로 걸었다. 하지만 양팔을 잡아준 우리의 힘에 의지해서는 아닌 것 같았다. 꽉 잡아주지도 못하고 그저 시늉이나 하는 부축을 눈치 챈 아버지가, 우뚝 멈춰 서더니 호주머니에서 무엇인가를 꺼냈다. 만 원짜리 한 장을 우리들에게 쥐어진 아버지는, 과자 사가지고 먼저 집으로 가라고 말했다. 우리 둘은 팔을 놓고 빠른 걸음으로 앞으로 내달렸다.

　아버지는 자신을 용서할 수 없었던 것이었다. 할아버지의 술주사를 보고 자란 아버지는 결심을 했다. 평생 술은 입에 대지 않겠노라는 맹세에 맹세를 거듭한 아버지, 그 아버지도 나이 마흔이 넘어 술을 시작했다. 아버지의 호주머니 어디를 뒤지나 찾았을 수 있었던 사탕이나 과자 부스러기들은 이제 사라졌다. 창고에 한 박스씩 넣어두고 마시던 코카콜라나 파인주스도 차츰 사라졌다. 그 모든 것들이 사라져버린 이후 아버지는 거의 매일 술을 마셨다. 술을 마시고 집을 비운다거나 월급봉투를 축낸다거나 여자들과의 스캔들을 만든다거나 하지는 않았다. 아버지는 그것만은 절대 그럴 수 없었다. 아버지는 술을 마시기 시작한 것만으로도 충분히 부끄러웠기 때문이었다. 자신과의 평생 약속을, 어떤 것에도 혹하지 않는다는 마흔이 넘어서 그 약속을 저버렸기 때문이었다. 자신과의 약속을 지키지 못했던 아버지. 나는 지금까지도, 아버지가 가졌던 부끄러움을 고스란히 간직하고 있다. 아버지는 잊었겠지만.

개

야산 언덕배기를 넓게 깎아 세워진 학교 주변에는 들개들이 많았다. 큰 놈, 작은 놈 어디서 빌어먹었는지 야위고 더러운 개들이 흔했던 시절, 아버지는 그 개들을 모두 모아 길렀다. 길어야 15년을 살기 어려운 개들은 키우다가 죽기도 했다. 그럴 때마다 아버지는 그 개를 뒷산으로 데려가 곱게 묻어 주었다. 개들은 병사하기도 했고 자연사하기도 했다. 어쨌든 1년에 몇 차례 개 장례식이 치러졌다. 보통은 아버지 혼자만의 장례식이었지만, 때론 우리들도 그 장례식에 참가하곤 했다. 말없는 아버지의 행동 하나하나를 지켜보는 것으로 우리는 우리의 할 일을 마치는 것이었지만, 그 시간은 너무도 기묘하고 아련한 시간이었다.

장례가 치러지는 그 시간 동안 일상의 아버지는 사라졌다. 개를 가슴에 끌어안고 산으로 올라가는 아버지의 얼굴은 말없이 굳어 있었다. 대단히 미안하고 대단히 서글프며 대단히 애석한 그리고 대단히 죄스러운 그런 모든 감정이 뒤섞인 얼굴. 그 얼굴이 말하는 것이 무엇이었는지 한마디로 말할 순 없지만 우리들은 어렴풋이 알고 있었다. 그런 아버지의 감정에 동화된 우리는 아버지와 똑같이 얼굴이 굳어져 입을 다물어버렸다. 무덤을 파면서 아버지는 땀을 흘렸다. 낮게 묻으면 고양이나 다른 들짐승들이 파헤칠까봐 오래도록 땅을 깊게 판다는 것도 우리는 알고 있었다.

개를 묻고 난 아버지는 한참이나 흙을 밟아댔다. 그것도 다른 무엇인가가 개 무덤을 쉽게 파헤칠까봐 그런다는 것 또한 너무도 잘 알고 있었다. 하지만 우리가 아버지에 대해서 도저히 알 수 없는 것이 있었다. 그것이 무엇인지를 깨닫는 데는 오랜 시간이 걸리지 않았다. 우리들은 한해한해 나이를 먹어가면서 살아있는 모든 것의 생로병사와 희로애락을 조금씩 아주 조금씩 알아가던 나이였으니까.

그런 아버지가 나이 마흔이 훌쩍 넘어 보신탕을 먹기 시작했다. 그것을 먹기 시작하면서부터 아버지는 개를 키우지 않았다. 그 모두는 내게 있어 세상과 인간에 눈뜰 수 있는 계기를 마련해주었다. 그것은 빛과 어둠을 동시에 볼 수 있었던 최초의 개안과도 같은 사건이었다. 세상을 증거하던 사람으로서의 아버지. 어제는 죽은 개를 묻어주고, 오늘은 개고기를 발라먹는 아버지. 아버지는 세월 저편으로부터 어둡고 냄새나는 이쪽을 향해 흐르는 정체 모를 유동체(流動體)였다. 그것은 사람을, 그 사람의 향기를, 그 사람의 정신을 한꺼번에 삼켜버리는 그 무엇이었다.

아가리를 크게 벌리고 탐욕과 탐식을 절제하지 못하는 괴물과도 같은 것. 그 괴물 또한 이 세상을 동시에 증거하고 있음을 분명히 알아챈 날, 나는 개들이 살았던 운동장 모퉁이 산길을 홀로 걸었다. 텅 빈 개집들만이 검불과 낙엽에 뒤덮인 채 버려져 있었다.

낚시

　지금까지 계속되고 있는 아버지의 낡은 낚시이다. 낚시에 미쳐 세월을 낚는 취미 생활을 언제부터 시작했는지는 분명하지는 않다. 단지 내가 기억할 수 있는 것은 이지러지고 주름진 내 아버지의 얼굴 저편에 깊이 도사리고 있는 회한이었다. 내 아버지에 대한 모든 기억들은 거기에서 출발하고, 거기에서 끝이 난다. 그 얼굴에서 풍기는 지리하고 지루하고 비루한 봉건적 책임 의식. 한 번도 가족을 버린 적이 없고, 한 번도 12시를 넘긴 적이 없고, 한 번도 월급을 자신을 위해 쓰지 못했던, 아니, 그렇게 하지 않았던 아버지. 사명과도 같았던 그 책임감에서 단 한 발자국도 벗어나지 못한 아버지. 젊은 날의 꿈도 희망도 모두 자식들을 위해 사장시켜버린 아버지의 인생 뒤에서 나는 이렇게 강건하게 살아 움직이고 있다. 부끄럽게도.

　난 이래로 부모가 되지 않을 것이다. 아버지가 천상천하 유아독존의 존재로, 한 줄기 빛다발처럼 이 세상에 던져졌음에도, 아버지는 왜 그 빛의 수혜자가 되지 못했을까. 왜 매일 매일 그 빛 속에 존재하지 못하고, 그 빛이 만들어내는 그림자 속으로만 숨어 다녔을까. 그것은 책임감 때문이었다. 시시각각 숨통을 죄어오는 그것에 발목 잡힌 내 아버지는 평생을 그 속에서 살았다. 그 바깥은 아버지에게 있어 용서받을 수 없는 죄였기 때문이었다.

　하지만 내가 원했던 아버지는 자유인이었으며, 내가 원했던 아버지는 부패한 정권에 대항해 혁명을 일으킬 수 있는 유일한 존

재였으며, 내가 원했던 아버지는 자신의 현실적인 삶에 쉽게 함
몰되지 않는 존재였으며, 언제라도 타락의 순간이 다가오면 지체
없이 그 타락의 미학에 몸을 맡길 수 있는 존재였다. 또한 내가
원했던 아버지는, 그 사람이 누구라도 위대하게 방기할 수 있는
존재였으며 내가 원했던 아버지는 태어나던 순간의 유일과 독존
을 온전하게 간직할 수 있는 존재였기 때문에, 내 아버지는 사라
졌다. 이제 아버지의 정신은 저 멀리 우주 공간 속으로 흩어져버
린 아무 데도 쓸모없는 먼지이다. 의미도 형태도 없는, 또한 재생
의 기미도 전혀 보이지 않는 무의 세계로 아버지는 사라졌다.

　내가 지금 유일하게 바라는 것이 있다면, 아버지가 매일매일
커다란 고기를 잡아 올리는 것이다. 아버지만큼 커다란 고기를.
그리고 지금 내가 할 수 있는 유일한 일은, 아버지가 여생을 고기
를 벗 삼아, 고기와 함께 보낼 수 있도록 내 마음속의 온갖 신들
에게 빌어보는 것뿐이다.

몬드리안의 天界

백 년도 채 살지 못했던 내 어머니의 장례식은 너무나도 단출하게 끝나버렸다. 곡도 없이, 길동무도 없이, 변변한 수의 한 벌도 없이. 곧이어 그녀의 딸이었던 나도 그녀를 따라 떠났고, 나를 알고 있던 모든 사람들은 내가 죽었다고 이구동성으로 말했다. 나는 그렇게 말하는 그들의 진지한 얼굴을 바라보며 웃었다. 그들의 얼굴은 너무나도 확신에 차 있었기 때문에 오히려 한낮의 미몽처럼 비현실적이었다. 그들은 자신들이 존재하는 공간은 분명한 현실이며, 자신들의 생명은 매일매일 살아 움직이는 명분 있는 유기체라 믿고 살았다. 하지만, 이백 년도 흐르지 않아 그들도 자신들이 존재했던 공간이 얼마나 비현실적인 꿈의 공간이었는지를 깨닫고 죽었다.

수미사(須彌寺) 동쪽 골방의 전등을 켜고 들어서자, 이상한 색들이 눈에 들어왔다. 나는 방문을 넘다말고 그 자리에 멈춰 섰다. 색으로 치자면 빨강, 노랑, 파랑이 그리 특별하지는 않다. 대웅전의 단청이나 탱화 속에서도 현란하게 그 색을 드러내는 삼원색이니 이상할 것도 없을 터였다. 하지만 익히 보아왔던, 골방의 격자문 문살 배열과 색깔이 달라져있는 것은 분명 이물감이었다. 화상(畵商)이었던 내 어머니가 갑작스레 삶을 접어버린 것과 마찬가지로. 어머니는 이 주 전에 죽었다.

마흔세 칸의 격자 중 네 칸에만 채색이 되어 있었다. 삼백 년을 넘게 드나들었던 수미사의 구석구석을 난 너무나도 잘 기억하고 있었기 때문에, 그 변화는 이내 눈에 뜨였다. 색종이를 오려붙인 듯한 네 칸은 한지와는 질감이 전혀 다른 종이였다. 누군가의 장난질임이 분명했다. 산사와 인접한 민가를 사들여 신도들의 숙소로 쓰는 곳이기 때문에 누구라도 쉽게 드나들 수 있는 곳이었다. 왼쪽 상단의 노란색 직사각, 오른쪽 하단의 붉은색 정사각과 그 밑 끝단의 붉은 직사각, 그리고 왼쪽 하단의 파란 막대. 장난질이라 해도 난 그것 때문에 좀 흥분했으며 잠시 내 어머니의 죽음을 잊을 수 있었다. 어머니는 죽었으니까.

내일은 주지에게 문을 갈아달라고 말하리라. 난, 수미사를 찾을 때면 늘 하던 습관대로, 두 무릎을 꿇고 격자무늬 문을 향해 앉았다. 희미한 달빛이 격자문을 통해 비쳐 들어왔다. 채색이 된 부분을 통과하지 못하는 달빛, 그래도 그건 분명 달빛이었다. 그 달빛에 온몸을 맡기고 있기를 한참, 나는 흐르는 눈물을 멈출 수 없어, 두 눈을 치켜떴다. 눈물은 멈추지 않았다. 잃어버린 무엇. 때로는, 아주 가끔은 내 몸의 일부이기도 했던 어머니가 어느 한 순간 빠르게도 내 몸에서 떨어져나가다니. 그날 밤, 내가 할 수 있는 일은 어머니를 추모하는 일뿐이었다. 어머니는 죽었지만.

나는, 어디에 있든, 오뇌(懊惱)하는 표정으로 남들의 시선을 끄는 그런 종류의 사람은 아니었다. 예전에도 그리고 지금도. 또한, 내게는 남의 호기심을 자극할 만한 특별한 삶의 이력 같은 것도 없었다. 난 정말 그날, 단지 평소의 잠자리를 벗어나 수미사의 서늘하고 딱딱한 온돌로 잠시 몸을 옮긴 것뿐이었다. 아무도 날 볼 수 없는 곳에서 내 어머니를 추모하고 싶을 뿐이었다. 잃어버린 것을 추억하면서. 내 어머니를 마지막으로 추억할 수 있는 장소라면, 그것으로 족했다. 어머니가 수미사에서 죽은 것은 아니었다. 사실 어머니는 내가 수미사를 드나드는 줄도 몰랐었다. 나 또한, 내 어머니와 함께 죽은 남자가 누군지 전혀 알지 못했다. 그가 내 어머니보다 한 백 년쯤 젊어 보인다는 것 이외에는. 그만큼 우리는 서로에 대해 아는 것이 별로 없었다. 화단(畵壇)의 떠도는 소문만으로, 난 그 둘의 관계를 짐작할 수 있을 뿐이었다.

내가 추모하는 것은 공간 속에 입체로 살았었던 어머니의 죽음이 아니라 점(點)이거나 선(線)으로 존재했었던 어머니이다. 공간 이전, 점이나 선으로 존재하면서 아직 공간을 차지하지 못한, 차지했다 해도 어떤 공간이 어머니의 현실적인 공간이었는지 애초부터 알지 못했던 나는, 어머니를 2차원적으로 추모할 수밖에 없었다. 나 또한 점이나 선이었기 때문에. 사람들은 어머니가 공간 속에서 입체로 살다가 죽었다고 생각했다.

달빛은 교교했다. 격자 문 밖에도 내 마음속에도. 몇 시간이나 흘렀을까. 모든 것들이 잠든 밤, 난 무릎을 꿇은 채 격자 문 밖을 바라다볼 뿐이었다. 이제 달빛도 조금씩 이울어 가는 시간, 난 앉아서 좀 졸았던 것 같았다. 난 잠결에 그 달빛 너머에서 누군가를 보았다. 누굴까. 내게로 다가오는 발자국 소리가 선명하게 들려왔다. 문 밖의 그림자만으로는 알 수 없었다. 전혀 무게가 실려 있지 않은 한 걸음 한 걸음. 그 발자국 소리만으로는 누구인지 짐작할 수 없었다. 잠시 문 앞에서 망설이던 그 그림자의 주인이 문을 벌컥 열었고, 난 놀라 소리도 지르지 못했다. 문고리가 밖으로 당겨지며 격자 문은 순식간에 양쪽으로 열렸다. 나는 그 자리에서 움쩍할 수도 없었다. 내 앞에 버티고 선 그, 힐끗 올려다본 그, 그의 몸피에서도 격자 문의 색깔들이 여기저기 빛나고 있었다. 참 알 수 없는 일이었다. 주렴처럼 아래로 늘어져 있는 그의 파리한 손등에는 푸른 정맥이 두둘두둘 도드라져 보였다. 그 두 손이 조금 흔들리는 것 같더니 그는 사라져버렸다. 분명 성큼 안으로 들어왔는데 그는, 온데간데없이 사라졌다. 나는 내 두 눈을 의심했다. 두 눈을 크게 뜨고 방안 구석구석을 그리고 열려진 격자 문 밖과 뜰 아래를 훑어보았지만 그는 보이지 않았다. 내 어머니가 홀연히 사라진 것과 마찬가지로 그는 사라졌다.

어제도, 오늘도 달빛 있는 밤이면 계속 그런 식으로 나타났다 이내 시야에서 사라지는 그, 남자였는지 여자였는지도 알 수 없는 그는, 어디로 사라지는 것일까. 그는 하루도 거르지 않고 나를 찾아와 격자 문을 열어젖히며 아무 말 없이 나를 놀라게만 할 뿐이었다. 이제는 할 수 없다. 나는 그를 방안에 가두어야겠다고 생각했다. 그날도 그는 어김없이 나타났다. 격자 문이 열리고 그가 들어서자마자 나는 무릎을 세워 바로 문을 닫아버렸다. 그가 닫힌 격자 문을 잠시 뚫어져라 바라보았다. 그 순간 나는 그의 얼굴을 처음으로 자세하게 볼 수 있었다. 비록 짧은 순간이었지만, 난 그 얼굴을 선명하게 기억할 수 있었다. 기묘하게 일그러진 그의 얼굴. 하지만 고통스러워 보이지는 않았다. 인간적인 이미지는 이미 사라져버린 그의 얼굴은 정률(定律)을 거역할 수 없는 수도사

의 그것이었다. 머리는 짧았지만, 생전의 내 어머니를 좀 닮은 듯
도 했다. 언제나 몬드리안의 화집 속에 얼굴을 들이대고 있었던
내 어머니의 얼굴처럼. 이제 그는 나갈 곳이 없다. 내 몸을 뚫고
나가거나 아니면 격자 문을 뚫고 나가지 않는 이상 그는 꼼짝없
이 갇혀버렸다.

"누구세요?"

나는 여전히 격자 문을 향해 앉은 채 물었다. 등 뒤에서 그의
기척이 느껴졌다. 그는 대답이 없었다. 나는 다시 한 번 그에게
물었다. 한참을 기다려도 그는 아무런 대답이 없었다. 한 시간,
두 시간 나는 격자 문을 마주 한 채 그의 대답을 기다리고 있었
다. 얼마나 시간이 흘렀을까. 나는, 갑자기 내 온몸이 사시나무처
럼 떨리고 있음을 깨달았다. 두 손도 두 어깨도 그리고 두 다리
도. 떨림에 아무런 대책도 없이 온몸을 맡기고 있던 나는, 알 수
없는 비애 때문에 구토가 넘어올 것 같았다. 떨림을 멈출 수 없는
비참하고 비천한 내 몸은 무엇에 얻어맞은 듯 그만 앞으로 고꾸
라져 버렸다. 고꾸라지면서 난 내 몸의 무게에 이상을 느꼈다. 너
무나 무거웠다. 내 체중의 두 배쯤은 될 듯한 무거운 몸이 고꾸라
지며 둔탁한 소리를 만들어냈다. 둥글게 말린 무거운 내 몸이 방
향 없이 여기저기 부딪치며 내는 소리가 갑자기 그의 목소리로
들린 것을, 난 지금도 이해할 수 없다. 나는 그 소리를 들으며, 방
바닥을 뒹구는 어머니를 보았다. 약을 먹은 내 어머니가 방바닥
여기저기를 미친 듯이 구르는 모습을.

　이제 그는 방안에 없다. 문 밖으로 나간 것도 아니다. 그렇다면 그가 갈 수 있는 곳은 어디. 오직 한 군데. 방바닥에 부딪쳐 잠시 아팠던 머리를 바로 하고 나는 최초의 자세로 되돌아왔다. 하지만 이제 내 몸은 처음의 내 몸이 아니었다. 어느 결에 내 몸은 한 장의 두루마리 그림처럼 울퉁불퉁 구불구불해져버렸다. 내 몸은 구겨놓은 여러 장의 종이처럼 변해 있었고 그는 사라져버렸다. 내 몸속을 뚫고 들어와 나를 종잇장으로 만든 것일까. 공간 속에 존재했던 예전의 나도 그리고 그도 동시에 사라졌다. 왜 나와 그가 동시에. 난 그를 의심했고, 수미사의 동쪽 끝 골방의 격자 문을 의심했으며, 달빛 넘쳐흐르는 앞뜰을 의심했으며 또한 내 자신을 의심했다. 나는 그가 누구인지 여전히 알지 못했다. 알고 싶었다. 난 소리 죽여 울면서 그에게 물었다. 내 어머니에게 왜 죽었는지를 물으며 울었던 것처럼.

　"누구세요?"

　나는 다시 한 번 그에게 물었다.

　"나?"

　최초로 난 그의 목소리를 들었다. 아니 그건 내 목소리였다. 언젠가 내 강의를 녹음해 들어본 적이 있는, 걸쭉하고 괴상스러운 그 소리였다. 내 몸속에 완전히 자리 잡고 내 목소리를 흉내 내는 그를 난 어찌해 볼 도리가 없었다. 그가 스스로 물러나기 전에는.

　"어서 대답해!"

　잠시 후 그가 '나'라고 대답했다. 예상했던 대로였다. 혹시나 해서 다시 한 번 누구인지 물었지만, 조용한 방안을 울리는 소리는 울고 있는 내 목소리뿐이었다. 어떤 목소리가 그의 소리이고, 어떤 목소리가 내 소리인지 구별해내기는 어려웠다. 처음부터 가능한 일이 아니었지만. 내 몸속으로 들어와 내 목소리를 흉내 내는 그가 나라니, 이건 말도 안 된다. 나는 내 스스로 그의 정체를 알아내는 수밖에 도리가 없음을 깨닫고는 얼핏 그의 얼굴을 마음속에 그려보았다.

바닥에 아무렇게나 굴러다니던 연필과 종이를 두 손으로 그러쥔 나는, 그의 얼굴을 그렸다. 눈 코 잎 귀 모두 제 자리에 그려졌지만, 그 얼굴은 역시 그의 얼굴이 아니었다. 기억을 되살려 그의 얼굴을 그렸지만, 그 그림에서는 전혀 사람 냄새가 나지 않았다. 거기엔 공간도, 움직임도 호흡도 없었다. 그건 형태를 알아볼 수 없는 단순한 추상일 뿐이었다. 아무도 살고 있지 않은. 아무도 살 수 없는 비현실적인 공간을, 아무도 살지 않는 비현실적인 공간에, 나는 그를 그릴 수 없었다.

나는 그저 멀거니 아무 생각도 하지 못하고 앉아 있을 뿐이었다. 내 몸의 떨림은 이미 사라졌고, 달빛도 여전했다. 나는, 노란 직사각과 붉은 정사각 그리고 파란 막대 속으로 시선을 던지고 앉아 있다, 새벽을 맞았다. 아침이 되자 피곤이 몰려왔다. 나는 나무토막처럼 걸어 아침 공양을 마치고 방으로 돌아와 잠에 떨어졌다. 주지는 만나지도 못했다.

다음날 밤도 난 격자 문을 향해 무릎을 꿇었다. 내 어머니의 점과 선을 추모하면서 또한 내 어머니가 존재했었던 공간의 공허함을 촘촘한 그물처럼 점과 선으로 매워 가면서. 그는 그날 밤도 찾아왔다. 이상한 것은 그가 온전한 몸피를 상실했다는 것이었다. 부분적으로 어딘가가 부족한 듯한 몸피를 기우뚱거리며 나타난 그의 어깨에서 노란색이, 수천 개의 점으로 휘발하는 것을 난 분명하게 보았다. 한꺼번에 몰려 나가는 노란 점들은 달빛 속으로 사라져버렸다. 노란색이 날아가 버려, 직사각형으로 잘려 나간 왼쪽 어깨는 텅 비어 있었다.

그리고 그는, 그 전날처럼 내 몸속으로 내 피부 속으로 습기처럼 천천히 흡수되어버렸다. 그를 흡수해버린 내 몸은 몹시 더웠으며 간간이 떨렸다. 그 다음날은 오른쪽 다리 부분에서 붉은색이 휘발해 버렸고 또 그 다음날은 왼쪽 발목에서 파란색이 휘발해버렸다. 이제 남은 것은 그의 뼈대뿐이었다. 그 며칠 동안 나는 어머니를 추모하며 어머니가 존재했었던 공간을 마음속으로도 그려보고 연필로도 그려보았으며, 상상 속에서 추측도 해보았다. 하지만 그 공간은 처음부터 그려질 수 없는 공간이었다. 어머니는 공간 속에서 살지 않았으니까. 살다간 흔적 조금이라도 남아 있는 공간 한 귀퉁이를 만들기 위해 나는 공양도 거르며 애를 써보았지만, 어머니의 공간은 머릿속에서나 가능한 일이었다.

며칠이 지났을까. 난 놀랄 만큼 빠르게 야위어갔다. 공양 때 만나는 사람들의 얼굴이 이상하게 일그러지는 것을 알아차린 다음부터 난 밥도 먹지 않고 골방에만 갇혀 지냈다. 밤이면 격자 문을 향해 앉아 있었고, 낮에는 잠을 잤다. 어찔어찔하고 앞이 잘 보이지 않았지만 그것도 밤이 되어, 달빛 훤한 앞뜰을 마주 대하면 그저 견딜 만했다. 격자 문을 마주 하고 앉으면 난 갑자기 생기가 돌아, 같은 자세로 몇 시간도 앉아 있을 수 있을 만큼 강해졌다. 먹지 않고 마시지 않아도. 다행스러운 일이었다. 뼈대만 남은 그가 찾아와도 그를 반겨야 하니까. 난 그를 기다리고 있었다. 뼈대만 남았다고 해서 그를 괄시할 수는 없다. 며칠 밤을 나와 함께 지냈는데. 내 어머니를 추모하며, 내 어머니의 자살을 애도하며, 내 어머니가 살다간 현실적인 공간을 찾아 헤매는 내 곁을 지켜주었는데, 뼈대만 남았다고 박대할 수는 없었다.

그가 언제 찾아왔는지 난 분명하게 기억할 수 없었다. 달빛이 흐릿하게 격자 문을 투과하는 그 밤, 무릎을 꿇은 나는 조금씩 허리가 굽어짐을 느끼며 잠시 상체를 곧추세웠다. 쓰러지면 안 되니까. 쓰러지면 그를 만나지 못하니까. 바로 그 순간, 격자 문이 열리며 그가 들어섰다. 그일 거야. 비록 뼈대만 남았지만. 나는 두 눈을 겨우 떴다. 하지만 내 예상은 틀렸다. 그는 이제 뼈대도 없었다. 문턱을 넘어오던 그의 수직 수평 뼈대들은, 왼쪽과 오른쪽 위와 아래로 한꺼번에 모두 밀려나버렸다.

상하좌우로 뼈대가 모두 밀려나버린 그는, 흰빛만으로 내 시야로 날아왔다. 뼈대가 없어 그가 그라고 분명히 말할 수는 없었지만, 난, 분명 그임을 확인할 수 있었다. 마지막까지 남아있었던 수직 수평 뼈대들이 중앙을 비우며 좌우로 비껴나가고, 위 아래로 붙어버리는 순간을 마주 대할 수 있었기 때문이었다. 가운데가 뻥 뚫린 그, 그는 이제 빛다발이 되어 열려진 격자 문을 통해 쏟아져 들어왔다. 눈이 부셨다. 그것이 달빛이 아니고, 뼈대까지 다 잃어버린 그의 몸피라고 다른 사람들에게 말해주어야 하는데, 나는 눈이 부셔 눈을 뜰 수가 없었다. 너무도 밝아서. 내 육신을 시시각각 마비시키는 그 빛 속에서 나는 천천히 쓰러졌다.

사람들이 달려온 것이, 내가 쓰러진 그 순간이었는지 그 다음 날 아침이었는지 사백 년쯤 지난 후였는지 난 도무지 알 수가 없었다. 빛 속에 던져지며, 빛들이 내 몸속을 통과하던 그 순간 내가 기억할 수 있었던 것은 단 한가지였다. 그 빛이 내 몸 위에 덧씌워지고, 내 시체 또한 그 빛처럼 먼지처럼 내가 쓰러진 방안을 가볍게 부유하고 있었다는 것을. 사람들은 내가 죽은 지 오백 년쯤 됐다고도 했고, 오천 년이 넘었다고도 했다. 내가, 가볍고 가벼워진 빛으로, 광속으로 사라져, 저 먼 우주의 한 점으로 사라진 것은 아무도 알지 못했다.

死者, 다시 돌아오다

시계가 흐리다. 거기다 여기저기 패인 아스팔트 때문에 차는 이리저리 제멋대로 출렁거린다. 반대 차선으로는 몇 대의 트럭과 승용차들이 앞지르기도 하지 못하고 일정한 간격을 유지한 채 비교적 서서히 움직여 사라졌다. 맨 앞차는 낡은 자주색 프라이드였다. 왕복 2차선에 지나지 않는 새벽 국도는 이제 막 시작된 빗방울 때문에 축축하게 젖어들었고, 나는 트렁크에 실어 둔, 개 한 마리를 생각하며 운전을 하고 있었다.

개 잡는 모습을 안 보려 이리저리 피해보았지만, 굳이 개장사는, '이렇게 잡아야 맛있어요' 하면서 내게 그 현장에 있기를 바랐다. 길게 혀를 빼내고 죽어버린 살찐 개. 개를 잡아주는 개장사의 얼굴을 노려볼 수는 없었다. 한 달에 두어 번은 일부러 개를 사러 가는데, 그에게 불쾌한 얼굴을 보일 수는 없었다. 그는 또한 남동생의 친구였다.

친구였다…. 그 옛날 나의 첫사랑….

반대 차선의 차량들은 한 대도 다른 차를 추월하지 못하고 나란히 줄지어 지나쳤다. 분명 속도 느린 맨 앞의 프라이드가, 뒤따르던 나머지 석 대의 차량을 방해하고 있는 것이다. 나도 혹 누군가의 진로를 방해? 룸미러. 하지만 멀리서 중형 흰색 차량 한 대가 따라올 뿐 다른 차들은 룸미러에 잡히지 않았다. 그 순간, 갑자기 반대 차선에서 브레이크 파열음이 들려왔다. 아까 그 차량들은 이미 지나갔다. 프라이드 뒤 소나타, 그 뒤 20톤 닭장 차, 그 뒤 소형 이삿짐 차, 넉 대의 차는 아니다. 그런데 어쩌면 그리도 그 행렬과 흡사할까. 파열음은 듣는 순간과 동시에 나는 반대 차선의 차량들을 일갈했다.

그 행렬이 반대 차선으로, 그러니까, 나의 왼쪽 시야를 스친다고 생각하는 순간, 세 번째에 끼어 있던 대형 트럭이, 그 트럭은, 냉동차였다, 그 트럭이, 내 차 옆을 치며 돌고, 브레이크 급하게 밟은 긴 굉음, 무엇인가가 파열되고 또 무엇인가가 마찰하는 소리. 짧은 순간. 금방 지나쳤던, 이미 지나쳐버렸는데, '라이나 생명' 커다란 입간판이 눈에 들어왔다. 나는 뒤로 밀려 나가며 오른쪽으로 돌고 있었다. 내 차에 무슨 일이 일어났는지 분명히 알 수는 없었다. 산자락 아래 바로 아래까지 밀려가며 나는 비명을 질렀다. 아, 안 돼. 안 된다고. 난 할 일이 아직 많이 남았다고. 내 비명 소리는 들리지 않았다. 내 목소리보다 큰 소리들이 연달아 도로를 메우고 있었다.

어딘가에 몸이 끼인 것 같은데 통증은 느껴지지 않았다. 그때, 나는 또다시 떠밀리는 느낌으로 굴렀다. 아, 이제는 죽는구나. 멀리서 개장사가 다가온다. 하지만 그의 목에는, 개 목걸이가 아니라, 올림픽 기능 경진 대회 때 받은 금메달과 그 무엇인가, 그건 알 수 없는 꽃이었다, 해바라기를 닮은 작은 꽃들, 한 번도 본 적 없는 꽃들로 만들어진 화환이 걸려 있었다. 그가 내게 다가와 뭐라 말했다. 그는 절름발이였다. 그의 입이 벌어진 것은 아니었다. 하지만 나는 그가 하는 말을 알아들을 수 있었다. 왜, 우리는 헤어졌어요? 그 목소리는 비난의 목소리도 아니었으며 그렇다고 그 반대로, 칭찬 받을 만한 일이라는 목소리도 아니었다. 지나갔지만, 헤어졌지만, 그래도 그건, 너무도 소중했음을 일깨워주는 그런 목소리였다. 그 목소리와 더불어 그의 목에 걸려 있던 화환은 어느덧 커다란 터널 입구로 변했다. 그는 알 수 없는 미소를 보이며 뒤돌아섰다. 그는 어디로? 그 터널을 통해 선명하고 푸른빛이 비춰들기 시작하면서 내 의식은 아주 이상하게 선명해졌다.

오늘, 수육을 먹으러 오기로 한, 흰색 그랜저의 남자. 몇 번 오더니…. 아니 그보다 중요한 것은, 올 때마다 여자가 바뀐다는 것이다. 2층 창가 넉넉한 자리에, 햇살 잘 들고, 내가 좋아하는 분재들, 단풍나무 분재, 잣나무 분재, 대나무 분재 등을 가끔씩 놓아두는 창턱, 만져보면 먼지 하나 묻지 않게 닦느라, 매일매일 거기 붙어살았는데. 나의 세 번째 남편, 그는 건축업자였다. 그 집을 짓는데, 2년 3개월이 걸렸다. 그동안 나는 그의 곁에서 인부들 밥해주고, 국수 삶아주고, 소주 사다주고, 그렇게 완성시킨 붉은 벽돌 2층 반짜리 건물, 그 건물 2층에 보신탕집을 차렸다.

3층의 반쪽짜리 건물(방 하나에 작은 마루 공간이 덧달린)에는 내 아들이 잠을 자고 공부를 한다. 이제 중 1. 아직도, 새 아버지에게 혼자 인사하기가 쑥스러워, 귀가하면 곧바로 2층 가게로 먼저 들어와, 나를 새 아버지 앞까지 끌고 가는, 아직 어리고 여린 남자, 어린 아이, 그 아이가 사는 방이 2층 위, 반쪽짜리 3층이다. '디아블로' 진지 구축을 위한, 구축한 진지를 지키기 위한 치열한 전투, 그 소리가 멀리서 들린다, 아니 그 애 옆에만 가면 늘 그 소리가 들린다.

2층 가게 내부의 창턱은 나의(내 영혼의) 유일한 내실(內室)이었다. 아무도 범접하지 못하는, 하지만 누구나 볼 수 있고, 누구나 만질 수 있는, 그 창턱, 걸레로 닦고, 왁스로 문지르고, 그 위에 가지런히 놓여진 분재들과 내가 가장 좋아하는 노란 장미, 한 송이면 충분한, 장미 꽃병이 놓여 있는, 그 창턱 옆이 늘 그 남자의 자리였다. 내 평생의 내실이, 자신의 자리라는 것을 모르는 그 남자는 여자와 자리를 잡고 앉아 있다.

처음 본 여자는 말이 없다. 건장한 골격에 각이 진 얼굴을 은근히 숙인 채, 웃는지 우는지 알 수 없는 표정으로 앉아 있는 여자 앞에, 나는 무릎을 꿇고, 쟁반의 음식을 테이블 위에 올려놓기 시작했다. 수육 접시, 들깨가루와 들기름, 야채 접시, 차례로 내려진 음식과 내 얼굴을 힐끔 바라본 여자가 남자에게 뭐라 말한다. 그런데, 웬일인지 그 여자가 무슨 소리를 했는지, 하는지, 나는 전혀 알 수가 없었다. 입은 벌리고 있는데, 그 입안에서는 송충이들이 꼬물거리기 시작한다. 그 입안으로 개고기가 들어가는 것이 보인다. 보기 싫어. 어서 입을 다물어.

하지만 여자는 입을 다물지 않는다. 나는 쟁반을 들고 테이블 옆을 떠난다. 남자가 고맙다고 말하는 것 같았는데, 목소리는 들리지 않았다. 그 목소리에 웃음이 매달려 있는 것 같았다. 그렇게 웃었던가. 그는(절름발이, 내 남동생의 친구는 아니다. 그는 시장에서 순대와 곱창을 파는 연상의 여자와 결혼했다). 봄날, 산천에 피어난 왕벚나무 꽃마저 다 져버린 늦봄, 그와 나는 무작정 서울로 도망을 왔고, 서울 사는 언니들은(내 부모님은 내가 다섯 살도 되기 전에 모두 죽었다) 내 결혼식을 준비했다. 여전히 시골에 살고 있던 오빠들은, 결혼식에 참석해 내게 곱게 눈을 흘겼다. 그렇게 좋으면, 말하지. 말했으면, 도망가지 않았어도 되잖아. 그런 남자가, 결국 바로 옆집 아주머니네 집으로 자기 짐을 싸 갖고 간 것이 결혼 8년째던가. 믿을 수 없다.

그 여자의 집에선 늘 짐승의 암컷에게서 풍기는 이상한 냄새가 났다. 난다. 때론 향기롭고 때론 강렬한 그 냄새, 그 냄새를 맡으며 난 늘 그 여자에게, 미주알고주알 주워 담을 수도 없는 말들을 들려주었다. 우린, 첫날밤에요…, 6번이나…, 여자의 커다란 웃음소리가 담을 넘고, 내 집으로도 넘어갔다. 남편은 완구 공장에서 돌아와 목욕을 하고 있었다. 나, 가서 밥 차려 줘야 해요. 여자가, 그래, 어서 가, 신랑 시장할 텐데. 그 여자가 내 남편의 여자가 되었다.

둘이 이사를 간다. 5톤 트럭 두 대로도 모자라, 작은 트럭 한 대가 더 왔다. 오빠들과 언니들이 그 트럭 앞을 막고 있었지만, 나는 그저 멀거니 그들을 바라보고 있다. 아이는 내게 맡겨졌다. 십자가 탑이 높다랗게 솟아있는 산동네. 아이와 나. 둘은 작은 방에서 옴지락거린다. 갓 학교에 입학한 아이, 아들은 학교 가기 싫다고 울고, 엄마도(그건 나다. 젊은 여자였지만, 그건 내가 늙기 전의 모습이다) 같이 운다. 어느새 아이는 훌쩍 커 버렸다. 아이는 이제 초등학교 5학년이다. 아, 이건 누군가. 어디선가 본 듯한 남자. 내 아이의 얼굴을 닮은 듯한 남자. 그가 담 낮은 내 집으로 넘어와, 내 방으로 들어온다. 내가 다니던 식당 주인 남자다. 그는 어째

서, 내 아들의 아버지를 그리도 닮았을까.

난 그 남자를 밀어낼 힘이 없다. 아이가 자다 말고 일어나, 부엌으로 나가 칼을 들고 들어온다. 그 칼은 감자도 잘 안 썰어지는데. 그런데 아이가 들고 있는 그 칼은 퍼렇게 빛나고 있다. 그 칼로는 안 돼, 너무 무뎌, 아니 칼은 안 돼, 사람을 죽여선 안 돼. 아들은 울부짖으며 남자의 등을 찔렀다. 어디서, 저런 새끼가, 저것이 내 뱃속에서, 난 남자를 밀쳐내고, 아들을 밀쳐내고, 그 아들은, 8년 동안 사귀던 나이든 옆집 아주머니와 이사 가버린 남자의 아들답게 은밀하고도 신중하게 일을 처리한다. 아니, 처리하려한다.

온몸에 끔찍한 전류가 흐른다. 아니, 그건 간호사와 의사들이 내 가슴에 올려놓고 있는 전기 충격기의 충격이다. 아들은 전화기를 집어든 내 손을 내려치며, 작은 소리로 외친다. 엄마, 저 남자 죽일까? 이것이, 안 돼, 너 그러라고, 검도 배우는 것 아니야. 제발. 아이는 마지막에 가서야, 이성을 찾고는(그 아이에게 이성이 있었는지 어쨌는지는 분명히 알 수 없는 일이었다. 하지만 지금은 그 아이에게 이성이 있었다는 생각이 든다) 칼을 내려놓는다.

그 남자와 1년 남짓, 남자는, 내 아들을 두려워하며, 은밀하게 내 남편 행세를 했다. 주변의 눈 있는 사람들은, 그를 내 남편으로 말했지만, 그 남자가 죽을 때까지, 내 아들은 그 사실을 알지 못했다. 남자는, 십자가 탑이 멀리 보이는 교회를 바라보며, 두 눈을 허옇게 까뒤집고 죽고 말았다. 허옇다. 밤하늘의 보름달처럼 허옇고, 봄밤의 흰빛 철쭉처럼 희멀겋고, 겨울밤 내린 눈에 어디선가 반사되는 정체불명의 불빛처럼 선연하고 선명하다.

그가 왜 죽었던가. 아, 그래. 그는 맞아죽었다. 식당을 차리면서 얻어 쓴 사채를 갚지 못해, 맞아죽었다. 갈비뼈도 추리지 못할 정도로 얻어맞은 것이 분명했건만, 그의 몸에는 상처 하나 없었다. 피라도 나야, 피를 닦아주고 약을 발라줄 텐데. 어떻게 그의 몸엔 상처 하나 없을까. 옷차림이나 조금 흐트러진 그가, 내가 사는 언덕배기 무허가 판잣집 담벼락을, 무슨 물건처럼, 아니, 물건이 던져지듯, 담벼락 안으로 떨어졌을 때, 아들은, 검도장의 정기 수련회에 참석하고 없었다. 다행이다. 아들이 봤더라면, 그는 두 번 죽었을 것이다.

이건 뭔가, 내가 다니던 교회 꼭대기의 붉은 탑은 어디 가고, 생전 처음 보는, 예수까지 매달려 미소 짓고 있는 독특한 십자가 탑이 보이는 교회가 보인다. 정말 처음 보는 십자가다. 교회 바깥에 설치된 십자가 탑에는 예수가 매달려 있지 않다. 그런 정도는 나도 안다. 그 매달린 맨몸의 예수에게서 휘황한 빛이 비쳐들었고 나는 눈을 감았다. 아니, 나는 이미 눈을 감고 있다, 그런데 그 맨몸에서 나오는 빛은 다시금 내 저승의 눈을 멀게 할 듯 강렬했다. 예수 주변에는, 절름발이 그 남자애의 화환이 걸려 있다. 어느새인가 내 몸통에 걸려 있던 그 화환이, 나보다 큰 예수의 몸통에 걸려 있다. 이상한 일이다.

냄새가 난다. 말로는 형용할 수 없는 향긋한 냄새, 그건 동물의 암컷에게서 나는 유혹적인 냄새도 아니고 식물의 암술에서 나는 꽃 냄새도 아니다. 그 냄새가 콧속을 자극하자 어디선가 노래가 들린다. 노래, 음악, 클래식, 오페라. 난 그런 것 아무것도 모른다. 남자도, 매번 여자를 바꾸어 데리고 오는 그 남자도 뮤지컬이니 오페라 얘기를 하지 않았는데, 난 어디서 특별히 음악이라 이름 붙일 만한(어떤 음악을 듣고 특별히 감동해본 적이 없었다) 소리를 들어본 적도 없는데, 정말로, 감미로운, 음악이 이렇게 감미로웠다면, 음악을 내 영혼의 친구로 삼았을 텐데, 그런 음악 소리가 끊이지 않는다. 누구의 시인가?

그것도 아니라면, 이건 누구의 이야기인가, 내 삶의 이야기는 저리 달콤하지도 아름답지도 환상적이지도 않은데, 이 세상 사람이 아닌 다른 사람의 삶이라면 좀 이해가 된다. 저 터널, 아까는 보이지 않던, 화환이 만들어주었던 터널의 입구, 저기 저 얇은 막은 무엇인가. 막이 손에 잡힐 듯 가깝다. 저 막만 거두어내면, 난 이 세상 사람이 아닌 다른 사람의 아름다운 삶을 노래로 들을 수도 있을까.

그렇다면, 난 막을 거두어내고, 관객의 박수를 받으며, 터널 끝으로 퇴장하리라, 언젠가, 텔레비전에서 인사하고 또 인사하고, 박수치고 또 박수치고 그것도 모자라 일어나서 모자를 흔들고 손수건을 집어던지는 관중들의 환호성을 들으며 퇴장하는 누구처럼. 퇴장해, 피곤한 기색 들킬 염려 없는, 저 깊고 깊은 터널 속, 들어가고 들어가면 반드시 만날 것 같은, 향기로운 냄새와 꿀처럼 감미로운 음악을 들려주는 그런 곳, 그런 곳이라면 분명히 밝고 깨끗하고 평화로운 곳이리라. 그곳으로 가고 싶다.

간호사와 의사들이 아주 심각한 얼굴로 내 얼굴을 내려다보고
있다. 내 온 몸에는 이상한 튜브들이 연결되어 있고 붕대와 부목
들로 덮여 있다. 그들의 심각한 얼굴이 선명하게 보인다. 내 눈은
감겨져 있지만, 난 내 몸을 내려다보고 있다. 의사와 간호사들은
너무도 경직되어 곧 기절할 듯하다. 그들이 급하게 이것저것 외
과 시술용 도구들을 주고받으며, 떠드는 소리, 아, 듣기 싫다. 아
줌마, 여기 왜 빨리 안 줘요, 개장국 한 그릇 먹기 힘드네.

여자를 매일 바꾸어 데리고 오는 남자는 그런 말을 안 한다. 정
말 점잖게 기다린다. 그 옆에 여자도 아주 얌전히. 혼자 오는 그
남자, 앉자마자, 개장국, 가스레인지 불도 켜기 전에, 아줌마 아
직 멀었어요. 그의 목소리가 간호사와 의사의 목소리와 닮았다.
이 사람들은 개장국을 먹을까. 개장국을 맛있게 먹으며 땀을 뻘
뻘 흘리는 남자, 개장국을 좋아하는 그 남자의 얼굴은 전혀 개하
고 닮지 않았다. 그 남자의 얼굴은 개미 한 마리도 죽을 수 없는
얼굴이었는데, 목소리는 개 몇 마리는 한꺼번에 때려잡을 정도로
거칠고 우렁했다.

얼마나 시간이 지났을까. 무엇인가, 내 가슴 위에서 펄쩍펄쩍
뛰어오른다. 그때마다, 내 손은 터널을 가리고 있는 얇은 막에 점
점 가까이 다가간다. 두 번째 남편도 저런 막 속으로 사라졌을까.
그의 장례식 날 수련회에서 돌아온 내 아들은, 누가 죽었는지 묻
지 않았고, 그의 본부인도 내게, 네가 누구냐고 묻지 않았다. 나
는, 그저, 평범한 검은 옷차림으로 남자의 빈소에 잠시 다녀왔을

뿐이었다. 더운 여름날, 언덕배기를 올라오는 여자(그건 나다. 옆집 아주머니와 첫 번째 남편이 함께 이사 가던 날, 그 둘을 배웅하던 여자보다 좀 더 늙었지만, 그건 분명 나다)는 아주 오래된, 그래서, 질릴 대로 질려, 이제는 구태의연한 장식물처럼 의미 없는 교회의 뾰족탑을 바라보며, 자꾸만 교회로 끌려갔다. 땀이 흘러 관자놀이로 흘렀고, 눈물이 흘러 눈가를 찍찍하게 적셨을 때, 여자는 에어컨이 있는 교회 안으로 들어가, 기다란 교회 의자에 멍하니 앉아 있었다. 아무도 없었다.

매일 아무도 없길. 예수는 넓은 교회당에서 배고프지 않게, 배고플 이유 없이, 커다란 벽에, 가장 고통스런 얼굴로 매달려 있다. 저건, 못이 박혔던 자리. 그 자리가 갑자기 수천 배의 크기로 커져버린다. 여자는(그것도 나다) 예수 앞으로 걸어가, 그 구멍 앞에 서서 그 안을 들여다본다. 거기에도 막이 쳐져 있다. 놀란 여자가 뒤로 물러선다. 크고 먼 예수, 여자는 몸을 돌렸다. 몸집에 비해 얼굴이 꽤 작다싶은 남자 하나가 예배실 문을 열고 들어와, 이상스럽게 여자를 바라보더니, 맨 앞 의자로 가 앉았다. 여자는 교회 예배실의 문을 열고 나오다, 주일 예배 시간표를 봤다. 일요일, 여자는, 난생 처음 교회에 갔다.

사람들이 정말 희희낙락이다. 그런 모습을 여자(그 여자도 나다. 그 여자는, 아직 결혼 전이다. 살구꽃처럼 포근한 미소로 남동생을 바라본다)의 남동생은 희희낙락이라고 말했다. 절름발이 제 친구와 내가 사귈 때도, 희희낙락이라며, 날 놀렸던 녀석의 얼굴이, 몸은 어디로 사라지고 얼굴만, 정말 날 희롱하던 그 모습으로 교회 앞에 턱

걸려 있다. 네가 왜? 아니, 잘못 봤다. 그건 처음 교회 갔을 때, 만났던 얼굴 조그만 남자였다. 남자가, 교회 문 앞에서, 종이쪽을 나누고 주고 있었다.

뭐라 쓰여있긴 한데, 영어가 더 많이 쓰여있다. 얼굴 조그맣지만 키는 큰 남자, 그가 직접 만든 종이는 아닌 것 같다. 여러 사람들이 그걸 받아가며 인사를 주고받는다. 얼굴 작은 남자의 얼굴에 주름살 꽃이 핀다. 웃지 않으면, 근엄해 보이는 그 남자의 얼굴에 잡힌 주름, 그 주름들 사이에 무언가 이물질이 끼어 있을 듯싶다. 그가 분주하게 여자 곁을 왔다갔다한다. 의도적이다. 여자는 눈치챘다. 그래도 여자는(그 여자도 나다, 속으로는 우스워 웃음을 참지만 그래도 웃지는 않는다) 그를 모른 척한다.

그렇게 1년이 흐른 어느 날, 교회 사람들 앞에 하얀 드레스를 입은 그 여자와 곤색 양복을 입은 그 남자가 서 있다. 그런데 인제 그 남자가 나를 내려다보고 있다. 고통으로 일그러진 얼굴, 그 옆에 나의 사랑스런 아들도 함께. 무표정하다. 그런데 나는 그 아이의 목소리를 들을 수 있다. '엄마, 이제 좀 살게 됐는데, 왜 죽어, 왜 죽어? 나도 죽을래.' '아, 안 돼.' 나는 병실이 떠나갈 정도로 크게 소리를 질렀다. 하지만, 내 아들은 꿈쩍도 하지 않는다. '넌 살아야 해. 난 절름발이를 사랑했기 때문에 이렇게 쉽게 가는 거야. 가서는 건강한 남자와 살게, 약속할게. 보여, 두 다리가 건강한 남자, 내게 두 팔을 벌리고 있는 알 수 없는 남자가 저기서 날 기다린다고. 너도 볼 수 있었음 좋겠는데.'

이제 내 아들의 절규하던 목소리도, 내 남편의 고통스런 얼굴도 비껴 사라져버린다. 내 손끝이 얇은 막을 거두어내고 나는 그 안으로 한발두발 걸어 들어가고 있다. 걷지 않아도 내 몸은 그 안으로 흡수되고 있었다. 빠른 속도로 빨려 들어가는 내 몸은 너무도 가벼워 내 스스로도 무게를 느낄 수가 없다. 긴 터널. 이곳만 통과하면 되는데, 그런데 내게 누군가가 자꾸만 말을 건다. 뜨거운 것이 목구멍으로 넘어오는 듯한 생시의 느낌 때문에 나는 뒤를 돌아보았다. 내가 통과한 터널 그 입구, 나의 아들이. '안 돼. 날 따라오지 마.' 나는 뒤돌아설 수 없었다. 뒤돌아서고 싶지 않았다. 같이 갈까. 그건 안 된다.

첫사랑의 느낌(두 번째 남자의 이삿짐 차 석 대가 그 꼬리를 감추던 순간의 느낌과는 너무도 다른)과 그 느낌을 온전히 되돌려 받은 그런 편안함과 평화로움을 나는 잊을 수가 없다. 잠시 동안이었지만. 그런 느낌으로 나는 저쪽 터널 끝, 그 끝으로 눈부시게 비쳐 들어오는 빛들을 바라보며 흘러 들어가고 있었다. '더 이상은 안 되겠어.' 의사와 간호사들의 목소리가 들린다. 그들이 내게서 모든 의료 장비를 제거하는 모습이 언뜻 보인다. 내 앞에 엎어진 내 아들, 그럴 것이다. 그냥 엎어져 있기만 하다가 곧 일어서겠지. 일어서야지, 일어서! 그런데, 아직도 내 아들의 목소리가 들린다.

그쪽으로 갈 수는 없는데, 그쪽으로 다시 가기는 정말 싫은데, 너 혼자 살아가야 할 세상인데. 미안하지만, 나 혼자 갈 길인데. '엄마, 나도 데려가. 나도. 안 돼.' 아들이 4층 병실의 창문가로 다가간다. 창문턱으로 올라간다. 나는, 망설였다. 다 큰 줄 알았는데, 나를 보호하겠다고 칼까지 휘두르던 녀석인데. 약해져버린 꼴이라니. 그래도 안 되겠어. 난 그쪽으로 돌아가고 싶지 않아. 개장국을 먹으러 와, 빨리 달라고 소리치는 남자도 싫고, 나의 내실 가지런히 놓인 분재들 잎사귀를 손으로 만지는, 매일 여자 바뀌는 그 남자도 싫고, 8년이나 살았던 남자의 새 여자가 나를 찾아올 때도 싫고, 난, 정말, 잘 죽는 거야. 하지만 넌 아니야, 아니란 말이야. 나의 간절한 설득에도 내 아들은, 귀가 먹었는지, 나와 함께 가겠다고 창문턱에 올라서 소리친다. 나는 결국 터널 끝까지 갈 수 없었다.

목덜미를 잡아당기는 내 아들의 목소리, 뱃속에서 꿈틀대던 최초의 그 활기찬 생명으로 나를 향해 다가서는 내 아들, 나는 뒤돌아섰다. 서서히, 썩어빠진 하수구 냄새 진동하는, 어둡고 무서운, 하지만 내 아들이 살아 있는(아직은 너무나 건강하게 살아있는), 그곳으로 난 돌아가야만 했다. 내 의지와는 아무런 상관없이. 아니, 내 의지대로, 난 살아나야만 했다. 내 아들을 살려내기 위해서. 그래, 그것 하나만으로도 다시 살아야 한다.

내 시체를 내려다보던 아들이 보이지 않는다. 어느새 아이가 4층 병실에서 뛰어내렸다(남편이 내 곁에서 소리소리 지르며, 당신 아들도 데려가? 데려가느냐고, 난 평생 아이도 낳을 수 없잖아 라고 소리쳤다). 고함을 듣고, 급하게 준비된 매트리스 위로 떨어진 내 아들은 바로 옆 병실에 누워 있다. 나는, 몸을 조금 움직였다. 움직여진다. 나를 마구마구 흔들며 울부짖던 남편이, 악, 소리를 지른다. 움직여요.

선생님, 빨리. 사람들이 모여든다. 내게서 걷어냈던 모든 의료장비가 다시 동원되고 나는 숨을 몰아쉬었다. 그들 중 한 명이 옆 병실로 달려갔고, 나의 세 번째 남편이 내 곁에 있음이 느껴졌다. 그가 내 손을 잡으며 말했다.

'고맙소.' 나는 생시에는 한 번도 들어보지 못했던 남편의 고맙다는 말을 들으며 혼수상태에 빠져들었다. 내 아들의 목소리가 들린다. 엄마, 나도 안 죽을게. 엄마도 죽지 마. 엄마, 나 때문에 안 죽은 거 알아. 교회에서 온 사람들의 찬송가 소리가 멀리서 들리기 시작했고, 그 소리는, 고래고래 악을 쓰는 어떤 사람의 목소리와 얽혀들며 기묘한 화음을 만들어내고 있었다.

죽어, 죽어버리란 말이야. 병신으로 살아서 뭐해. 죽으면 안 돼. 다리 하나 없다고 세상이 끝나는 것은 아니야. 죽어, 이 웬수 같은 인간아, 바람 피운 것으로도 모자라, 차에 뛰어들어? 그 차 운전사 사람 좋지, 너 같은 인간을 살려두다니…. 살려두다니, 살려두다니, 살려두다니, 나 같으면 한 번 더 밀어 완전히 해결 봤을 거다. 병실 문이 부서질 듯 응급실 문을 내동댕이치고 누군가가 밖으로 뛰쳐나가며 소리쳤다. 아예 죽어─ 응급실 미닫이문이 서서히 닫힌다─없어져버려.

칼

전동차가 잠시 몸통을 흔들더니 미끄러지듯 승강장에 멈춰 섰다. 자동문 출입구 쪽에 몰려 서 있던 사람들이 문 쪽으로 조금씩 움직여갔다. 사람들의 어깨와 어깨는 전동차가 멈춰 서기 전보다 좀 더 가까워졌다. 하지만 자동문이 열리자 그들은 흐르는 물처럼 문 밖으로 밀려나가더니 뒤 한번 돌아보지 않고 흩어져버렸다, 돌아볼 이유는 아무것도 없다. 그 뒤를 이어 또 다른 몇몇 사람들이 어깨를 부딪치며 전동차 안으로 급하게 움직여 들어섰다. 그들은 발붙일 공간을 찾아 이리저리 몸을 움직일 뿐, 내가 서 있는 곳에 시선을 오래 두지는 않았다.

누가 전동차 한쪽 구석에 웅크리듯 서 있는 여자에게 오래 시선을 두겠는가? 그들이 나를 오래 바라보았다면 그건 아마 내 추레한 행색 때문이었을 것이다. 어쨌건 나는 내 공간만 잘 지키고 있으면 그만이었다. 매너리즘에 빠진 듯한 남자의 목소리가 2, 3분 간격으로 다음 역이 어디라는 안내 방송을 내보내고 있었고, 나는 자동문 출입구 옆의 스테인리스 팔걸이에 엉덩이를 슬그머니 갖다 붙였다.

전동차가 설 때마다 무의식적으로 정거장의 이름을 보는 것 외 나는 달리 할 일이 없었다. 저만치쯤에 자리 하나가 났다. 그 앞 손잡이에 매달려 있던 남자 하나가 앉을 듯 말 듯 주변을 짧게 둘러보는 사이, 그 자리에는 톱자루가 가방 입구로 삐져나온 가방이 놓여졌다. 이내 가방 주인인 듯한 노동자 차림의 사내가 그 가방을 들더니 엉덩이를 그 자리에 밀어 넣었다.

사내의 저지바지 아랫단에는 공사 현장에서 묻혀온 듯 허연 시멘트가 뻣뻣하게 말라붙어 있었다. 사내가 그 자리에 앉기 전, 그 자리를 멀거니 바라보던 나는 사실 가서 앉을 엄두도 내지 못했다. 몇 발자국이라도 움직이는 것은 무릎관절과 양쪽 엄지발가락에 무리가 가기 때문이었다. 또 다시 엄지발가락이 저려오기 시작했다. 통증을 동반하는 저림 증상은 시도 때도 없이 찾아드는 일상이 되었다.

발가락이 저려오는 증상은 〈미래 불고기집〉, 이제 그 식당 일도 오늘로서 끝이 나고 말았지만, 그 일을 시작하고 나서부터였다. 식당일을 시작하면서 엄지발톱 주변의 굳은살은 좌우측을 싸고돌았고 발가락 전체는 감각이 없어진 듯했다. 손톱깎이로 조심스럽게 굳은살을 잘라내도 얼마 지나지 않아 그 자리는 다시 굳은살로 덮였다. 처음에는 자라는 대로 잘라냈지만 그것도 이제는 귀찮아졌다. 발톱 주변의 굳은살은 식당일을 그만 두지 않는 한 계속 자라날 것이다.

발가락의 통증이 없었더라도 아무렇게나 구겨 신은 운동화를 질질 끌며 그 빈자리까지 갈 수는 없었다. 언뜻언뜻 나와 눈이 마주치는 사람들의 시선이 따갑다. 두피에 달라붙은 짧은 머리와 화장기 없는 맨 얼굴 때문일지도 모른다. 나는 그들의 따가운 눈총을 받으며 그리로 갈 수가 없다. 혹 내가 그 자리에 앉는다면 내 옆의 승객들은 나를 피해 딴 곳으로 가버릴지도 모른다. 톱자루가 삐져나온 연장 가방을 무릎 위에 올려놓은 남자가 두 다리를 편안하게 벌리고 앉자, 그 오른쪽의 여자가 그 남자를, 그 남자 모르게 아주 잠깐 흘금거리더니 두 다리를 딱 붙여버렸다. 여자가 두 다리를 바짝 붙여버리자 남자는 더 이상 두 다리를 움직이지 않았다.

여자의 동그란 무릎에 시선을 두고 있던 나는 여자의 왼쪽에 앉은 남자와 어느 순간 눈이 마주쳤다. 남자의 눈은 나를 훔쳐보고 있었음이 분명한 듯 내게 잠깐 동안 고정되어 있었다. 나는 불에 데인 것처럼 황급히 눈길을 거두었다. 내가 여자의 동그란 무릎을 오래 바라보지만 않았더라면 난 그 남자의 시선과 부딪치지 않을 수도 있었다. 이유를 알 수 없는 그의 눈길이 잠시 동안 가슴을 답답하게 만들었다. 답답증 때문에 숙였던 고개를 들어 그를 슬쩍 바라보았지만 이미 남자의 시선은 거의 벗다시피 한 여자의 속옷 광고로 던져져 있었다.

반쯤 벗겨진 흰 이마, 좁은 미간 사이로 칼날처럼 솟아오른 하얀 콧날, 그러한 콧날과는 대조적으로 코끝은 벌겋고 펑퍼짐했다. 그 아래로 꽉 다문 얄팍한 입술이 얹혀 있었다. 그의 흰 이마에서 배어나온 번들번들한 기름이 희미한 전동차 불빛을 흐릿하게 반사시키고 있었다. 사내와 눈이 마주친 것은 좁은 공간 안에서 일어났던 우연한 일일 뿐이었다. 사내의 두 눈은 꽤 오랫동안 광고 포스터 속에 던져져 있었다.

나는 그의 얼굴에서 눈길을 거두었고 전동차는 어둠 속으로 시시각각 빨려 들어가고 있었다. 피곤했다. 두 눈이 뻑뻑하고 뒷목이 활시위처럼 팽팽하게 당겨지는 느낌 때문에 눈을 감았다. 눈을 감자 나는 나의 모든 것이 일시적으로 외부세계와 단절된 듯한 느낌 속으로 빠르게 빠져 들어갔다. 아주 서서히 주변의 소리들이 멀어져갔다. 몇 분마다 한 번씩 들리는 안내 방송도 전동차의 굉음도, 멀리서 들려오는 이명처럼 그저 하나의 웅성거림으로 남을 뿐이었다. 소리들이 완전히 내 몸을 비껴가거나 혹은 통과해버리는 착각 속에 빠져든 것은, 바로 나로부터였다.

이미 소리의 역할을 하지 못하는 소리를 들으며 나는 선 채로 서서히 잠 속에 빠져들었다, 졸고 있었다. 그렇게 졸던 나는 결국 아무 소리도 들리지 않는 완벽한 고요 혹은 정적 속으로 떨어져버렸다, 청맹과니가 되었다. 피곤으로 인한 두통 때문에 소리들을 듣지 못하는지도 모른다. 두통을 동반하는 피곤함 속에서도 나는 잠의 나락으로 빠져들었다, 소리들이 완전히 사라졌다.

"우하하하…."

그때 난 갑자기 웃음소리를 들었고 반사적으로 웃옷 호주머니에 아무렇게나 찔러 넣어둔 칼자루를 움켜쥐었다. 눈을 떴다. 웃음소리의 주인은 조금 전 나와 눈이 마주친 그 남자였고, 얄팍한 두 입귀에는 여전히 웃음기가 남아 있었다. 남자는 나를 힐금거리며 옆자리의 남자와 뭐라 떠들고 있었다. 동행이 있었다.

나는 다시 고개를 숙였다, 생각했다. 그런 웃음소리를 언젠가 들어본 것 같기도 하다. 어쩐지 조롱당했다는 느낌을 갖게 하는 거의 비소에 가까운 웃음소리다, 그렇다. 운동화를 질질 끌고라도 남자에게 다가가고 싶었다, 그럴 수만 있다면. 나는 그에게 다가가 내가 하고 싶은 말을 했을 것이다. 실컷 웃어, 웃으라고….

하지만 그 흰 대머리가 나를 보고 웃었는지 어쨌는지는 분명히 알 수 없다. 만약 나를 보고 웃었다면, 그는 왜 나를 보고 웃었을까? 정말 나를 보고 웃었다면 그것은 이해할 수 없는 일이다, 이해할 일도 아니다. 다시 뒷목이 팽팽하게 당겨졌고 나는 애써 눈을 감았다. 나는 어쩐지 그 웃음소리까지도 참아낼 수 있을 것 같았다. 하지만 나는 그들에게 들려줄 얘기가 너무 많다.

〈미래 불고기집〉 일을 시작한 것은 4개월 전이었다. 그 식당에서 파는 것은 미래가 아니라 벌건 고깃덩어리였다, 미래는 못 팔아도 고기는 팔 수 있다. 첫날 하루는 거의 정지된 듯 시간이 흘러갔고, 다음날 깨어보니, 다음날이었고 또 다음날 깨어보니 다음날이었다. 금방 잠이 들었는데 깨어보니 다음날이었던 유년 시절의 하루처럼. 식당에서의 하루하루는 너무나 빠르게 지나갔다. 조절 나사를 인위적으로 돌려놓아 시간이 맞추어진 시계처럼 일하는 낮 시간은 1시간이나 2시간이 아니라 서너 시간을 한 단위로 흘렀다. 그것이 잠들지 않은 각성 상태에서 내가 느낀 가장 빠른 시간의 흐름이었다. 온종일 계산대 위 철재 선반 위에 놓여진 텔레비전에서는 스포츠 중계 아니면 B급 호러무비나 액션을 번갈아 내보내고 있었다. 텔레비전을 꺼버리면 이내 누군가가 다시 텔레비전을 켰다.

청각과 시각은 극도로 피곤해지고 하루 동안의 노동은 어둠을 가져다줄 뿐이었다. 첫날 이후, 저녁 무렵이면 눈앞은 안개가 낀 듯 허옇게 흐려져 물체들은 멀리 달아났다, 순간적으로 사라졌다. 소리들은 한 가지로 뭉뚱그려져 정체불명의 괴성으로 들렸다. 식당 밖에서 울리는 자동차 경적 소리, 전화벨 소리, 주문하

는 사람들의 아우성 소리, 싱크대에 식기 쏟아지는 소리, 종업원
들의 어서 오라는 인사말 등등을 한꺼번에 들어본 것은 그때가
처음이었다.

　그 소리들 각각을 구분하는 데만 1주일이 걸렸지만 그 소리들
을 다 구별하게 된 것은 아니었다. 한 가지 소리, 무엇을 달라는
소리 곧 주문하는 소리만을 골라낼 수 있었다. 어쨌거나 그 소리
를 듣고 난 주문을 받을 수 있게 되었지만, 카운터에 제시하는 주
문전표를 잘못 끊어 엉뚱한 음식이 엉뚱한 식탁에 놓여졌다, 놓
여질 수 있다. 이후의, 책임감이 날 옥죄었다. 때로 그 책임감은
고스란히 공포로 나를 덮쳤고 난 당장 그 자리에서 도망치고 싶
었다, 물론 도망칠 수는 없었다.

　그것은 마음뿐이었고, 태연하게 식탁 앞에 서서 주문한 음식을
재차 확인할 때 내 머릿속은 피대 벗어난 체인이 저 혼자 헛바퀴
를 도는 느낌이었다. 혼란과 뒤엉킴 속에서 지나버리는 하루하루
의 생활은 인간이 가져야하는 최소한의 일시적인 평화로움이나
안정감조차 앗아가 버렸다, 앗아가 버린 듯했다. 얼마 지나지 않
아 그것은 먹고 마시고 잠자고 싶어하는 기본적인 욕구마저 상실
케 할지도 모른다는 두려움으로 변했다. 껍질이다, 그건 껍질이
다. 내용물 빠져나간 바실바실한 껍질만을 끌어안고 사는 그런
사람, 아니 그런 생활이 이어질지도 모른다는 두려움이 밤잠조차
설치게 만들었다.

　낯선 정거장의 이름이 눈앞을 몇 차례 스쳐갔다. 자동문이 열
릴 때마다 내려, 맞은편 전동차에 올라탈 수도 있었다. 어디로 가

야 할지 정처도 없으니까 그건 내 자유다, 그런 것도 자유라면 자유다. 이윽고 전동차의 안내 방송이 종착역임을 알렸다. 이제 어쩔 수 없이 내리거나 그 종착역에서 시내로 진입하는 전동차에 다시 올라타야 한다. 내리자, 다시 시내로 들어가긴 싫다, 들어가도 갈 곳이 없다.

그때까지도 웃음소리로 나의 심기를 잠시 불편하게 만들었던 대머리는 그 자리에 앉아 있었다. 옆자리의 동행은 보이지 않았다. 자신의 목적지가 종착역인 듯 보이는 대머리는 미소인지 이죽거림인지 묘한 웃음을 내게 다시 한번 던졌다. 이런 두 번씩이나…. 그 웃음은 분명 우연이 아니었다. 그래, 나도 어쩜 오늘밤은 바람직한 인생, 그런 인생을 꿈꾸어볼 수도 있지 않을까? 사실 그런 인생을 보낼 아무런 확신도 없지만.

아니, 그것은 말도 안 된다. 나는 머리를 세차게 흔들어 깨끗하게 그 생각을 지워버렸다, 꿈을 버렸다. 나는 열려진 자동문을 빠져나가 이미 앞서고 있는 다른 승객들의 뒤를 따라 지상 출입구로 향했다. 대머리는 어디에도 없다. 고개를 숙인 채 말없이 복도를 걷는, 그리고 계단을 오르는 승객들은 언뜻 눈먼 장님처럼 촉각만으로 걷는 듯했지만, 정확하게 투입구에 승차권을 밀어 넣었다.

“삐이이익.”

바로 내 앞 사람이다. 갑작스런 어지럼증을 겨우 참으며 난 내가 쥐고 있는 승차권을 바라보았지만 안도할 수 없다. 혹 내가 통과할 때도 소리가 난다면…. 제대로 돈을 지불하고 산 승차권도 가끔 지금처럼 거부당할 때가 있으니깐.

1년 전쯤 나는 한 달을 사용할 수 있는 정액승차권을 산 적이 있었다. 구간에 상관없이 사용할 수 있다고 생각했던 그것은 알고 보니 사용구간이 한정되어 있는 승차권이었다. 그때 나는 그 신경질적인 경고음을 들었다. 그 소리에 나는 연장 구간 추가 요금을 지불했고, 바로 정액승차권 사용을 중단해버렸다. 두 번 다시 그런 소리를 듣고 싶지 않았기 때문이었다.

지상으로 올라서자 밖은 생각보다 어두웠고, 역사 주변의 낮은 건물들은 막 사라지는 노을의 잔영을 붉게 반사시키고 있었다. 나는 한참만에야 짙은 오렌지색 포장이 간간히 부는 바람에 펄럭이는 포장마차를 발견했다. 사람들이 모여 술을 마시겠지, 술 마시는 곳이니까. 비록 움츠려 휘어진 등이지만 그들의 앞에는 술잔이 놓여 있겠지. 비로소 나는 소리와 색깔 그리고 주변의 사물들을 낱낱이 구별하고 있게 되었다. 누구의 방해나 거부도 없는 시간, 사실 나는 내 속에서 무엇인가 새롭게 살아나 꿈틀거리고 있음을 알아챘다. 시장하다. 전동차 안에서의 대머리가 터무니없이 잠깐 떠올랐고 나는 포장마차로 향했다.

매서운 바람이 한 차례 몰아치자 줄무늬로 찢어진 오렌지색 포장은 다시 펄럭였고, 하늘은 금방 눈이라도 쏟아놓을 듯 회색빛이다. 귤과 사과를 플라스틱 바구니에 삼각으로 올려놓고 손님을 부르는 아주머니의 목소리는 바람소리에 섞여 잠시 절규처럼 들렸다. 문득 나는 〈미래불고기집〉으로 돌아가고 싶어졌다. 춥다. 적어도 식당 안은 이보다 덜 추우니까. 그러나 이제는 돌아갈 수 없다, 돌아가고 싶지 않다.

포장마차로 향하던 나는 어디서 나타났는지 또 그 대머리를 보았다. 오른손에는 과일봉지가 들려 있다.

'아까, 왜 웃었어?'

그렇게 묻고 싶었지만, 대머리는 추위로 얼어붙었는지 고개를 숙인 채 내 앞을 빠르게 지나쳤고 난 포장마차 안으로 들어섰다. 바람이 여기저기서 들어오지만 제법 추위는 피할 수 있었다. 나는 선 채로 연탄불에 손을 녹이며 유리 뚜껑이 덮인 진열장 안을 들여다보았다. 산낙지, 꽁치, 꼼장어 등 대여섯 가지의 안주거리가 칸칸이 정돈되어 있었다. 내가 첫 번째 손님은 아니다.

애티가 가시지 않은 젊은 남녀가 앉아 있다. 여자는 무표정하고 남자는 연신 벙글벙글 웃는다. 한꺼번에 여럿이 앉을 수 있는 긴 의자를 내 쪽으로 끌어당기자 거기 앉아 있던 젊은 그들이 잠시 나를 바라보았다. 그 둘이 엉거주춤 일어서며 내 쪽으로 의자를 좀 밀어주더니, 남자가 재수 없다는 듯 술잔을 쭉 들이켰다. 주인 남자는 왜 나를 뚫어져라 바라보는 것일까? 나갈까, 그냥 있을까, 나는 잠시 망설였다. 아니 들어왔으니 마셔야겠지, 나도 마시러 들어왔으니까.

투박한 남자의 손이 진열장 안에서 꽁치 한 마리를 집어내 굽는 동안 나는 당근을 안주 삼아 소주를 반병이나 비웠다. 꽁치를 기다릴만한 여유가 없다, 웃옷 주머니에 품고 있던 과도가 곳곳이 살아나는 느낌 때문이었다. 나는 연거푸 술잔을 비우고, 그놈은 주머니 속에서 거친 숨소리를 내뱉기 시작했다, 그 숨소리가 내게도 들렸다. 구운 꽁치가 내 앞에 놓여졌지만, 나는 어느새 소주 한 병을 다 비운 후였다. 잠이 온다. 눈을 끔벅이며 술을 마시던 나는 또 그 대머리를 보았다.

진열장 속의 갈치 토막 비늘이 그의 이마에 반사되는 듯했다. 맞다, 그다. 이상하다. 과일을 샀으면 그는 집에 가야 한다, 집에 있어야 한다. 없다, 과일봉지가. 집에 들렀다 다시 나왔음이 분명했다. 그는 주저하는 기색 없이 내 옆으로 바싹 다가앉았다. 떠밀리다시피 옆으로 나앉은 나는 40대 초반의 얼굴을 보았다. 나는 거들떠도 보지 않는 그가 주인 남자에게 물었다.

"장사 잘 됩니까?"

"별로 춥지도 않은데 그저 그러네요. 눈도 쏟아질 것 같고⋯."

주인 남자의 목소리는 들떠 있었다. 말상대를 만난 것을 내심 즐거워하고 있는 주인 남자는 더 이상 나를 경계하는 눈으로 바라보지 않았다. 장사가 처음인 듯 손놀림이 굼뜬 주인이, 대머리가 주문한 산낙지를 요령 없이 난도질하더니 꽃무늬 벗겨진 플라스틱 접시 위에 올려 내놓았다.

술기운이 온몸으로 퍼졌다. 엄지발가락이 저려오던 느낌은 사라졌고 벌써 두 병째의 소주다. 반병쯤 소주를 비운 대머리가 퍼즐게임이라도 시작하듯 입을 열었다.

"주인 양반은 언제 처음 죽여 봤습니까?"

"예?"

당황하는 기색을 감추지 못하는 주인이 놀란 눈으로 그를 바라보았다.

"여기, 살아 있는 것이 많지 않소?"

“아, 난 또 무슨 말씀이라고….”

주인의 표정은 곧 바뀌었다.

“언제부터 이 장사를 시작했냐구요?”

대머리는 별 반응이 없다. 그저 한마디 던지고는 표정없는 얼굴로 술잔을 들어올릴 뿐이었다. 어쩜, 자기가 듣고 싶은 대답이 아니었는지도 모른다, 주인이 대머리의 속을 어찌 알겠는가? 주인은 무안한 듯 계속 주절대며, 지금 맛있게 드시는 것이 살아 있어 맛있다는 둥, 맛없으면 다른 것을 시키라는 둥, 그런 소리를 지껄였다.

“다른 것을 시키라고?”

유리진열장 안으로 세 사람의 시선이 모였다. 진열장에서 눈을 떼며 나는 좀 더 자세히 그의 옆얼굴을 볼 수 있었다. 턱수염은 이틀 정도 자라 있었고 발그레한 콧등에는 수포성 무좀처럼 땀구멍이 숭숭 드러나 있다. 그의 눈동자는 서서히 풀려갔다.

“댁이 이 부근이신가요?”

“집이 여기면 뭘 합니까. 집에 들어가도 생각이 많아서….”

“왜요? 그럴 만한 사정이라도….”

그들의 대화는 다시 시작되고 눈이 내리기 시작했다. 포장마차의 비닐 창문에 아무렇게나 달라붙던 눈송이들은 이내 녹아내렸다. 올 들어 두 번째의 눈이다.

언덕배기에 위치한 〈희망〉 고아원 건물의 아래쪽에는 비포장도로가 넓게 나 있었다. 그때는 왜 그리도 눈이 많이 내렸는지, 키를 훌쩍 넘어서는 눈 속을 나는 걷고 있었다. 사람 다니는 길만

겨우 만들어진 동굴 같은 눈 벽을 더듬으며 아랫동네로 내려갔다. 그 중간쯤에서 만난 아랫동네 아이들, 그 아이들은 〈희망〉 고아원 주변의 주택에 사는 부모 있는 아이들이었다. 그 눈 속에서 그 아이들과 어떻게, 왜 눈싸움을 했는지 기억은 없다. 또한 눈 속에 돌을 넣어 던지는 아이가 누군지도 기억에 없다. 여러 개의 눈덩이를 한꺼번에 뭉쳐 놓고 눈싸움을 했기 때문이었다.

밤 11시가 넘었다. 다른 날 같으면 식당 안에 마련된 조그만 다락방에 누워 있을 시간이었다. 직업소개소 소개로 식당 문을 들어선 것은 늦더위가 시승을 부리던 9월 중순이었다. 30대 중반의 식당 주인 여자는 말이 많았다. 아이들의 성적에서부터 남편의 바람기까지 총망라해 비밀이라고는 아예 없는 듯 보이던 주인여자는 은근히 내게도 개인적인 관심을 보였다. 무엇인가를 캐내려는 눈빛, 나는 그런 눈빛을 싫어한다. 하지만 나는 그녀가 생각하는 그런 비밀스런 삶과는 거리가 멀었다. 처음에는 한두 마디 말로 가볍게 응수해도 말 많은 그녀는 그리 섭섭한 기색을 보이지 않았다.

장사가 끝나고 돈을 챙겨 집으로 돌아갈 때는 다락으로 가끔 과일봉지를 들여놓기도 하던 그녀의 친절도 3개월이 채 가지 못했다. 그 이유가 나 때문이라고 그녀는 말하고 있었다. 점심시간이 끝나고 주방에서 쪽파를 다듬던 나는 주인에게 불려갔다.

"이것 봐, 김 양!"

김 양이라니? 나를 그렇게 부른 적은 한 번도 없었다. 나는 주인여자의 볼멘 목소리보다 호칭에 온 신경이 곤두섰다. 첫날부터 자기와 성은 다르지만 이름이 자기 여동생과 같다며 제 동생 부르듯 나를 불러주던 그녀가 성만을 부른다. 나는 다듬던 쪽파단을 집어든 채 그녀 앞으로 급하게 달려갔다.

"왜 벙어리처럼 가만히 있어. 불렀으면 대답을 해야지?"

"……."

"대답 안 하는 건 좋아. 손님들에게 인사는 해야지."

나 말고도 종업원은 3명이나 더 있다. 셋이서 동시에 목청을 높여 소리치자 처음에 난 혼비백산했다, 웃음이 나왔다. 하지만 웃지는 않았다. 합창하듯 동시에 목청을 돋우는 종업원들은 고양이나 개가 들어와도 뒤도 안 돌아보고 목청을 높일 것이다.

"앞으로 조심하겠어요."

"얼굴은 화상에다 먹기는 무굴챙이같이…."

쪽파를 들고 있던 손이 떨렸다. 한 손에 들려 있던 나무자루 달린 과도가 이유 없이 번득였다.

"김 양, 기분 풀어."

주방 아주머니가 손님이 남기고 간 소주를 맥주잔에 가득 따라 주었다. 술은 이미 공장 다니며 야간학교 다닐 때 배웠다. 나는 단숨에 그것을 들이켰다, 온몸이 취기로 얼얼했다. 난 그 취기 덕으로 쪽파를 마저 다듬을 수 있었다. 그날은 그렇게 지나갔고 다음날 주인여자는 겨울 내의 한 벌을 사가지고 출근했다.

"입어 봐."

나는 쌀 씻다말고 천정 낮은 다락으로 올라가 앉은뱅이 자세로 내복을 입었다. 내복에서 새 옷 냄새가 물씬 풍겼다. 새 내복으로 갈아입던 그날, 결국 일이 터졌다. 점심 배달이 끝났을 무렵, 한 통의 전화가 걸려왔다. 한꺼번에 10인분의 불고기백반을 주문한 것이다. 주인여자는 특별히 맛있게 하라는 소리를 주방에 대고 부탁했다. 돼지고기는 비계 빼고, 고춧가루는 씨 배고 빻은 것 사용하고. 10인분 정도는 나 혼자서도 배달이 가능하다. 상을 다 차린 나는 머리를 한 번 쓸어 올린 다음 두 겹으로 겹쳐진 쟁반을 머리에 얹었다.

높고 낮은 빌딩 사이로 억센 겨울바람이 이리저리 매섭게 몰려 다녔다. 그 바람을 가르며 나는 음식이 식을세라 잰걸음으로 걸었다. 10인분의 식사를 내려놓고 식당으로 들어선 나는 이내 주방으로 다시 들어섰다. 주방에는 늘 일거리가 지천이다. 붉은 망사자루에 들어 있던 양파를 바닥에 쏟아놓고 껍질을 벗기자 눈에서는 눈물이 찔끔거렸다, 눈물이 흘렀다. 그 양파를 다 다듬기도 전에 주인여자가 또 다시 나를 불렀다.

"이것 봐. 도대체 어쩌려고 그래?"

"왜요?"

"당장 가서 밥상 들고 와."

"왜요?"

"왜긴 뭐가 왜야, 당장 들고 와."

나는 영문도 모르고 다시 밥상을 이고 왔다. 머리카락이 빠졌단다.

"나한테 무슨 유감 있어? 더 이상 두고 볼래야 볼 수가 없어."

난 아무 얘기도 할 수 없었다. 빠질 머리 별로 없는 짧은 머리카락을 위로 쓸어 올리는 것 외에는. 쓸어 올려도 머리카락 한 올 안 빠진다. 이미 엎질러진 물이건만, 주인 여자는 내가 가타부타 아무 대꾸 없는 것도 불만이다.

"내 말이 개 짖는 소리로 들려? 불쌍해서 봐주려고 했는데 더 이상 꼴을 볼 수가 없어. 당장 나가!"

씩씩거리던 주인 여자가 다른 종업원까지 불러 세웠다. 그 회사가 우리 회사 단골인 것 몰라. 한 달에 200만원어치 넘게 팔아주는 것 몰라. 저번에는 바퀴벌레가 들어가 소동이더니, 이번엔 머리카락, 그 머리들을 삭발을 하던지…. 들을 만큼 잔소리를 들은 다른 종업원들은 슬금슬금 자리를 피했다.

"그럼 제가 삭발을 할까요?"

놀릴 생각은 전혀 없었다. 잠 못 이루는 날이면 이상스레 목덜미가 간지러웠고 나는 성난 머리카락 한 올 한 올이 나를 괴롭힌다고 생각했다. 그럴 때마다 난 가위질을 해댔다. 그건 공장 기숙사에서부터 시작된 버릇이었다. 아침에 출근할 때 쥐 파먹은 것 같은 내 뒷머리를 보고, 또 잠을 설쳤구나 라는 동료들의 인사를 듣기는 보통이었다.

식당에 와서도 몇 번의 가위질을 해댔고, 잘려나간 머리카락을 쓸어 담아 녹색 청소차에 털어버릴 때쯤 새벽이 훤히 밝아왔다. 그러고나서야 나는 잠이 들곤 했다. 어쩌다 고아원으로 탁발을 하러 오는 돌팔이중도 민둥산이었고 중학교를 다니던 남자애들의 머리도 민둥산이었다. 영원히 머리카락이 자라지 않을 것처럼 푸르스름하게 빛나던 그 머리에 까만 머리카락이 다시 자라 찾아온 돌팔이중을 보았던 날, 나는 멀찌감치 도망쳐버렸다.

"너 나 약 올려? 저리 나가, 징그러워. 그리고 우리 집에는 얼씬하지도 마."

내가 왜 놀려? 울며불며 용서를 빌어도 용서받기 어려운 일인데, 용서받고 싶었다. 주방으로 들어선 나는 양파껍질을 음식 쓰레기통에 주워 담았다. 자꾸 눈물이 흘렀고 나는 나도 모르게 양파를 까던 과도를 집어 들었다.

"그년들이 사람 같아야 사람 취급하지."

옆자리의 대머리가 '그년들이' 하는 소리에 나는 고개를 얼결에 풀썩 들었다. 누가 그렇게밖에 살 수 없다는 소리인가.

"하기사 내 잘 알지요. 그렇지만 그만 둔다는 말 한마디 없이 안 나오고, 며칠 지나면 오빠라고 어떤 놈이 나타나 동생 내놓으라는데 원…."

내가 다녔던 전자제품 조립 공장장도 그랬다. 누가 지각이라도 하는 날이면, 사람 같아야 사람대접하지 어쩌고 하며 발을 동동 구르곤 했다. 말없이 그만 둔 아이의 부모라도 찾아오면 그런 사람 다닌 적도 없다며 수위실에서 내쫓았다.

성미가 그만둔 이유를 아는 사람은 나밖에 없었다. 야간고등학교 때부터 이 공장 저 공장 기숙사를 전전하며 공부했던 성미는, 처음 배정받은 생산라인에서 만들어진 인슐레이터 코일의 등급까지 매길 정도로 눈썰미가 있었다, 그 눈썰미에 손끝의 정확도까지 더했다. 인슐레이터는 공중전화기 속에 들어가는 절연체인데, 투입한 금액만큼 통화를 하다 그 돈이 다 되면 저절로 통화를 끊어주는 역할을 하는 부품이다. 성미의 그런 능력을 알아차린 공장장이 성미를 아무나 갈 수 없는 검사부로 보냈다.

손가락만한 플라스틱 상자에 10개씩 들어있는 인슐레이터 코일이 제대로 감겼는지 느슨하게 감겼는지 성미는 눈감고도 알아냈다. 10개의 인슐레이터 중 하나만 불량이 나와도 그 제품은 다시 반품된다. 몇 만개씩의 제품을 만들어내는데 모두 완벽할 수는 없다.

작년 말이었다. 선적할 것이 밀려 크리스마스 휴일도 반납한 아이들은 수도 없이 불량품을 만들어냈다. 평상시보다 들떠 있는 연말연시의 작업장은 우리들에게는 한시라도 빨리 벗어나고 싶은 장소였다. 성미는 검사부에서 완제품의 50%에 불량 딱지를 붙였다. 공장장은 옆에서 그 중 몇 개의 상자를 열어보더니 다시 봉해 포장실로 보냈다. 우여곡절을 거쳐 주문받은 인슐레이터의 숫자가 채워졌지만, 성질이 불같은 성미는 공장장과 한 바탕 입씨름을 한 후에야 작업을 끝냈다.

"저 상자들 분명 불량으로 되돌아올 테니까, 그때, 나, 우리들에게 책임 묻지 마세요."

"책임이라고? 네 따위 것들에게 책임을…. 책임은 내가 지려고 여기에 앉아 있다는 것을 명심해."

선적이 끝나고 채 한 달이 지나기도 전에 성미의 말이 맞아 떨어졌다. 아침부터 코가 석 자는 빠진 얼굴로 창밖만을 노려보던 공장장에게 성미가 조심스레 다가갔다.

"클레임 걸렸죠…."

아주 작은 목소리였다, 걱정 어린 목소리였다. 하지만 공장장은 성미를 노려보더니 횅하니 밖으로 나가버렸고 그날 밤부터 우리는 불량 들어온 것 다시 작업하느라 또 잔업을 했다. 12시가 넘어서야 잠자리에 들기 시작한 우리들 중 성미는 보이지 않았다. 소주라도 몰래 가슴에 품고 들어오려나, 그러나 성미는 소주는커녕 다음날 아침까지 돌아오지 않았다.

그날 이후, 공장장은 다른 사람으로 교체되었고 성미는 말이 없어졌다. 외출도 하지 않고 기숙사로 돌아오면 책상에 앉아 책장이나 넘기던 성미는 이제 검사부에서도 재료들을 바닥에 풍산하기 일쑤였고, 그 손끝은 파르르 떨리고 있었다. 성미는 내가 도저히 말을 붙여 볼 수 없을 정도로 껍질 안의 달팽이처럼 하루하루를 힘겹게 보내고 있는 것이 눈에 선했다. 그러던 어느 날 성미는 짐을 쌌다. 조실부모해 언니 하나를 두고 있지만 마땅히 갈 곳도 없는 아이다.

"어디로 가려고?"

"……."

"말해 줄 수 없니? 그때 무슨 일이 있었는지…."

"뭘?"

성미는 말하지 않았다. 묵묵히 짐을 싼 성미가 잠시 멍한 눈으로 나를 바라보았다.

"난 당했다고 생각하지 않아. 오히려 당한 쪽은 공장장이라고 생각하지 않니?"

그것이 성미의 마지막 자존심이었다. 나도 더 이상 성미에게 이 것저것 캐묻지 않았고, 성미가 기숙사를 떠난 후 나도 마땅한 일자 리도 없건만 덜컥 10년 넘게 다니던 공장을 나와 버린 것이다.

포장마차 주인과 남자의 대화는 끝이 나지 않는다. 사장님, 아 무리 그렇더라도 그런 일 때문에 이렇게 과음을 하시면, 기업을 이끌어가는 사장님의 자세가 아닙니다. 내 그것들 때문에 수출 실적이…, 주인남자도 취했는지 둘의 대화는 이렇게 계속되었다.

알람시계가 일정한 간격으로 울렸다. 12시가 넘었다. 대머리가 자리에서 일어섰다. 나도 술값을 계산하고 일어섰다. 거스름돈을 받는 잠시 나는 선 채로 휘청거렸다. 주인남자가 무슨 말을 할 듯 입을 반쯤 열었다, 바로 닫았다. 거스름돈을 받고 밖으로 나왔을 때 이미 눈은 그쳐 있었다. 저만치쯤 대머리가 등을 보이며 눈밭 을 걷고 있었다.

정강이까지 내린 눈 속에서 발목을 빼내기가 여간 힘들지 않았 다. 고꾸라질 듯 대머리는 앞으로 나아갔고 난 그를 놓치지 않으려 고 두 눈을 부릅떴다. 내가 왜 그를 따라 가려했는지 사실 정확히 말할 수는 없다, 나는 술에 취했으니까. 부릅뜬 두 눈으로 그를 따 라갔지만 대머리는 어둠 저편으로 빠르게 멀어져갔다. 쌓인 눈 속 을 허우적거리며 걷던 나는 얼결에 눈 위에 엎어졌다. 조금만 그대 로 있으면 잠이 올 것 같다, 정말 잠이 올 것 같다. 이대로는 안 돼, 대머리를 놓쳐서는 안 되는데, 하지만 그것은 생각뿐이었다.

사방을 둘러봐도 사람 그림자는 보이지 않는다. 이상하다, 이상할 것 없다, 나는 분명 도시 외곽으로 걷고 있었다. 나는 이제 이 거리에 남아 있는 유일한 사람이 되었다. 포장마차의 카바이드 불빛도 꺼지고 바람이 갑작스레 불어와 쌓인 눈가루를 공중으로 둥글게 말아 올렸다. 저 멀리 인가의 눈 덮인 지붕이 아른거렸다. 꺾어서 신은 운동화는 어디로 갔는지 두 발이 시리다. 얼마를 걸었는지 알 수도 없다.

냄새가 난다. 지독한 냄새, 본드냄새 비슷한 독성 강한 화공약품 냄새가 간간히 불어오는 바람 속에 섞여 있다. 냄새를 따라가던 나는 외벽 페인트 거의 벗겨진 건물 앞에 서 있었다. 입구 쪽으로 다가간 나는 두 손으로 문을 밀었다, 문이 안으로 열렸다. 누군가가 문단속을 잊은 모양이었다. 냄새들과 함께 안쪽에 갇혀버린 나는 선 채로 성냥을 찾았고, 담뱃불을 붙이는 동안 실내는 잠시 밝아졌다. 초등학교 교실 같은 공장이었다. 이열종대로 작업대가 늘어서 있고, 그 위에는 열쇠고리·도장집·명함집 등이 보였다. 나는 그것을 한쪽으로 밀어놓고 작업대 위로 올라가 누웠다.

잠을 좀 잔 것 같다. 문이 닫히며 내는 공명음에 나는 눈을 떴다. 천정에서는 일제히 형광등의 스타트 전구가 깜박였다. 눈이 시다, 누가 들어왔다. 온몸이 굳어버린 듯 몸을 일으키기가 힘들었지만 그냥 작업대 위에 누워 있을 수는 없다. 내 또래 남자 하나가 공장 구석으로부터 비질을 시작하고 있었다. 아직 남자는 나를 보지 못했다.

쇳덩이라도 달아놓은 듯 몸은 무거웠고 목이 타들어갔다. 작업

대를 부둥켜안다시피 바닥으로 부스럭거리며 내려선 나는 그 남
자와 눈이 마주쳤다.

"누구야!"

남자가 놀라 빗자루를 떨어뜨렸다. 공장문 쪽으로 두어 걸음 도
망친 그가 문고리를 잡고 서서는 빠르게 내 행색을 살폈다. 맨발이
다. 내 발을 잠시 내려다보던 남자의 표정이 좀 전보다 풀렸다.

"나가!"

남자는 두 말도 없이 조개탄 양동이를 들고는 공장 밖으로 나
갔다. 잠시 후 남자가 조개탄 한 양동이와 노란 양은 주전자를 양
손에 들고 들어섰다. 갈증으로 자꾸만 목이 타던 나는 난롯가로
다가섰다. 남자는 아까와는 달리 그저 나를 힐끔 쳐다볼 뿐이다.
남자가 쏟아 부은 염소똥 같은 조개탄이 검은 가루를 풀풀 날렸
지만 나는 주전자 옆으로 다가가 주전자 뚜껑에 물을 따라 마셨
다. 남자가 어이없다는 듯 말없이 나를 내려다보았다. 조개탄을
넣은 난로의 아랫도리가 벌게질 즈음 그는 앉아있던 의자에서 벌
떡 일어섰다.

"죄송해요. 잘 곳이 없어서…."

"그건 그렇고, 여기 계속 이러고 있을 거야?"

남자가 작업대 아래 아무렇게나 뒹굴고 있던 슬리퍼 한 켤레를
내 앞에 던져놓았다. 그러나 나는 갈 곳이 없었다. 어서 나가라는
시선을 보내고 있는 남자의 얼굴을 오래 바라볼 수는 없었다. 자
꾸만 넘어오는 구토 때문이었다. 어제 마신 술까지 넘어오는지
술 냄새가 시큼하게 입안에 고였다. 입을 틀어막은 채 공장 밖으

로 뛰쳐나온 나는 조금 전에 마신 물까지 모두 토했다, 허리를 굽히고 자꾸만 토악질을 했다. 뱃속이 요동치듯 꿀렁거렸다.

나는 반으로 접었던 허리를 천천히 폈다. 그때 무엇인가가 웃옷 주머니에서 툭, 떨어졌다. 칼이다. 햇살이 쟁쟁하다, 반쯤 눈 속에 파묻힌 칼이 번쩍 빛난다. 공장 문 안에서 나를 지켜보던 남자가 혼자 뭐라 중얼거리더니, 꽝 소리 나게 문을 닫아버렸다. 문 닫는 소리에 나는 반사적으로 그 칼을 집어들 뻔했지만, 칼끝이 반사시키는 햇살이 두 눈을 갑자기 찔렀다. 나는 아주 잠깐 눈을 감았다. 소리가 들린다. 바로 근처에서 들려오는 사람들의 소리다, 다급한 목소리가 섞여 있다.

"지각 했나봐, 얘. 빨리 빨리…."

그들이 앞 다투어 바로 내 앞까지 우르르 몰려오더니 우뚝 멈춰 섰다. 어리둥절한 표정으로 아무 말 없이 내 모습을 지켜보던 그들이 여전히 아무 말 없이 공장 안으로 몰려 들어갔다. 나는 그들의 뒷모습을 지켜보다 허리를 굽혔다. 칼이 보이지 않는다, 사라졌다. 이상하다. 푹푹 빠지는 눈 속에 발자국만 무수하다. 큰 발자국·운동화 발자국·뾰족한 발자국. 그 위에, 그 옆에 또 다시 계속 발자국이 찍혔다. 어디로 갔을까? 그녀들은 공장 안으로 들어갔고, 칼은 아무리 찾아도 보이지 않았다. 칼은커녕 칼자루도 보이지 않는다.

공장 안에서는 잠시 후 퉁탕·쾅쾅·에엥 하는 연장 소리들만이 간간히 들려올 뿐이었다.

게쉬탈트 심리학 그리고 냄새

유리창은 이런저런 사람들이 생각 없이 뿜어댄 입김으로 더러워져 있다. 입김이 켜켜이 엉겨붙어 『의심하는 과도』로는 제거할 수 없다. 『작고, 순결하고 극도로 섬세한』 공업용 다이아몬드로만 제거 가능한 더께들은 분명 냄새를 풍길 것이다. 세월이 『줌아웃, 그래서 잠자리 날개는 반투명』하게 저 멀리 물러나 냄새들이 이리저리 공중으로 흩어져버리기는 했겠지만. 그랬겠지만 사실 수많은 사람들의 뱃속에서, 목구멍에서, 입 안에서 나온 냄새들은 『기적, 인간의 질서를 벗어난 설명할 수 없는 행동이나 사건』으로 사라지지는 않는다. 코끝을 유리창에 갖다댄다면 분명 냄새가 날 것이다. 매일매일 청소를 한다 해도 냄새는 시시각각 사람들에게서 뿜어져 나올 테니까. 온갖 사람들의 냄새가 한꺼번에 섞여 있어 어떤 냄새라고 단언할 수 없어도 그건 분명히 더러운 냄새일 것이다.

차창 유리에 이마를 『부분 유리창과 부분 좌석이 그리고 부분 승객이 어쩔 수 없이 객실 전체로 규정되는 구조, 게쉬탈트』처럼 갖다대자 유리만의 차가운 느낌이 얼굴 전체로 천천히 퍼졌다. 차갑다. 유리를 녹일 정도의 고열을 만난다면 몰라도 유리는 대체로 차갑다. 춥다. 밖은 유리보다 더 차갑고 춥다. 창밖에 촘촘히 둘러쳐진 또 다른 유리창, 『불가사의의 10,000배, 무량대수』만큼의 보이지 않는 유리창들은 추위로 얼어붙어 손만 대면 쩍쩍 달라붙을 것이다. 그 유리창들 틈새로 겨울바람이 차창 밖의 나무와 전선과 사인보드를 흔드는 소리가 한꺼번에 섞여서 들려왔다. 무엇이 뒤뚱거리는지 무엇이 펄럭이는지 구별할 수 없는 소리다. 밖은 잘 보이지 않는다. 옆자리의 노파는 어느새 앞가슴을 들썩이며 잠이 들었다.

신기한 일이다. 『너무도 빠른 자기장 열차 위, 심장사』를 떠올릴 만큼 노파는 잠시 코를 높게 골았다. 앞자리의 남자는 『겉옷은 속옷이고 속옷은 겉옷』 패션쇼에서 보았던 브래지어도 반쯤 팬티도 반쯤 벗은 여자가 비스듬히 누워있는 『개발된 인간 본성, 수치심』이라는 잡지에 얼굴을 묻고 있었다. 여자를 바라보며, 수치심이 생기는지 어쩐지 여자에게 묻고 있는 모양이다. 이제 아무도 그녀에게 관심을 갖지 않는다. 노파는 잠시 딴 세상을 떠돌 테고 남자 또한 수치심과 윤리가 따로 없는 개발 이전의 인간 본능으로 계속 집착할 테니까. 그제야 그녀는 슬그머니 『동정심, 약한 짐승과 자신을 비교할 때 일어나는 자만심』에 사로잡혀 소소의 가련한 얼굴을 떠올렸다.

가방을 열자 소소가 급하게 얼굴을 내밀었다. 동시에 그 냄새도 가방 밖으로 빠르게 빠져 나왔다. 나오면 안 돼, 아무것도. 소소보다 먼저 『돌진하는 코끼리, 최상위계층』처럼 냄새가 먼저 풍겨 나왔다. 그런데 그 냄새가 아니다. 집에서 맡았던 소소의 냄새가 아니다. 순간적이긴 했지만 그녀는 분명 그 냄새가 그 냄새가 아니라는 것을 알 수 있었다. 냄새가 달라지다니. 그녀는 순간 다른 생각에 빠져들었다. 『상체는 사람, 하체는 말』에서는 어떤 냄새가 날까. 말 냄새일까 아니면 사람 냄새일까. 반쯤은 사람 냄새를 닮았던 소소의 냄새, 그 냄새는 사라지고 다른 냄새가 나다니 알 수 없는 일이다. 의아해진 그녀는 얼굴을 가방 속으로 들이밀어 소소의 냄새에 『마약견, 100억 원대 마약 발견』의 순간처럼 집중했다.

그녀는 콧구멍에서 목구멍으로 뚫린 길과 귓구멍으로 뚫린 길 모두를 열어놓고 처음으로 소소의 냄새를 폐부 깊숙이 들이마셨다. 기침이 넘어온다. 계속 되는 기침 소리에 앞자리의 남자가 잡지를 잠시 접었다. 개털이라도 삼켰는지 그녀는 입을 막은 채 기침을 해댔지만 냄새의 정체를 알아낼 수는 없다. 집에서 맡았던 냄새는 찾을 수 없다. 하지만 최초의 그 냄새를 알아내 『기록물 관리소, 위탁 관리 시스템 100년』에 전부 남겨두어야 하는데. 이후로는 차후로도 아무도 어느 누구도 그 냄새에 절대 가까이 갈 수 없게. 잘못 접근했다가는 그 냄새로 인해 『물에 빠진 내 도끼는 금도끼가 아님』을 매일 매번 평생 확인해야 하니까.

그것만 확인하다보면 아무것도 할 수 없으니까. 어떤 냄새인지 무엇과 무엇을 섞은 냄새인지 무엇이 썩고 무엇이 타는 냄새인지 무엇이 꽃잎 벌어질 때 나는 냄새인지, 그 모두를 기록에 남겨두면 아무도 그녀처럼 시간을 낭비하지는 않을 테니까. 기억해야 하는데, 확실하게 알아내서 붙잡아야 하는데. 활자 안에 가두어 『핵 폭팔, 그 이후』에도 모두에게 그 냄새를 알려야 하는데. 소소를 어디에 버리고 오든 완전히 버리고 오기 전에 아직은 남아 있을 그 냄새를 채집해야 한다. 병, 그래, 병 속에. 『밖이 훤히 보여도 나갈 수 없는 병』 속에 냄새를 가두어야 한다. 그런데 안타깝게도 소소의 냄새는 이미 달라졌다. 소소를 버리러 나오기 전에 병 생각을 했었어야 옳은데. 기록하기 전에 채집이 먼저인데 그것은 『탯줄 끊겨 세상으로 던져진 신생아』의 일이 되어버렸다.

　이미 엎질러진 물이 될 수밖에 없었던 엄연한 이유가 있다 해도 이제 채집은 늦었다. 그 냄새가 그녀로 하여금 『극도의 엔돌핀 결핍, 사망』으로 이어지는 지하 하수 통로를 매일매일 걷게 만든 냄새였다고 해도. 급기야 그녀는 그 냄새를 버리러 나왔다. 버리러 나왔다는 것만으로도 그녀는 가슴이 떨렸다. 가방에서 머리를 빼낸 그녀는 『한 번도 꽉 차 본 적 없는 빈 자궁』의 유쾌한 떨림을 어쩌지 못하고 손 갈고랑이를 만들어 소소의 털을 긁었다. 다시 냄새를 깊이 들이마셨다. 눈물까지 난다. 그 냄새가 맞다. 아니 아주 순수하게 그 냄새만은 아니다. 불순물이 섞여 있다. 『강제 수정, 무균 배양실』에서 출하된 순간부터 이물질이 섞여 드는 『칼슘버섯, 정상균에 감염되다』처럼.

　어머니의 이불 속에서 같이 잠드는 소소의 냄새, 바로 그 냄새는 아니다. 다른 냄새들이 섞여 들어 『A상사 왼쪽 목발, 100만 용사들의 퍼레이드』에 섞여버리면 쉽게 A상사의 목발을 볼 수 없는 것처럼 냄새들이 섞여버렸다. 그녀는 마지막으로 소소의 앞발을 들어올리고 그 틈새에 코를 박았다. 거기에서도 최초의 그 순수한 냄새를 맡을 수는 없다. 숨이 좀 막힐 뿐이다. 그녀는 소소를 다시 가방 속으로 우겨 넣었다. 이건 아니다. 순도가 떨어진다. 순도가 떨어지면 기록을 위한 단어들이 늘어난다. 되도록 간단하게 두어 단어 정도로 기록해야 하는데. 그 이상의 단어는 사람들을 힘들게 할 텐데. 소소의 냄새를 겨자 소스처럼 매콤하고 씀바귀나물처럼 씁쓸하고 고등어처럼 비릿하고 등등으로 기록한다면 그 냄새가 어떤 냄새인지 알 수 있는 사람은 별로 없다.

그들을 위해서라도 『간단한 삶, 육신을 부패로부터 보호해주는 한 줌 소금』처럼 간단명료하게 기록해야 한다. 순도 떨어진 불순물을 설명하기 위해 수많은 단어들을 동원한 기록물은 기록물 관리소에서 거절당할지도 모른다. 그녀는 일단 집에서 맡았던 소소의 냄새 찾기를 포기했다. 그러나 최초의 냄새가 어떤 냄새와 섞였는지는 알아내야 했다. 그녀는 조용히 마음을 가다듬고 객실 내 옆사람과 앞사람과 뒷사람의 냄새를 『흥분한 암말, 되는대로 입김을 내뿜다』에 나오는 암말과는 반대로 차분하게 냄새들을 들이마시기 시작했다.

왼쪽, 곯아떨어진 노파의 입에서 니코틴 냄새와 마늘 냄새가 풍겨 나온다. 구두를 벗어 놓은 채 여전히 잡지 속에 코를 박고 있는 남자는 『돋아난 파란 싹, 그것은 썩은 감자』 냄새를 풍기고 있었다. 그녀는 갑자기 앞자리의 남자가 무슨 냄새를 맡고 있는지 『판결권을 쥐고 있는 판사』의 코가 되어 코를 벌름거렸다. 그가 썩은 감자 냄새를 맡고 있다면 그는 신발을 신을 것이다. 혹 잡지 속 여자의 냄새를 맡고 있다면 그 여자는 어떤 냄새를 풍길까. 맡아보나마나 종이 냄새일 테지만, 모르는 일이다. 잡지에 실릴 그 사진을 찍었던 바로 그 순간 여자의 몸에서 나는 냄새가 있었다면 그것 또한 썩은 감자 냄새였을지. 이번엔 뒷좌석이다. 그녀는 의자 등받이에 얌전히 몸을 기대고는 목을 뒤로 젖혔다. 그녀의 가슴이 부풀어오른다. 여자인지 남자인지 알 수 없는 뒷좌석의 사람은 시큼하게 삭은 식용 알코올 냄새를 풍겼다.

모두 소소의 냄새가 아니다. 소소의 냄새는 그 모든 냄새들과 『전신 실핏줄 6,000개』쯤으로 갈래갈래 틈새틈새로 섞여 버렸음이 분명했다. 그녀는 결국 소소만의 냄새를 찾아낼 수 없었다. 집에서 맡았던 최초의 냄새는 기억나지 않는다. 당시에도 그 냄새의 정체를 정확히 알아낼 수 있었던 것은 아니다. 그건 감자 썩는 냄새나 알코올 냄새 등등도 아니었고 비오는 날이면 땅바닥을 떠나지 못하고 『엘리베이터, 그곳에 날 넣어주오』라는 만화 영화 속의 검은 닭처럼 그 자리를 종종거리는 페가스 냄새도 아니었으며 에어컨 바람과 함께 들이마시는 살모넬라균 냄새도 아니었다. 다른 냄새들을 연속해서 떠올려 보았지만 그 냄새들도 아니다. 그 냄새는 말로는 설명이 되지 않는, 아무나 상상할 수 없는 소소만의 『유아독존, 못 위에 가부좌』를 튼 유일하면서도 독한 냄새였다.

앞자리의 남자는 이제 완전히 흥분해 옷을 전부 벗은 여자에게 심신 모두를 밀착시킨 듯했다. 그의 입에서는 침이 질질 흘렀다. 종이 위에 인쇄된 여자가 썩은 감자 냄새 대신 『삶의 전략, 그 치열한 분비물』중 하나인 페르몬이라도 풍기는 모양이었다. 잡지 속의 그녀는 이제 남자의 감자 썩는 냄새를 맡을 것이다. 입과 입이 코와 코가 맞닿았으니 냄새는 바로 그에게 전해질 것이다. 그녀는 앞자리 남자가 풍기는 냄새가 온 객실에 퍼진다고 생각하며 눈을 감았다. 그녀는 그 냄새로부터 도망칠 수 있는 유일한 방법, 잠을 청했다. 그러던 그녀가 갑자기 온몸을 떨었다.

아침 밥상을 받아든 어머니가 수저도 들지 않고 『깨진 유리 조각, 하나밖에 없는 무기』를 든 패잔병처럼 치뜬 눈으로 참치 찌개 냄비를 바라보았다. 참치, 정말로 징그럽다. 어쩔 수 없어요. 네 대답은 그게 전부냐? 네. 그녀가 대답하자마자 어머니는 뼈만 남은 두 손을 『형편없는 모양에 제멋대로인 색깔, 악취 나는 꽃들』을 집필한 늙은 식물학자처럼 손을 부들부들 떨며 둥근 나무 알이 박힌 목침을 집어들었다. 목침은 한 손에 얼른 잡히지 않았고 나무알이 어머니의 손안에서 미끄러졌다. 알들이 서로 부딪치는 소리가 들려왔고 목침 옆에 앉아 있던 소소가 놀라 그녀의 품으로 달려들었다. 냄새도 함께 달려들었다.

그것은 어머니의 냄새였다. 어머니가 던진 목침은 베니어로 만들어진 엉성한 방문을 『문짝 그대로, 오브제』라는 전시회의 전시품처럼 흉악스럽게 파먹고 방바닥으로 떨어졌다. 소소는 목침이 방바닥을 구르자 그녀에게서 떨어져 빠르게 어머니에게 달려가다 재떨이를 엎었다. 그녀는 구역질이 올라와 화장실로 들어가 구석 벽에 매달린 수도꼭지를 틀었지만 그것은 얼어붙은 지 오래다. 봄은 아직 멀었다. 그녀는 어머니에게 아버지와 오빠를 그만 『온전한 생명, 그 이전 박테리아』의 삶처럼 잊으라고 권했다. 탄생 이전의 단세포 동물처럼.

그것도 가능하지 않다면 『지구, 평면적인 우주 위에 둥둥 뜬』에 나오는 지구과학자의 애처로운 꿈처럼 잊으라고 말했다. 하지만 어머니는 오빠가 사준 『아마포로 채워진 미라, 투탕카멘 묘지 속 부장품들』처럼 황금 색실 스티치된 겨울 코트를 매만지며 매일 오빠를 기다렸고, 이미 죽어버린 아버지가 두 번째 여자에게 가져다 준 『던져진 시체들, 피 뿌리던 대학살』에 엉겨붙어 말라 버린 유화물감, 바로 그 색깔을 닮은 보석 반지를 찾아오라고 아니 빼앗아오라고 어제도 오늘도 그제도 생떼를 썼다. 공포였다. 그녀의 온몸에서는 소름이 돋아났다. 그녀의 심장은 끓는 물속에 던져진 물오징어처럼 순식간에 오그라들었다.

"그 반지는 가짜예요."

"가짜라고, 그럼 네 아버지가 가짜를 선물했단 말이냐."

『속지 마세요 이 세상은 모두 가짜예요』라고 아무리 말해도 진짜의 말귀를 못 알아듣는 어머니에게서 냄새가 났다. 냄새는 생생했다. 그때만 해도 그 냄새는 기록이 가능한 냄새였다. 이내 기침이 넘어오고 목안이 매캐해지는 냄새였지만 마음만 먹었다면 그 냄새는 채집이 가능한 냄새였다. 냄새를 감지한 바로 그 순간 『향기 유실, 포도주 단지 뚜껑은 밀랍』으로 봉해두었더라면. 사람 머리도 몸도 모두 다 들어가는 커다란 단지는 부엌에 있는데…. 그걸 방안으로 들여다 놓고 방문을 잠그고 창문도 모두 닫고 24시간이 지난 다음에 단지 뚜껑을 덮고 양초를 녹여 테두리를 밀봉해두었더라면…. 지금은 정확한 설명이 가능하지 않지만 당시 그 냄새는 비유 가능한 다른 냄새가 있었다. 이를테면, 무슨 무슨 냄새와 비슷하다는 식으로. 그것은 무엇인가 타는 듯한 냄새였다. 하지만 『사람과 동물의 섹스, 각각 따로 분리 합성 포르노』 테이프를 볼 때 그것이 진짜 섹스 장면이라면 분명 풍겨 나올 셀로판 테이프 타는 냄새는 아니었고, 깎아 놓은 발톱이나 빠진 머리카락 태우는 『결국, 우리는 단백질 타는 냄새를 남기고』라는 의학 다큐에 나오는 그 냄새도 아니었다. 그렇다고 오래된 시체, 더위 속에서 푹푹 썩어버린 냄새 따위도 아니었다. 그 냄새는 이 모든 냄새들을 섞어놓은 냄새보다 한층 더 독한 냄새였다. 하지만 지금은 전혀 그 냄새가 아니다.

최초의 냄새 이후 어머니에게서 나는 냄새는 또 달라졌다. 달라진 그 냄새도 그녀가 알고 있는 냄새는 아니었다. 그 냄새 또한 최초의 냄새-그것도 가능한 일이 아니었지만-와는 달리 기록이 쉽지 않는 냄새였다. 그 냄새가 소소의 몸에 배어버린 것을 그녀는 얼마동안 알지 못했다. 냄새를 풍기는 온갖 삼라만상을 끌어다 붙인다고 해도 그 냄새를 설명할 수는 없다. 사람이 먹을 수 있는 『산해진미, 여기만 진시황제 밥상』을 차리는 미식가를 위한 음식에서 맡을 수 있는 냄새는 물론 아니다. 먹는 음식에서는 그런 냄새가 날 수 없다. 물론 이렇게 저렇게 얼렸다가 녹여 썩혀 먹는, 물속에서 썩혀 먹는 공기 중에 썩혀 먹는 땅속에 묻어 썩혀 먹는 음식들에서 나는 냄새는 독특하지만 그건 분명 음식 냄새였다.

그렇다고 냄새들이 섞여 버릴까봐 유리로 칸막이를 해놓고 관객을 불러들이던 『이상한 꽃 냄새만 모아놓은 냄새 전시회』에서 사올 수 있는 그런 냄새 중의 하나도 아니었다. 그 냄새 때문에 쓰러지거나 소리를 지르며 공포심에 사로잡힌 사람은 없었으니까. 가끔 인간의 배설물 냄새를 풍기는 꽃 냄새도 있지만 그건 어쩔 수 없다. 더러운 냄새를 풍기지만 대신 인간의 눈을 즐겁게 해주기 때문에 『용서받을 수 없는 자, 세 토막』에 나오는 공포의 마약 거래상은 아니다. 알 수 없는 냄새, 소소의 몸에도 완전히 배어버린 그 냄새는 어머니를 목욕시킬 때도 얼굴을 마주 대할 때도 『개구리 피부 이식 성공, 폐호흡 불필요』를 증명했던 실험 개구리들의 날숨처럼, 순간순간 어머니의 몸 밖으로 빠져 나와 그녀의 숨통을 죄어왔다.

숨이 막히고 눈앞이 캄캄해졌다. 그녀는 자신도 모르게 소리를 지르다 쓰러졌다. 어머니는 눈썹까지 하얀 두 눈을 내리깔고는 눈썹 하나 까딱하지 않았다. 알몸인 채로 무연하게 그녀를 바라보던 어머니 앞에서 그녀는 잠시 후 깨어났다. 그러기를 몇 차례 그녀는 이제 그 냄새를 맡아도 소리를 지르지 않았다. 소리조차 나오지 않았다. 어머니의 하얀 얼굴, 늘어진 푸석한 머리털, 『어머니, 분노한 알렉세예브나 황녀』의 두 눈을 닮은 어머니의 눈과 마주친 순간 그녀는 어머니 앞에서 다른 사람이 되어버렸다.

싸움은 목침을 집어던지는 것으로 끝이 났고 그녀는 부엌문 쪽으로 물러서 있었다. 그때 화장품 외판원이 헐거운 쪽문을 밀고 들어오는 소리가 들렸다. 어머니는 언제 그랬느냐는 듯 『안드로이드, 그 변신의 미학』을 알기라도 하듯 타인에 대한 본능적인 예의로 그 여자를 맞았다. 쉰 살은 넘어 보이지만 아직도 고양이처럼 두 눈이 반들반들한 외판원 『마케팅 전략, 훔치지 말고 속여라』를 강연한 뚱뚱한 여자처럼 그 외판원은 보일 듯 말 듯 미소 짓고는 문지방을 넘었다. 문지방을 타고 넘다가 『죽은 살덩어리, 벌건 흙의 일부 되다』라고 새겨진 누군가의 가묘를 바라보듯 여자는 얼마간 두려운 눈빛으로 화장실 뒷켠에서 퍼온 그 흙을 흘끔거렸다. 그 흙을 바라보다 여자는 뒤로 넘어질 뻔했다.

진흙. 그게 냄새를 다 잡아먹어. 그녀가 시급으로 일하는 식당의 주방 아주머니가 그랬다. 진흙을 퍼다가 부엌 바닥에 덮어버린다면 그렇게 하면 그 알 수 없는 냄새가 좀 사라질까. 어쩌면 사라질지도 모른다. 일주일 전에 퍼다 놓은 진흙이 부엌문 옆에 소복이 쌓여있다. 저걸 빨리 깔고 다져야지. 바로 지금. 그녀는 진흙을 두 손으로 부엌 바닥에 폈다. 골고루 층 안 나게. 그리고는 두 발로 꼼꼼히 밟기 시작했다. 아무리 밟아도 예전의 부엌 바닥처럼 단단해지려면 시간이 걸릴 것이다. 아니 밟으면 안 된다. 흙 속의 공기층이 많아야 냄새를 빨리 많이 흡수할 테니까. 그녀는 밟기를 그만두었다.

흙을 다 깐 그녀는 부엌문 밖으로 나가 『타인의 어려움을 곱씹음으로써 생기는 마음속의 위안』을 즐기는 외판원의 무슨 말엔가 하하 호호하는 어머니를 『온몸에 달린 3,000개의 눈으로 감시하라』에서 빌려온 3,000개의 눈으로 노려보았다. 3,000개 모두 다 뜨고 있어야지. 부엌문을 지나 방문을 통과하고 어머니의 몸을 관통해 그 냄새를 만들어내는 발원지만 찾을 수 있다면 3,000개의 눈을 평생 감을 수 없다 해도 아무 상관없다. 3,000개의 눈이 어머니의 온몸 구석구석을 헤집고 다닌다 해도 어머니는 알 수 없다. 어머니가 알 수 있는 것은 『청둥오리, 서랍장에 갇히다』에 나오는 청둥오리가 절대 서랍장에서 살 수 없다는 것뿐이다. 어머니는 아무 일도 없었다는 듯 소소를 끌어 안고는 외판원에게 담배를 내밀며 농협 창고지기였던 아버지 이야기를, 첫 월급-그리고 그 이후로도 몇 년 동안 월급을 어머니에게 갖다 바쳤던 오빠 이야기를 그리고 그녀의 이야기를 할 것이다.

"오늘은 분명 명덕이가 올 거야. 명희 저년은 믿지 않지만….."

어머니는 그녀 들으라는 듯 뒷말에 힘을 주어 말했다. 그녀는 부엌문 밖에서 소리쳤다.

"오빠는 아버지가 죽은 것도 몰라요."

"뭐라고, 저, 저년을….."

"……."

"밥상이나 내가."

방문이 벌컥 열리고 『어미, 그 영원한 고향』을 연기하면서 동시에 토마토 케첩 광고에 나왔던 연극배우처럼 외판원은 뒤도 돌아보지 않고 왼손으로 밥상을 밀었다. 힘도 좋다. 어림짐작도 대단했다. 밥상은 부엌 쪽으로 밀려왔다. 힘이 세야지. 암, 그래야지. 그래야 케첩도 마스터드 소스도 딸기 설탕 절임도 누구의 방해도 받지 않고 머리에 발라볼 수 있지. 다시 부엌으로 들어선 그녀는 밥상을 들어올려 부뚜막에 올려놓았다. 방문은 이내 닫혔다. 그녀는 온다간다 말 없이 식당 –벌써 1년째 거기서 일하고 있었다– 을 향해 언덕길을 내려갔다. 거기서 한 끼 정도의 식사는 해결할 수 있다. 식당 일을 마치고 집으로 돌아와도 그녀는 바로 부엌 쪽문을 열지 못했다.

오늘은 진흙을 깔아놓았으니까 괜찮을 거야. 그래도 모르는 일이지. 그녀는 쪽문 옆의 사과 상자 안에 얼어 죽은 알로에 그 옆 두어 뿌리 대파를 뽑아 그것을 반으로 꺾고 흰 속살을 헤집어 그

즙을 손바닥에 비볐다. 손바닥이 얼얼하고 눈물이 났다. 그녀는 비로소 부엌으로 들어섰다. 이제 그녀의 손에서는 파 냄새가 난다. 집안에 고여 있던 냄새들, 진흙 냄새와 섞여 있던 그 냄새가 파 냄새와 섞였다. 고여 있던 냄새들은 이미 진흙 냄새가 빨아들였을 것이다. 진흙 속에 갇혀버린 냄새는 『발아하는 싹, 거기가 자궁』이 되어 탈출구를 찾지 못하고 죽어야 한다. 진흙, 온갖 냄새들을 자신의 자궁 속에 잔뜩 집어넣고도 어떻게 자신의 냄새를 그렇게 잘 지켜낼 수 있는지 알 수 없다. 독종이다. 또 그만큼 독한 무엇인가를 찾아서 부엌 바닥에 깔아놓는다면 냄새를 모두 죽일 수 있을 텐데.

물에 적신 신문지를 부엌 벽 여기저기에 널어둘까 아니면 어머니 방 여기저기에 젖은 신문을 널어 말릴까. 『신문 냄새만 빼고 종이 냄새는 다 좋아』를 외치던 신문 배달원이 식당에서 밥 먹다가 말했다. 미나리 무침에서 나는 석유냄새도 못 맡는 콧속 비점막 부실한 어린 남자는 신문 냄새를 역겨워했다. 진흙으로 안 되면 젖은 신문으로. 그녀는 다른 것들을 마구잡이로 잡아먹어도 제 냄새를 잃지 않는 부엌바닥의 진흙을 두 손으로 천천히 쓰다듬었다. 부엌으로 들어서면 바로 보이는 어머니의 방문. 그 방에서 쉴 새 없이 새어나올 것이 분명한 냄새들이 잠시 사라졌다.

파 냄새가 진흙 냄새를 흡수하고 −아니 둘이 섞여들었다는 것이 적절하다− 그 진흙 냄새는 어머니의 냄새를 흡수하고 −아마 이건 흡수가 맞을 것이다−그래서 원래의 그 냄새는 자신의 정체도 이름도 잃었다. 이름 지어줄 필요 없는, 태어나는 순간 폐기되는 사생 멧돼지와 마찬가지로 그 외 죽어서 태어난 모든 것들처럼 생명 이전의 냄새는 영원히 사라져주길 그녀는 간절히 소망했다. 부엌으로 들어섰을 때 어머니 아닌 다른 누군가의 목소리라도 들리면 그녀는 적어도 한두 시간은 어머니의 방문을 열지 않을 수 있었다. 아침에 부뚜막에 놓아두고 간 참치찌개 밥상은 이미 비워졌고 물그릇에는 살얼음이 얼어붙었다.

영하 20도를 넘던 그날 웨이브 헤어 세트의 일종인 앰플이라는 미용기구를 가지고 온 그 외판원이 어머니 곁에 앉아 머리를 『손동작은 크고 부드럽게 목소리는 상냥하게』를 미용실 앞에 붙여놓은 미용사처럼 숱도 없고 윤기도 없는 어머니의 머리를 만지고 있었다. 만지면 뚝뚝 끊어질 듯한 퍼석한 파마머리를 스트레이트 앰플로 쭉쭉 펴놓았다. 여자가 고개를 뒤로 빼더니 훨씬 젊어 보인다며 외출도 좀 하고 노인정에도 나가보라고 『만족스런 삶의 지표』를 그래프로 설명하던 보수 우익의 한 신문 칼럼니스트처럼 웃으며 말했다. 목소리도 듣기 싫다. 그 논객의 목소리를 들어본 적 없지만 그녀는 그 목소리가 아마 그럴 것이라고 생각했다. 어머니의 입술에는 『투우사의 물레타, 단순한 헝겊』색, 아무도 유혹할 수 없는 붉은 색 루즈가 발라져 있었다. 여자는 앰플을 그대로 놓고 갔다.

당뇨로 다리 하나를 잃은 아버지는 농협 창고 정미소 옆집에 세들어 살던 두 번째 여자 ─다리가 셋도 아닌데 한 다리 없던 아버지와 함께 살던─에게서 버림받고 집으로 돌아온 지 1년만에 넥타이로 문고리에 『신파의 미학, 자살』이라는 논문에서 다루어진 어이없는 주인공의 자살처럼, 목을 매달았다. 그 얼마 후 화장품도 팔고 앰플도 파는 그 여자가 소소를 놓고 갔다. 이미 성대 수술을 받아 짖지도 못하는 소소, 이름은 그 여자가 지었다고 한다. 어머니는 아버지의 넥타이를 문고리에서 풀어내고는 오랫동안 담배 연기를 내뿜었다. 그 담배 연기는 그녀가 그때까지 보아왔던 어머니의 담배 연기를 모두 모아 놓은 듯 풍성하게 퍼져나갔다.

고아로 자란 아버지 쪽이나 다방에서 일했던 어머니에게는 그리 친척이 많지 않았다. 아버지가 두 번째 여자에게로 가버린 다음부터 그나마 주변 사람들의 왕래는 뜸해졌다. 문상객 몇 되지 않는 초라한 장례식장에는 두 번째 여자도 왔다. 어머니의 곁에 서 있는 아버지의 두 번째 여자는 『슬픔의 일시적 이미지, 검은 상복』을 입고와 눈물을 글썽거렸다. 그 눈물을 훔쳐내는 그녀의 손에는 어머니가 늘 말했던 그 반지가 끼워져 있었다.

집으로 돌아온 그녀가 외판원이 놓고 간 앰플 값이 얼마냐고 묻자 어머니의 두 눈은 벌써 목침을 찾아 데굴거리고 있었으며 소소는 이내 그녀에게 달려들 자세였다. 그녀는 버릇처럼 몸을 피했고 목침은 지난번 그 자리를 때렸다. 이제 두 장의 얇은 베니어판으로 만들어진 방문에는 주먹만 한 바람구멍이 났다. 냄새가 더 빨리 쉽게 부엌으로 빠져나갈 바람구멍이 생겼다. 그 바람구멍에서 새어나온 냄새는 매일 조금씩 달라졌다. 그날 그 바람구멍을 통해서 새어나오던 냄새는 갈치 튀겨 먹은 프라이팬 냄새 같기도 했고, 반쯤 소화된 어린아이의 토사물에서 나는 냄새 같기도 했다. 냄새는 오래 머물러 있는 듯했지만 바로 다른 냄새가 되어버렸다. 냄새들은 자기 자신을 순수하게 보존하기 어렵다. 공기의 흐름을 따라 이 공간 저 공간으로 퍼져나가 다른 냄새들과 만나면 그 냄새들은 얼마 후면 다른 냄새가 되어버렸다.

그녀는 밥상을 차려 방안으로 밀어 넣었지만 어머니는 고개도 들지 않고 물 묻은 수저를 마른 수저로 바꿔오라고 말했다. 수저를 바꾸어 가지고 방안으로 들어간 그녀는 어머니의 수저 위에 참치 살을 올려주었다. 또 참치냐는 소리는 하지 않았다. 의치로 겨우 음식을 씹어 삼키는 어머니는 하얀 밥알과 참치 살에『무모함, 밥그릇의 밥알을 헤아리는 인간의 특성』을 역설하던 수학자처럼 밥알에 집중하고 있었다. 어머니는 입안에 밥을 잔뜩 넣고 말했다. 너도, 똑같아, 네 아비나, 네 오빠하고 다를 것이 없어. 밥알 하나가 의치 사이로 튀어나와 밥상에 떨어졌다. 내가 돈이 어디 있다고 내가 왜 앰플 값을 알아야 하지. 돈은 네가 벌잖아 네가 물어봐.

그녀는 그 뻔뻔스런 외판원에게 앰플 값을 치르고는 어머니를 부탁했다. 정부에서 나오는 얼마간의 생활비가 있다는 얘기를 하자 그 여자는『만개한 장미꽃, 이제 낙화』를 부르던 여자 가수의 커다란 두 눈이 되어, 얼마냐고 물었다. 그녀는 대답하지 않았다. 그 밤 그녀는 소소를 가방 속에 밀어 넣고는 밤기차를 탔다. 네가 없어지면 어머니 냄새도 다 없어질 거야. 네가 어머니 냄새를 모두 가져가. 참을 수가 없어. 그녀는 자기 속에서 잠자고 있던『흉폭한 맹수, 깨어남』을 두려워하지 않을 수 없었다. 그런 일이 있어서는 안 된다. 그런 순간을 모면하기 위해서라도 그녀는 그 냄새를 기록해서는 안 되겠다고 생각했다. 간절하게 기록하고 싶지만 그걸 어떻게 기록으로 남긴단 말인가.

아주 멀리 가야지. 거기가 어디라도 상관없다. 되도록 멀리 아주 멀리 내다버리기로 생각했다. 종착역이다. 기차가 완전히 정차하자 겨울밤은 밝아 오기 시작했다. 앞자리의 남자는 보고 있던 잡지책을 가슴에 끌어안고 어딘가에서 내렸다. 옆자리의 노파는 자기 짐을 챙기다 말고 소소가 낑낑거리는 소리를 들었는지 그녀의 가방을 힐금거리다가 갑자기 손을 뻗으며 『정전 시, 벽에 걸린 랜턴을 떼어내세요』를 기억하는 재빠른 동작으로 가방 사이로 삐져나온 무엇인가를 잡아당겼다. 아버지의 넥타이였다. 그녀는 어머니가 아버지 목에서 넥타이를 풀어냈을 때 아무도 모르게 그것을 『콤플렉스, 아버지의 딸』이라는 정신과 의사의 심야 방송을 떠올리며, 둘둘 말아 숨겼다.

겨자색 줄무늬의 넥타이를 바라보던 그녀는 그것이 아버지의 마지막 선물이라고 생각했다. 그 넥타이가 『제거된 성기, 뱀』이라는, 제거된 성기가 뱀을 상징한다는 것인지 뱀의 성기가 제거되었다는 소리인지 알 수 없는 애매모호한 삼류 번역물에 나오는 뱀이라도 상관없다고 생각했다. 그것은 그녀가 아버지에게 마지막으로 선물한 넥타이였다. 어머니의 다급한 전화를 받고 집안으로 들어선 그녀는 이미 죽어버린 『검푸른 윤활유, 그리스액』을 닮은 아버지의 번들번들한 푸른 얼굴을 보았다. 어머니는 천천히 아버지의 몸을 방바닥에 눕혔다. 목 주변에 넥타이 자국이 선명했다.

그녀는 있는 힘껏 노파의 억센 손에 쥐어진 넥타이를 잡아챘다. 그때 가방 안에서 갑자기 그르륵 숨넘어가는 소리가 들렸다. 넥타이가 밖으로 풀려 나오며 소소의 목을 감은 모양이었다. 노파는 이제 가방 안에 무엇이 들었는지 두 눈으로 직접 보지 않고는 가만있지 않겠다는 듯 덤벼들었다. 그녀는 『경직, 경계 상태에 돌입한 온몸』으로 힘겹게 노파를 밀쳐내고는 넥타이를 빼앗았다. 노파는 이내 뒤로 퉁겨졌다. 눈가 주름, 미간 주름, 입가주름이 한꺼번에 패이던 노파는 그제야 두려운 눈빛으로 뒤로 물러섰다. 그녀는 벌떡 일어나 가방을 들고는 통로로 지나 기차에서 내렸다.

선로는 여명을 겨우 걷어낸 어슴푸레한 겨울 햇살을 반사시키고 있었다. 몇몇은 마중 나온 사람들과 『포옹, 짧은 순간의 엉킴』을 시도하다가 마술처럼 서로에게서 풀려났다. 그들이 새를 날려보내는 가벼운 몸짓으로 설왕설래 인사를 나누고 있었지만 그녀는 어깨를 웅크린 채 재빠르게 개찰구로 향했다. 역사는 불기 하나 없다. 지금도 이런 역이 있다니. 전쟁 중도 아니고 승객들에게 받을 요금은 다 받았을 텐데 역사는 추웠다. 그녀는 역사 밖을 휘둘러보았지만 종착역치고는 – 종착역이 늘 커야한다는 법은 없지만– 작은 읍이었다. 공중전화, 『전화로 죽은 사람도 불러낼 수 있음, 100달러』를 운영하는 심령술사의 전화기, 백 사람의 목소리를 불러냈다는 그의 전화기가 잠시 생각났지만 그녀는 누구에게도 전화하지 않았다. 어머니에게도 외판원에게도 동사무소에도 식당에도 오빠에게도. 그리고 죽은 아버지에게도.

강변 가전제품 쓰레기장에 갖다버린 소소가 이틀만에 다시 집을 찾아왔을 때 외판원은 그녀를 『올바른 자와 올바르지 못한 자 모두에게 떨어지는 지옥 불과 유황 비』가 두렵기라도 한 듯 그녀를 설득했다. 여자는 눈을 내리깔고, 그거 말이야, 내가 개 값을 좀 많이 받긴 했지만…. 말 못 하는 짐승이 무슨 죄가 있나…. 사람들이 죄를 짓지라고 말했다. 1원짜리 동전만큼의 충고를 1원짜리만큼 귀하게 했다. 이제 외판원은 분명히 알게 되었을 것이다. 사라진 소소를 찾으며 울부짖을 어머니에게 여자는 또 한 마리의 개를 선물하지는 않을 것이다. 또 갖다버릴 테니까.

두 발이 시렸다. 너도, 똑같아, 똑같아…. 어머니의 목소리가 들렸다. 그녀는 넋 나간 사람처럼 서 있었다. 어디에 버리나. 버리고 도망치면 그것으로 끝이다. 역사와 바로 붙은 『겨울, 냄새도 얼어붙었을 배설물』 창고인 옥외 화장실에서 우측으로 돌자 지붕 높은 교회탑에 십자가가 걸려 있었다. 날은 대낮으로 접어든다. 더 밝아지기 전에 시간이 더 가기 전에 냄새를 버려야 한다. 사람들이 없는 곳에 아무도 보지 않을 곳에 냄새를 버려야 한다. 오래도록 사람들의 인적 없는 『쌓이는 눈, 발자국 하나 없는』 장소에. 하지만 지금은 너무 밝다. 그녀는 어두워지기를 기다려야겠다고 생각했다. 얼마나 시간이 흘렀을까. 그녀는 교회 앞에서 얼어붙고 있었다. 쟁쟁한 하늘에서 쏟아지는 밝은 햇살 아래서도 수은주는 영하 18도를 넘고 있었다.

사람들은 코와 입을 막은 채 그녀 옆을 스쳐 지날 뿐이었다. 발이 얼기 시작하고 손끝이 얼기 시작했다. 가방 안의 소소는 아무 소리가 없다. 그녀는 움직여야겠다고 생각했다. 누렇게 떠버린 쥐똥나무 화단을 휘돌아나가자 한적한 『깊은 바닷속 해저 용암의 온도를 견디는 몇몇 생물들』이 모여 사는 듯 텅 빈 논들이 나타났다. 썩음썩음한 볏단들이 아무렇게나 여기저기 누워 있었고 네모나게 쌓여진 볏단들은 벌판을 오가는 거친 바람에 곧 무너질 듯 보인다. 바람이 길을 막는다. 그래도 가야 한다. 그녀는 빠른 걸음으로 볏단 근처까지 다가가 그 옆에 신문을 깔고 가방을 내려놓았다. 춥다. 더 이상은 안 되겠다. 가방 옆에 사료 봉지도 내려놓았다. 그때 소소가 가방 속에서 움찔했다. 계속되는 작은 몸부림, 잠시 후 가방은 옆으로 쓰러졌다. 『미친, 비정상적이긴 하지만 아직 미치지는 않은』 아드레날린 중독자처럼 바람은 제멋대로 신문을 하늘로 말아 올렸다.

그녀는 이제 돌아서야겠다고 생각했다. 쓰러진 소소를 바로 세워 볏단에 기대어놓은 그녀는 허리를 펴고 자리에서 일어섰다. 가방이 다시 쓰러질 듯 뒤뚱거렸다. 안 돼. 그냥 거기 있어. 난 안 돼. 아니, 네가 안 되겠어. 그녀는 벌판에 대고 소리를 질렀다. 『냄새가 난단 말이야, 참을 수 없는 냄새』, 그래서 안 되겠어. 그녀는 돌아섰다. 돌아서던 바로 그 순간 그녀는 바람 속에 버티고 선 한 남자와 맞닥뜨렸다. 다 보고 있었어. 남자가 말했다. 그건 뭐야? 그녀는 대답하지 않았다. 찬바람이 콧속으로 눈 속으로 입속으로 밀려들어왔다. 『봐도 그만 안 봐도 그만인 뒤』는 보지 않고 앞만 보면 된다. 그녀는 대답하지 않고 그를 스쳐 지나쳤다.

남자가 가방을 우악스럽게 열었다. 개잖아, 개를 왜 버려.

그녀는 바람을 뚫고 역사로 향했다. 남자가 가방을 들고 그녀를 따라왔다. 개를 왜 버려. 남자가 또 물었다. 그녀는 대답하지 않았고 남자는 집요하게 물었다. 냄새가 난단 말이야. 그녀는 한마디 했다. 냄새가 난다고. 남자가 가방을 열고는 머리를 그 안으로 들이밀더니 냄새를 맡았다. 이건 개 냄새야. 아니야, 그건 개 냄새가 아니야. 개 냄새야. 아니라니까. 개 냄새라니까. 그녀는 걸음을 멈추고는 그 자리에 우뚝 섰다.

"그건 개 냄새가 아니야."

"그럼 무슨 냄새야⋯."

"⋯⋯."

그녀가 뭐라고 소리를 질렀지만 남자는 듣지 못했다. 하지만 그때 남자의 두 눈에서는 알 수 없는 불꽃이 일었다. 『시계 0, 동굴 속 흔들리는 카바이드 불꽃』처럼 그 눈빛은 생래의 에너지를 보여주고 있었다. 미소까지 동반한 남자의 두 눈이 무슨 말인가를 하고 있었다. 그녀는 알아들을 수 없는. 남자의 웃음을 이해할 수 없었던 그녀는 자꾸만 소리를 질렀다. 남자는 그녀가 지르는 소리를 알아듣지 못했다. 그녀의 소리는 계속 되었고 남자는 갑작스레 그녀를 낚아챘다. 그의 손아귀에 갇힌 그녀가 다시 소리를 질렀다.

"냄새가 난단 말이야."

"이년이 무슨 냄새가 난다는 거야."

그녀는 남자에게 질질 끌려가기 시작했다. 그때 그녀는 냄새를 맡았다. 어머니에게서 맡았던 최초의 그 냄새를. 맞아. 이런 냄새였어. 아주 생생해. 이제 기록할 수 있을 것 같다. 기록해야 할 것 같다. 그녀는 이제 춥지 않다. 그 냄새를 기록할 수 있는 말들이 선명하게 떠오르기 시작할 무렵 남자의 한 손에는 소소가 들려 있었고 또 한 손에는 그녀의 손목이 잡혀 있었다.

작고 사소한 것들과의 이별

억수같이 비가 쏟아지던 어느 여름날. 그날, 난 다른 사람들은 진즉에 내다버린 것, 다른 사람들은 이미 아무런 관심도 없는 그것들과 이별을 했다. 하나는 내다버리고, 하나는 검은 포장천을 덮어씌움으로써. 공기보다 가벼운, 때론 공기보다 무거워 주체할 수 없는 그것들. 비어 있어도 무엇인가 꽉 들어찬 듯 답답하고 숨 막히는 그것들과의 이별은 결코 만만치가 않았다. 매순간 그것들과 이별하기 위해, 호시탐탐 기회를 노리고 있었다 해도 막상 그래야 하는 순간이 다가오면 난 웬일인지 매번 시들해져버린다. 아마 당신들도 그랬을 것이다. 마치 외요도구(外尿道口) 바깥으로 나와버리면 이내 맥을 못 추는 수억 마리 정충처럼.

작고 사소한 그것들과의 이별. 그런데 참 이상한 건, 내 정신 또한 내가 이별했던 것과 마찬가지로 작고 사소한 그 무엇으로 산산조각 나고 말았다는 것이다. 내 의지와는 전혀 상관없이. 내가, 조잡하고 쓸모없는 작은 조각들로 흩어져버린 것과, 내가 버린 그것들이 더 작고 더 사소한 그 무엇으로 부서지고 나누어지는 것이 사실 무슨 상관이 있는 것은 아니다. 그런데도 난 혹시나 하는 염려에, 울증(鬱症)으로 며칠을 보냈다. 우연일 거야. 우연이지 그럼, 내가 뭐 잘못한 일도 없는데. 누구의 의지였는지 알 수 없는, 안다고 해도 기실 그런 건 지금에 와서 아무 데도 쓸모가 없다. 왜냐하면, 내가 그들의 의지를 바꿀 수가 없으니까.

지금 내 정신은 잘게 분쇄되어 리사이클링 공정(工程)상태에 놓여 있다. 물론, 이전의 내 정신은 흔적도 없이 사라졌다. 안타깝고 서운한 마음을 달래주는 것은, 리사이클링 완제품으로 새롭게 태어날 내 모습이다. 언젠가는 다시 폐기되어 잘게 부서져 흔적도 없이 사라지겠지만. 그렇다고 해도 지나치게 우울해하거나 조급해할 필요는 없다. 종국에는, 내 정신이나 당신들 정신 모두 우주 속에 쓸모없이 흩어지는 공기 입자가 될 것임을 우리 모두 잘 알고 있으니까. 한 가지 고마운 건, 지금 우리 모두가 나름대로 안전하고 완전하다는 것이다.

재생 제품이 되기 위해 저들의 프로그램 밖으로 나갈 수 없는 지금, 나는 무용지물이다. 새로운 제품으로 탄생되기 전까지는. 그 탄생 전까지 난 저들의 숨 막히는 대형 컴퓨터 매트릭스 속의 뜨끈한 체온에 내 전신을 맡기고는 말없이 잠(睡眠) 명령에 복종하거나, 나와 연결된 여타의 회로들로부터 공급받는 에너지에 기생해야 한다. 우리 모두가 리사이클링 프로그램에 들어가는 건 아니지만, 내 경우는 좀 특별하다. 그 특별한 것 때문에 리사이클링 과정을 겪는 것도 아니고, 잘못된 매트릭스 속으로 들어간 것은 아니다. 고로 굳이 나에 관한 모든 것들을 낱낱이 말할 생각은 없다. 기억조차 희미해진 과거의 나를 거론한다는 것이 얼마나 부질없는 일인가를 잘 알고 있으니까.

하지만 작고 사소한 그 무엇을 말하지 않을 수는 없다. 그것들과의 이별 이후 나는, 다른 몸에 기생할 수밖에 없는 이유를 짧은 순간이지만 아주 심각하게 생각해봤다. 이별한 지 얼마 되지 않았지만 내 머릿속을 스쳐 가는 수많은 이런저런 생각들은, 마치 전기에 감전된 듯 내 몸을 떨게 만들었다. 하지만 지금 그 이유를 밝혀낸다고 해도, 그 이유가 나를 리사이클링 상태에서 더 나은 무엇으로 만들어 주지는 않을 것이다. 어쨌든 난 〈기생〉이라든가 〈이유〉라든가 하는 그런 단어들에 정신없이 매달렸었다. 기다리는 수밖에 달리 도리가 없다는 것을 잘 알면서도. 공정 중의 기생 상태에 놓여 있는 난, 어쭙잖게도 그 두 단어에 종일 매달려 밥도 못 먹고 신문도 못 보고 내가 좋아하는 낮잠도 못 잤다. 잘못 태어났다면 열 번이라도 다시 태어날 수 있다. 내 스스로가, 두 번이나 세 번씩 태어날 수 없기 때문에 누군가가 필요하긴 하다. 문제는 지금 내가 누구에겐가 아님 무엇인가에 무기력하게 기생할 수밖에 없다는 것이다. 난 그 사실을 받아들이기가 버거울 뿐이다.

내가, 하늘이 뚫린 듯 비가 쏟아져 내리던 그날 아침 펜티엄5에 검정 포장천을 덮어씌운 것은 전혀 특별한 사건이 아니다. 남들은 벌써 백 년 전에 내다버렸으니까. 다시 태어나도 난 아마, 그날 검은 포장천을 덮어씌운 컴퓨터 말고 또 다른 사소한 것들과 만나게 될 것이다. 남들과 똑같이, 남들도 똑같이. 만나고 싶지 않아도 삶을 지속하는 한, 내 왼쪽 오른쪽 어디로든 날아들, 내 두 눈 곁눈질하다 내 얼굴에 아부하다 제 편한 대로 내게로 날아들. 그것들은 향방 종잡을 수 없는 태풍 속의 깃털이다. 당신들도 충분히 상상할 수 있는 작고 더럽고 자질구레한 그것들은, 이 집 저 집 높고 낮은 대문 앞에서 아무도 모르게 스멀거리는 벌레다. 우화(羽化)도 반만 끝난, 그래서 아직 날개도 없는.
　내가 버린 첫 번째 사소한 그것도, 내 집 앞에서 아무것도 모르는 바보인양 배밀이로 꼼지락거리다 어느 순간 내게 찰싹 달라붙었으니까. 한마디 양해도 없이 내게 달라붙은, 그 첫 번째 사소한 것이 속삭였다. 나를 가져, 가지라고. 백 년 된 정부(情婦)처럼 내 귓바퀴를 간질이던 그것이, 내 눈을 내 얼굴을 내 두 가랑이를 슬금슬금 핥기 시작했다. 내 몰골은 사나와도 껍질만 벗겨지면 난 이 세상에서 가장 매끈한 다리와 날개를 가졌어. 그-으-래? 난 흥분해 숨소리도 내지 못했다. 난 이 두 다리 속에 어떤 물건이라도 다 받아들일 수 있어, 그리고 이 두 다리 사이로 많은 걸 낳을 수도 있어. 개구리도 낳을 수 있고, 커다란 염소도 낳을 수 있고. 난 또 사람도 낳을 수 있다니까. 사-아-라-암-도? 놀란 내가 숨을 멈춘 채, 첫 번째 그것의 얼굴을 뚫어져라 바라보자, 그것이 갑자기 두 다리를 벌렸다. 나는, 희번덕이는 두 눈으로 나를 올려다보던 첫 번째의 두 다리 사이에 내 그것을 우겨 넣으며 흥분했지만, 세월이 백 년쯤 흐를 때까지도 그것은 내게 아무 것도 낳아주지 못했다. 어느 날 그것이 미안하다며 내게, 이젠 자기를 아무렇게나, 아무 데나 갖다버려도 좋다고 말했다. 낳을 수 있을 거라고 생각했는데, 아무것도 낳아주지 못해 미안하다며 짐짓 고개를 떨구었다. 고개 들어! 여전히 고개 숙인 채 말없는, 그것의 거짓 제스처. 난 그 제스처가 거짓임을 알고 있었다. 백 년이나 같이 살았으니까. 나는 더욱 화가 나 몸통이고 다리고 다 해체하고 부셔버리고 싶었지만, 백 년이나 같이 살았는데 당장 그럴 수는 없었다.

하지만, 언젠가는 꼭 분해하고 해체해 아무도 몰래, 수천 밀레

니엄이 지나도 발견되지 않을 지하 수천 킬로 땅속 깊이 묻어버
릴 거야. 거기서 불타 죽게 묻어버릴 거야. 고개 숙인 그것이, 묻
어 묻어도 괜찮아, 라고 말했을 때 나는 그랬어야 했다. 하지만
난 컴퓨터 위에 검은 포장천을 덮어씌우는 것으로 일단 일을 끝
냈다. 억수같이 쏟아지는 빗발은 여전했다. 아침부터 틀어놓은
텔레비전에서는, 집중폭우로 허리까지 차 오른 물속을 첨벙이며
가재도구를 건져내는 사람들의 모습이 나왔지만, 난 어느 누구와
도 일면식이 없다. 어느 누구와 일면식이라도 있었으면 방송국에
전화해 그 집의 전화번호, 아니 전화선은 물속에 잠겼을 테고. 그
래, 집 주소를 물어봤을 것이다.

　텔레비전을 멍하니 뚫어져라 바라봤지만 내가 아는 사람은 하
나도 없었다. 난 혼자서 속보(速報)를 보며 속보의 긴박함을 몸으
로 느끼고, 확실한 피해 금액을 머릿속으로 헤아려 보았다. 카메
라들은 여기저기 피해 지역을 빠르게 비춰주고 있었지만, 스크린
의 아라비아 숫자 표기 피해 금액들은 왠지 긴장감을 떨어뜨렸
다.

　갑자기 무료해진 나는, 수해 지역 수재민 구제 본부 바자회 책
임자에게 전화를 걸었다. 내 옷을 가져가요. 옷이 모두 물에 떠내
려간 사람들에게 난 옷을 주고 싶어요. 바자회 책임자가 내게 옷
으며 물었다. 이렇게 옷을 많이… 입을 옷은 있어요? 그럼요. 난
좀 과장되게 말했지만 사실은 하나도 남기지 않고 몽땅 차에 실
어버렸다. 내가 지금 가지고 있는 옷은 소매 없는 야구복 한 벌이
전부이다. 여름 내내 그 야구복 한 벌이 나의 유일한 외출복이 될

것이고, 겨울이 오면 난 아마 입을 옷이 없어 누군가의 땟국물 흐르는 옷을 얻어 입거나, 벗고 살아야 할지도 모른다. 하지만 난 옷이 없다고 걱정할 이유가 없다. 외출하지 않으면 되니까. 아니 사실 난 외출할 수도 없다. 아직 리사이클링 공정에 놓여 있으니까. 사방으로 흩어진 작고 조그만 정신들을 하나하나 내 식으로 조립할 수만 있다면, 난 벌거벗고라도 외출할 것이다. 하지만 난 불행하게도 나를 조립할 수가 없다.

기생 상태에 놓여 있는 나의 무익함과 무의미함과 무료함 때문에 나는 서서히 지쳐가기 시작했다. 벗어날 수 있는 길은 어디에도 없다. 나를 내다버리면 길이 좀 보일까. 아니, 내가 나를 내다버릴 수는 없고, 그래 그럼 텔레비전을. 난 비를 맞으며 텔레비전을 겨우겨우 들어내 대문 밖에 내다놓았다. 빗속을 지나다니는 몇몇 사람이 내가 버린 그 텔레비전을 가만히 내려다보다 지나갔지만, 가져가라고 말하지는 않았다. 당신네들은 이미 이백 년 전에 버린 거야. 가끔 옛날 생각이 날 수도 있겠지만, 가져가면 금방 후회할 거야. 리사이클링 센터에서, 우비 입고 나온 사람이 텔레비전을 들고 가다 물었다. 이 텔레비전 몇 년이나 됐어요? 왜요? 아니요, 그냥. 아직도 텔레비전을 가지고 있었나 해서요. 가지고 있으면 안 되나요? 아니요, 그게 아니라… 그래요, 난 이백 년이나 가지고 있었어요. 나는 아주 당당하게 이백 년이라고 말했다. 예? 리사이클링 센터 직원의 두 눈이 갑자기 커졌지만, 미안해하거나 사과할 일은 아니었다. 센터 직원은, 내 얼굴을 신기한 듯 잠시 바라보다 텔레비전을 리사이클링 운반 탑차에 싣고는 안녕히 계시란 소리도 안 하고 빗속으로 사라졌다. 뭐 그럴 필요까지. 흥, 아직도 텔레비전 섹슈얼인터코스 채널 앞에서 섹스할 얼굴하고는. 센터 직원에게 그렇게 말해주고 싶었지만 그러진 않았다. 그 직원이, 아직 텔레비전을 안 버리고 몰래 가지고 있는지 버렸는지 확실치 않으니까. 이백 년도 넘었지만 나의 그 텔레비전은 작게 분해되어 누구의 무엇으로, 어떤 제품의 부분 부속으로 다시 쓰이겠지. 이미 내 손을 떠났으니 관심 갖지 말고.

내가 관심 가져야할 것은 내가 어떤 리사이클링 제품으로 탄생하느냐는 것뿐이었다. 그날 저녁 난 텔레비전에서 데스마스크 같은 얼굴의 사이보그가 해부용 메스를 들고 있는 것도 보지 않았고, 눈물을 찔찔 짜며 그 의사, 그 의사가 사이보그인 줄도 모르고 뱀 같은 실눈을 실룩이는 땅딸막한 간호사도 보지 않았다. 텔레비전과 이별한 나는 오랫동안 목욕을 했다. 어제, 나를 한 번밖에 낳지 못한 어머니가 보내준 마르세이유 비누 한 조각을 온몸에 발라대며 목욕을 했다. 목욕을 끝내자 나는 갑자기 왕이 되어버린 느낌이 들었다. 나는 일인용 안락 소파 위에 두 다리를 꼬고 앉아 빗소리를 들었다. 시원한 밤이었다. 물난리 때문에 옷이 사라지고, 텔레비전도 사라졌지만 난 후회도 미련도 없었다. 사실 물난리 때문에 옷이 사라진 것도 아니고, 텔레비전이 사라진 것도 아니니까. 나 때문에, 무료하고 무익하고 무미했던 기생 상태의 나 때문이었으니까. 아직 기생 상태에 놓여 있어 온전치 못하다 해도, 모든 것은 나로부터 나와 나로부터 사라지는 것이다. 그런데도 내가 후회니 미련이니 그런 말들을…. 새로운 제품으로 태어날 때까지는, 그때까지는 후회니 미련이니 하는 미련스럽고 어처구니없는 말들을 종종 사용해도 괜찮겠지. 조만간, 후회니 뉘우침이니 깨달음이니 그런 단어들은 흔적 없이 사라질 테니까. 얼마간은 예전의 나처럼 이런저런 사소한 감정들과 친근하게 붙어살아도 누가 뭐라 하진 않을 것이다. 잠시 옛날처럼 산다고 제품이 이상해지는 것도 아닐 테니까. 텔레비전 없는 밤이 몇날 며칠 계속 되었지만 아무도 내게 텔레비전에서나 들을 수 있는, 그날 새로 태어난 안드로이드 얘기를 묻거나, 새로 발견된 남아프리카 바이러스가 무엇이냐고 묻진 않았다. 사실 누굴 만날 수도 없었으니까. 외출할 수 있었다 해도, 등과 어깨가 파인 소매 없는 야구복을 입고 누굴 만날 수는 없었다.

당신이라면? 아마, 당신도 나가지 못했을 거야. 지나다니는 사람이 내 알몸을 들여다보는 것도 아닌데 얼굴 발개지고 어깨도 빨개질 테니까. 난 어려서부터 얼굴이 잘 빨개져 별명이 홍당무였거든. 지금은 많이 뻔뻔스러워졌지만 보잘것없는 상·하박 상체 근육이 모두 드러나는 소매 없는 야구복을 입고 거리를 활보할 수는 없잖아. 당신도 나처럼 근육질의 남성은 아닐 테니까. 아미안, 본 적도 없는 당신의 근육 얘길 하다니. 어쨌거나 나에겐 근육이 심각해. 근육 대단하면 외출해 만날 사람이라도 있느냐고? 왜, 예전에는 있었지. 날 만나자고 매일 전화하는 여자도. 정말 몸통이며 다리가 매끈한, 그래서 삽입하기도 전에 사정할 것 같은 여자가 있었지. 근데, 그 여자가 텔레비전에 나와 목까지 올라오는, 손목까지 내려오는, 발목까지 덮어버리는 이상한 옷을 입고 나와 혼자 춤을 추는데 영 기분이 안 좋더라고. 그건, 이런 기분이었어. 흥, 내 앞이 아니라 수많은 다른 놈들 앞에서도, 양 엄지발가락 쭈빗 세우며 오르가즘에 오르겠지, 하는 뭐 그런 생각이었어. 옷으로 온몸을 가리고 있는데도 그런 생각이 들더라고. 그녀를 보는 순간 그녀에 대한 성욕이 잠시 강하게 일었지만, 그건 아주 잠깐이었어. 텔레비전을 향해 사정할 듯 팽팽하던 그것이 스파트 광고 때문에 금방 풀이 죽었으니까.

나는 언제 무엇으로 태어날지 아직은 알 수 없어. 당신들이 지금 무슨 상상을 하는지 내가 알아 맞춰볼까. 사이보그나 안드로이드 아님 로봇을 상상하겠지. 아니야 틀렸어. 그것들 중 어느 것도 아니야. 리사이클링 센터 연구원이 그랬거든. 당신은 그것들 중 어느 쪽도 아닐 거라고. 물론 무슨 근거가 있으니까 그런 소릴 하겠지만 사실 나도 그런 것들은 싫어. 왜냐고? 아마, 내 어머니가 처음 낳아준 육체가 사라지거나 반만 남기 때문일 거야. 때론 육체가 있으나마나 할 때도 있지. 하지만 육체 없는 섹스를 한 번 상상해봐. 육체 없는 당신과 내가 만나 만져지지 않는, 진짜를 만질 수도 없는 섹스를 하며 흥분하고 사정할 수도 있지만 난 아직 그러고 싶진 않아. 사람을 만지고 싶거든. 아까 말한 그 여자도 온몸으로 말을 하는 종류의 여자야. 그 몸도 만지고 때론 그 말(言)도 만졌거든. 말을 만져본 적 있어? 없다고. 물론 없겠지, 아무나 말을 만질 수는 없으니까. 하지만 난 아니야. 말 만지는 일도 해봤거든. 그때는 사람들이 나를 소설가라고 불렀어. 어쨌든 그 여자가 쏟아내는 말들을 어루만지며 밤새도록 컴퓨터 앞에 앉아 있기도 했어. 아마 아직 CD나 하드 드라이브에 남아 있을 거야. 그 여자는 눈썹 한 가닥으로도 말을 하고, 속살까지 드러나 보이는 피부로도 말을 했었거든. 붉어졌다 파래졌다 오색 색종이처럼 아주 다양한 피부색을 가진 그녀 얼굴만 봐도 난 흥분했었으니까. 여자가 다 그런 건 아니지만 그녀는 아주 독특해. 그래서 내가 다른 여자들보다 몇 번 더 만났으니까. 다른 여자가 또 있었느냐고? 그럼 두 명이나 더 있었는데. 나는 분명 당신들이 상상하는 그 무엇이 아닌 다른 무엇으로 태어날 거야. 무엇으로 태어날지는 리사이클링 센터 연구원도 아직은 모를 거야.

난, 미래의 내 모습을 상상하는 것만으로도 텔레비전 없이 유쾌하게 잘 지낼 수 있었다. 그 유쾌한 상상과 내 미래를 위해, 펜과 노트를. 머릿속에만 넣어뒀다 까맣게 잊어버리면 말짱 헛일이 될지도 모르니까. 펜과 노트는 어디에? 난 갑자기 마음이 급해져 아무 서랍이나 뒤집어엎고 잡아 빼고, 손잡이 달린 모든 것들을 활딱활딱 열어 젖혔지만 어디에도 펜이나 노트는 없었다. 모두 다 어디로? 난, 심장이 빠르게 뛰는 걸 어쩌지도 못하고 방에서 부엌으로, 부엌에서 방으로 미친 듯이, 누가 봤으면 분명 미쳤다고 그랬을 것이다. 열심히 펜과 노트를 찾아 헤맸지만 펜과 노트는 침대 밑에도 식탁 밑에도 없었다. 온 집안이 잡동사니로 뒤덮인 다음에야 난, 내가 펜과 노트를 쓰지 않은 지 백 년이 넘었다는 사실을 깨달았다. 맥이 풀려, 방바닥에 앉아버리자 저절로 한숨이 나왔다. 하지만, 음탕한 두 눈으로 여전히 나를 유혹하고 있는 컴퓨터 앞으로 재빠르게 다가가진 않았다. 마지막으로 한번만 써, 아님 내 미래의 계획을 포기해. 마지막, 마지막으로 딱 한번만. 그래, 마지막으로 한번만 쓰고 내다버려. 음탕하고 음험한 두 눈을 세모꼴로 만든 그것의 입이 귀까지 쭉 찢어졌다. 네 미래의 계획을 세워. 버리는 것보다, 네 미래의 계획이 소중하잖아, 딱 한번만 쓰라고. 그-으-래, 쓰자. 새로 태어나서도, 예전처럼 그렇게 살고 싶지는 않으니까. 살아서도 안되니까. 그러려면 처음부터 잘 짜여진 계획이 필요하니까. 나는 검은 포장천을 훌떡 벗겨버렸다.

아무 생각 없이, 옛날처럼 사는 것도 나쁘진 않지만 나는 이제 옛날처럼 살고 싶지 않다. 그렇게 한번 살아봤으니까, 다시 태어나면 그렇게 살진 말아야지. 다르게 살아야지. 다르게 산다고 누가 나를 손가락질하진 않겠지. 죽은 시체, 옛날이 죽고 미래가 태어나면 즐비할 과거의 시체들. 아무 힘도 없는 그 시체들을 손가락질하는 사람은 없겠지. 당신도 한번쯤은 다르게 살고 싶을 테니까. 백년이 넘도록, 백업 파일로 받아놓은 감성과 이성. 물려받은 감성과 이성을 재생해놓고 순종하는 그런 삶을 살고 싶진 않겠지. 그런 것도 물려받느냐고? 물론이지. 〈슬픔〉도, 〈슬픈〉 혹은 〈슬프다〉 속에서 만들어지니까. 길게 설명 안 해도 당신이라면 무슨 소린지 알 거야. 아무도 처음부터 슬픔이 무엇인지 알 수는 없지. 〈슬픔〉이라는 말이 있은 다음에, 슬픔이 있는 거지. 〈슬픔〉아 거기 있어라 하니까, 슬픔이 거기에 생겼다는 소리도 있잖아. 당신이 시체들에게 고개 숙인다면, 그 얼굴을 보고 사람들이 웃을지도 몰라. 시체들과 백업 파일은 아무런 관계가 없는데도, 고개 숙이는 당신 그리고 당신들. 〈시체〉는 시체고 〈슬픔〉은 슬픔인데도. 그 둘을 섞어버리면 아무 것도 선명하지 않다고. 잊지 말자고 옛날을 잊지 말자고 그 말밖에 할 말이 없는, 리사이클링 공정에도 못 들어가는 늙은이들이나 시체들에게 절을 하며 울 거야.

난 아버지가 죽었다고 해도, 나를 낳다 죽을 뻔한 어머니가 정말 죽었다고 해도 울지 않을 거야. 〈아버지〉나 〈어머니〉가 〈죽었다〉라는 단어와 무슨 특별한 관련이 있는 것은 아니니까. 생명은 다 그렇게 가니까. 세콰이어 나무도 패랭이꽃도, 돼지도 다 그렇게 말라가고 늙어 죽을 테니까. 난 웃을 일도 울 일도 없는 리사이클링 제품으로 새롭게, 전혀 새롭게 예전의 나와는 다르게 태어날 거야. 아주 육감적인 내 옛 여자. 그녀를 다시 만나더라도, 난 입을 쩍 벌리고 웃진 않겠지. 그녀도 내 흡족한 표정이면 만족할 거야. 그녀는 아까도 말했듯이 아주 독특한 여자야. 그러니까, 내가 입을 크게 벌리고 반색하지 않아도 화를 내거나 울지는 않을 거야. 난 그거 하난 분명히 믿거든. 그녀가 내게 그런 약속을 하진 않았지만.

그래서 하는 얘긴데, 비밀 얘기 하나. 예전의 내 육체에 대해서도 한 마디쯤은 하고 싶어. 가벼운 공기처럼 시도 때도 없이 두 가랑이 사이에서 느낌을 전해 올려주는 남근. 난 그것 때문에 아직 리사이클링 공정 상태에 있는 모양이야. 글쎄, 난 그랬다니까. 어느 날 아침 깨어보니까, 내 사타구니 사이에서 턴 스타일처럼 단단한 그것이 화장실을 갔다 와도 그냥 서 있는 거야. 샤워를 해도 마찬가지고. 바지를 입을 수가 있어야지. 그래 마구 쥐어박았지. 점점 더 커져버리는 그것에 약이 오른 나는 부엌으로 칼을 가지러 갔지. 그걸 움켜쥐고 일 내기 직전이었어. 차갑더라니까, 얼음처럼. 진짜 턴 스타일이 되어버린 것 같더라니까. 지하철 타고 내릴 때, 허리나 엉치쯤에서 서늘하게 돌아가고, 내 뒤에 줄 선 당신들을 위해서도 돌아가는 그것처럼. 아니 완전히 그것이 되어버렸더라니까. 그래 이거 칼로는 안되겠다 싶어 파자마 입은 채로 공구상(工具商)으로 달려갔지 뭐야. 사람들이 파자마 입고 달리는 나를 향해 웃고 떠들고 호호거렸지만 그걸 문제 삼을 수는 없었어. 내 그것이 턴 스타일이 되어버렸는데 그런 소리들이 내 귀에 들리겠어.

당신들도 생각해보라고, 얼마나 끔찍하고 징그러운 일인가. 차가운 것도 괜찮고, 오래도록 내가 좋아하는 여자의 검은 숲을 향해 서 있는 것도 좋아요. 근데 그게 쇠막대처럼 굳어버렸다면 정신이 아찔할 거야. 그래 어디에 공구상이 있는지 생각할 겨를도 없이 달리다 달리다 겨우 하나 발견하고 그 집으로 들어섰지. 그런데 이게 웬일이야. 그때서야 그것이 죽어버린 거야. 이미 죽어, 작게 짜부라져 사타구니 어디에, 어디에 있는지도 알 수 없게 가랑이 피부에 달라붙어 조금 그 느낌을 전달해줄 뿐이었어. 이른 아침부터 파자마 차림으로 조깅을 하느냐는 시선을 고스란히 받으며, 난 아무 말도 못하고 그 공구상을 나와버렸다니까. 그 다음 일은 더 웃겨. 그래 집으로 와 다시 샤워하고 바지를 두 가랑이 사이에 끼우고 출근 준비를 서둘렀지. 지하철역으로 마구 달려가, 출근 시간이 늦어버렸거든, 그래 달려가 턴 스타일에 내 엉치가 닿는 순간 난 기절할 뻔했어. 왠 줄 알아? 이번엔 글쎄, 승차권을 뽑아 올리는 내 오른손이 은백색으로 빛나는 거야. 빛나기만 하는 게 아니라, 은백색의 스테인리스로 변해 있는 거야. 겨우 손가락을 구부려 승차권을 뽑아냈지만 난 당신들이 뒤에서 기다리는 것도 모르고, 그 자리에 서서 당신들의 보행을 방해하고 있었다니까. 본 일이 있을 거야. 내가 자주 가는 곳은 정해져 있으니까. 그 지하철역 이름이 뭐더라. 그래, 그 역 이름이 내가 버린 〈Pentium5〉와 똑같은 〈Pentium5〉지 아마. 거기도 자주 가지만, 〈Digital HD T.V〉역도 자주 가. 그리고 마지막으로 가장 자주 가는 곳은 〈Hardboiled Laboratory〉야. 역 이름이 너무 이상하지. 이왕 지을 거면, 개망초 · 개나리 · 개양귀비 뭐 그런 꽃이름도 많이 있는데. 그럼, 기억하기 쉽잖아. 그런 쉬운 이름 다 제쳐놓고 하드보일드 레버러터리가 도대체 뭐야. 하긴 그 역 반경 4킬로미터 이내가 모두, 스테인리스 스틸의 이런저런 연구소들로 가득 차 있으니 이상할 것도 없지. 난 아마 그때부터, 리사이클링 센터 연구원들과 인연이 있었나봐. 그러니까 〈이별〉하자마자 바로 리사이클링 공정 상태에 놓였겠지. 보통 때도, 그 역 주변을 배회하는 사람은 별로 없어. 모두 도망치지. 잘못 눈에 띄어 리사이클링 공정에 놓일까봐서. 그런데, 난 애초부터 그런 걸 두려워하거나 무서워하는 사람은 아니었나봐. 연구소 단지를 산책 삼아 걷기도 하고, 잔디밭에 앉아 두 손가락에 퍼런 물이 들도록 잔디를 하나하나 뽑아 올리기도 했으니까. 지나다니는 연구원들이 날 유심히 바라보며 힐끔거렸지만 뭐 신경 쓸 일 아니잖아. 난 무료하고 무미하면 그 연구소 내를 마구 달리기도 했어. 직원이 아닌 사람에게도 연구소 야외 공간을 개방했으니까. 내가 마라톤을 하든 물구나무서기를 하든 뭐라 할 사람은 없었지.

근데, 왜 내가 여기까지…. 그래 내가 공정상태에서 벗어나 제품이 되면 어떻게 살겠다는 얘기를 하다보니까 이렇게 장황해져 버렸네. 어쨌든 난 울지도 웃지도 않을 거야. 그럼 그 중간, 웃으며 울고 울며 웃는 건 어떨까. 갑자기 지금 생각난 거야. 그럼 당신들은 그러겠지. 그건 우는 것도 아니고 웃는 것도 아니라고. 맞아. 하지만 웃는 것도 우는 것도 싫은 나 같은 사람도 있으니까, 내가 다시 태어나 당신들과 우연히 만나게 되더라도 나 때문에 기분 상해하지 말라고. 술자리에서 만나도 내게 술을 권하진 말고, 또 옛날처럼 술 때문에, 아니 이 얘기는 안 들어도 짐작이 갈 거야. 보다 중요한 건, 나의 다음 계획이니까.

내가 그 누구, 그 무엇에 정강이를 걸어 채인 적이 얼마나 많은 줄 알아. 내가 차보는 게 내 평생소원이었는데 아무도 그 무엇도 내 발길질을 참아내고 물러서질 않았어. 혼자, 목욕탕 샤워 꼭지 아래서 물벼락을 맞아가며 수없이, 이리 미끄러지고 저리 미끄러지며 마구 두 발로 그것들을 차냈지만 아무도 내 발길질에 넘어

지진 않았어. 넘어지긴커녕 고개를 더 **빳빳**이 들고 왜 차느냐고
소리소리 질러 대는 통에 난 옷도 못 입고 목욕탕을 나오다 문 앞
에서 넘어져버렸다니까. 무릎이 깨지고, 머리통에서 좀 피가 났
어. 피가 나, 난 바로 외과 의사한테 달려갔어. 몇 바늘 꿰매더니
아무 이상 없다고 가라 그러더라고. 그래도 걱정스러워 바로 신
경정신과로 달려가 정신 감정을 해봤지만 정상이래. 그러더니 여
의사가 뭐라는 줄 알아. 할 말 있으면 자기한테 다 하래. 무슨
말? 할 얘기도 없는데. 나는 멀뚱하게 그 여의사 얼굴만 바라보았
어. 그랬더니 그 의사가, 하고 싶은 얘기 있지요, 그 얘기를 하라
고요, 하더라니까. 정상이라더니, 아마 정상이 아니었나봐. 화가
나잖아. 그래, 때려도 괜찮냐고 했더니, 얼굴을 내미는 것 있지.
그래서 얼굴을 한 대 갈겼더니, 내 진료비용이 다른 때보다 다섯
배나 더 많이 나왔지 뭐야.

　그 일이 있은 다음부터는 그 의사한테 다신 안 가. 내 기록이
전혀 없는 다른 병원 다른 의사한테 갔었는데 거기도 여의사더라
니까. 근데 그 여의사도 아주 웃기는 것 있지. 자기한테 할 말 있
으면 하라는 거야. 처음에 만났던 그 여의사랑 똑같은 소리를 하
는 거야. 난 하도 이상하고 어이없어서 말이 안 나오더라니까. 할
얘기가 하나도 없는데, 할 얘기 있으면 해보라며 내 얼굴을 빤히
바라보는데 정말 죽을 맛이더라니까. 아무 얘기나, 앞뒤 분간 없
이 컬트영화 내레이션처럼 떠들라면 몰라도. 분명 그 의사가 원
하는 말(言)이라는 것은, 앞뒤 조리 논리 어쩌고 하는 고리타분한
말일 텐데…. 그냥 아무 말이나 자기한테, 생전 보도 듣도 못한

자기한테 아무 말이나 하라는 데는 정말 화가 나더라니까.

 의사들마다 왜들 그러나 잠시 생각해보던 나는, 그 의사가 뭐라 묻는 말에 아무 대답 않고 얼굴만 뚫어져라 바라봤지. 그 의사, 이것저것 의료 기기 만져가며 혼자 떠들기에 떠들라고 가만 내버려뒀지 뭐. 아무 말도, 아무 소리도 내지 않고 벙어리처럼 진료 의자에 앉아 있던 나는 할 일 없어, 그 의사 하는 대로 따라 움직였어. 뱅글뱅글 돌아가는 의자에 앉아 두 눈동자랑 몸통으로 자기를 따라 움직이니까, 그 여의사 참을 수 없다는 얼굴이 되더라니까. 나중에는 그러지 말고 하고 싶은 얘기 있으면 해보라고, 자기 눈만 보지 말고 말을 하라고 애걸을 하더라고. 그래도 난 아무 소리 안하고 그녀의 두 눈만 바라봤지. 계속 바라보기만 하니까, 그 두 눈이 분노로 이글이글 타오르는데 아마 당신이 봤더라면 무서워서 도망갔을 거야. 이러다 한 대 얻어 맞지라는 생각이 좀 들기도 했지만, 그렇다고 사과도 안 받고 그냥 나갈 수는 없잖아. 난 그녀가 내게 무릎 꿇고 사과하기 전까지는 나가지 않으려고 했어. 할 얘기가 하나도 없는데, 하고 싶은 얘기 있으면 하라고 강요하고 분노하고 있으니 당연히 사과를 받아야지. 그렇지만, 분노한 그 얼굴 때문에 난 좀 주눅이 들어 아주 작은 목소리로 사과해, 라고 말했어. 그녀가 잘 못 들었나봐. 크게, 라고 소리쳤어. 난 더욱 겁이 나 모기만한 목소리로 사과해, 라고 말했어. 그러자 그녀가 내 입에 자기 귀를 갖다 대는 것 있지. 그 귀를 깨물고 싶었지만, 그러다 집에도 못 가고 그 병원에 아예 갇혀 버릴까봐 그러지는 않았어. 난 이제 아무 소리도 안 하고 두 눈을 치

뜨고 그녀의 귓구멍만 들여다보았어. 그러기를 한참, 상체를 수그리고 있던 그녀가 갑자기 몸을 세우더니 나가, 라고 고함을 쳤어. 그 소리에 난 나도 모르게 의자에서 벌떡 일어났어. 강제로 입원시키기 전에 나가, 순순히 말할 때 나가, 하더니 내 겨드랑이를 채 올리는 거야. 난, 할 수 없이 진료 의자에서 일어났지. 일어나면서 난 차가운 목소리, 아마 당신이 내 목소리를 만져봤다면, 드라이아이스만큼 차가웠을 거야. 그런 목소리로 내가 뭐라 했는지 잘 기억은 안 나. 어쨌든 내 말을 들은 그녀가 막 웃는 것 있지. 내 목소리가 별로 위엄도 없고 내 생각만큼 차갑지도 않았나 봐. 그렇지 않고서야 그녀가 그렇게 숨도 안 쉬고 죽을 것처럼 웃을 이유가 없었거든. 난 그녀에게 왜 웃느냐고 물었어야 했는데, 그녀가 계속 웃는 통에 묻지도 못했어. 물어도, 대답할 정신이 없어 보였거든. 또, 진짜 겁이 났어. 그녀가 목을 뒤로 젖히고 웃는데, 그러다 정색을 하면서, 네 목소리는 왜 그렇게 웃기니 하면 어떡해. 그런 소리를 들을 수는 없잖아. 그래, 난 진료 의자를 그녀 앞으로 굴려서 밀어놓고는 뒷짐 지고 뒷걸음질 쳐 진료실 문을 열었어. 살그머니 문을 열었는데, 어떻게 알았는지 그 의사가 처음 만든 내 진료 카드를 내 얼굴에 내던지는 것 있지. 얼굴에 맞을 수는 없잖아. 재빠르게 그걸 받아들었더니 그 의사가 나한테 다시는 오지마, 하면서 나를 진료실 바깥으로 떠다미는 것 있지. 이제 난 처음 갔던 병원도, 두 번째 갔던 병원도 다시는 갈 수 없어진 거야. 뭐, 진료 카드랑 함께 거리로 쫓겨난 거지.

병원 갔다온 얘기를 내 두 여자들한테 말하진 않았어. 병원에서 있었던 일을 미주알고주알 얘기할 필요는 없잖아. 당신이라도 말 안 했을 걸. 그래, 아예 딴소리를 했지. 나, 이젠 몸이 말을 안 들어. 그 여의사들도 무서웠지만, 웬일인지 그 두 여자들도 조금씩 무서워지기 시작했거든. 아까 말했던, 그 독특한 여자, 그 여자는 무섭지 않거든. 그녀를 다시 만난다면 참 좋을 텐데. 그녀만 계속해서 만나야지라고, 나는 마음속으로 다짐하면서 덧붙였어. 임포텐스가 됐나봐. 그랬더니, 둘이 한꺼번에 달려들 것처럼 두 팔을 날개처럼 펼치는 거야. 한꺼번에 둘이라서 놀랐어? 놀랄 것 하나도 없어. 그녀들이 원해서, 우린 셋이 됐으니까. 뭐라더라. 내 앞에 정물처럼 앉아 있다, 물기 빠진 크래커처럼 바실바실 부서져 내리고 싶진 않대나. 한 여자가 그러더라고. 크래커가 자기 몸이라도 되는 것처럼 말하는 게 좀 웃기지만, 그래도 너 웃긴다 그럴 수는 없잖아. 그래, 왜 부서져 내리느냐고 물었지. 그랬더니, 긴장하지 않기 때문이래. 긴장? 그래, 뱃속으로부터 끓어오르는 욕정과 질투와 긴장이 없다면 그건 정물이라는 거야. 그래, 정물이 싫다면 너희들 맘대로 하라고 말했지. 옆에서 듣고 있던, 다른 여자도 그 말이 옳다고 박수 치며 들고 있던 술잔을 거실 유리창을 향해 던져버렸어. 그리고는 그녀들이 두 팔을 벌리고 내게 달려들며, 우리 둘이 고쳐줄게, 하는 거야. 그것도 병이야. 그것도 병이니까 무심하게 그냥 넘기면 큰일 나. 아니, 큰일은 벌써 났어. 난 사실 무정자증(無精子症)야, 생명을 잉태할 수 없음을 다시 한 번 그녀들에게 알려주었지만 그녀들은 아니라고 설레설레

고개를 저으며 알몸으로 포르노 배우처럼 달려드는 거야.

그녀들이 그랬어. 무슨 소리야, 우리가 원하는 건 아이가 아니라고. 섹스를 원하는 거야, 섹스는 공유(共有)하는 거야. 난 소리가 지르고 싶었어. 가, 가란 말이야. 난 이제 섹스도 싫고 너희들도 싫어, 그 다음 말을 해야 하는데 차마 난 입을 뗄 수가 없었어. 죽여 버릴 거야, 죽어라, 고 말하고 싶었지만 그녀들이 상처받을까 봐 그 말은 차마 못했어. 정말 죽여 버리고 싶었거든. 싱겁고 밋밋한 그녀들의 언어와 권태롭고 떨림도 사라진 그녀들과의 성행위로부터 멀리 도망쳐버리고 싶었어. 그녀들과는 너무 오래 관계했거든. 도망치다 안 되면, 뒤돌아서 칼이라도 들이대고 싶은 심정이었으니까, 죽여 버릴 거야 라고 말했다 해도 그건 거짓말이 아니야.

그걸 모르는 그녀들. 얼간이같이 매일매일 향수 바르고 내 손에 죽을지도 모르는데, 누가 그랬대 누가 만들었대 하면서 나를 밤새도록 유혹하고 자극하는 것도 하루 이틀이지. 뭘 그랬는데, 뭘 만들었는데? 글쎄, 자세히 안 봐서, 자세히 안 들어서 몰라. 난 같이 마시던 술잔을 들어 싱크대에 던져 넣었어. 나가, 나가. 난 정말 화가 났었거든. 누가 그랬는지, 누가 만들었는지도 모르는 것들에 대해 내게 속삭이니 얼마나 답답해. 답답한 정도가 아니라 귀가 먹고 소경이 되어버린 느낌이더라니까. 내 분노한 얼굴을 잠시 바라보던 그녀들이 엉거주춤 자리에서 일어나 문께로 걸어갔어. 그녀들의 뒤통수를 바라보며 난 한 마디 했지. 다시는 나한테 오지마, 오려거든 새로운 뭔가를 만들어오던지 아님 〈책〉

을 만들어 오던지. 그녀들은 내 말이 무슨 소린 줄 몰라 어리둥절한 눈으로 사라졌어. 나도 내가 왜 그런 소릴 했는지 잘 모르겠어. 내가 예전에 말(言) 만지는 일을 했었기 때문인가 봐. 사실 난 말은 만질 줄 알지만, 책이 무엇인지는 잘 모르거든. 내가 말을 만져놓으면 감독관이 늘 그랬어. 이것도 말이냐, 말은 이런 게 아니야, 하면서 삼십 분도 넘게 이 말 저 말 하다가 나를 모욕하는데, 처음부터 끝까지 말 같은 말은 하나도 없고 같은 말만 되풀이하는 거 있지. 책, 책, 책 하다가, 숨이 막혀 고-롱거리니, 그게 책(冊)이란 소린지, 아님 책고(冊庫)란 소린지, 책롱(冊籠)이란 소린지 도대체 알 수가 있어야지. 그때 받은 상처 때문에, 그녀들에게 나도 책이라고 말했나봐. 하지만 그녀들은 말 만드는 직업을 가진 적이 없으니까, 내 말에 상처받지는 않았을 거야. 내가 한번도 책 얘기를 한 적이 없는데 갑자기 책하니까, 그녀들은 이제 나한테 안 오겠지. 나를 미쳤다고 생각해도 좋으니 제발 다시 오지 않길…. 집에 돌아가 고민하겠지. 책이 무엇인지 곰곰 생각하다 책을 돈이나 아님 황금 덩어리쯤으로 결론 내릴 거야.

예전의 나처럼 상처받지도 말고, 나한테 오지도 말기를 난 그녀들이 가버린 그날 밤새도록 빌었어. 그런데, 다신 안 올 듯 두 눈을 껌벅이면서 나간 그녀들이 글쎄 보름도 지나지 않아, 둘이 또 같이 온 것 있지. 그래, 난 너네 둘이 섹스 해. 난 아주 염증이 나, 차라리 섹스를 포기하는 게 낫겠다고 집밖으로 나가버렸지. 그랬더니, 둘이 조르르 따라나오며 우는 거야. 마지막으로 딱 한 번만 하자고. 그래, 마지막이라면 좋다. 나는 애써 유쾌해지고 즐거워지고자 무진 애를 썼지. 얼마나 시간이 흘렀을까, 그들 중 하나가 술 사온다고 밖으로 나간 사이, 난 이제 이 얘기를 여기서 끝내고 싶어졌어. 듣는 당신이 지루해할까 봐.

　끝은, 당신들도 짐작하기 어려울 거야. 남아 있던 하나가 내게 칼을 들이대는 거 있지. 넌, 나하고 할 땐 전혀 반응도 없고 흥분도 하지 않았어. 그럼, 내가 네 친구하고 할 때는 흥분했단 말이야? 난 그녀의 칼끝을 천천히 걷어내며 말했다. 그래, 여긴 늘 셋이 있었지만 사실은 둘이었어. 너와 그 여자 둘뿐이었어. 난 그녀들을 오래 알았음에도, 자기 자리 있어도 앉을 줄 모르고 자기 음식 앞에서도 수저를 들지 못하는 하층인(下層人) 의식에 몸을 떨면서 찌르라고 소리 질렀어. 공유 어쩌고 하더니 그건 순전히 나를 활용하기 위한 말장난이었나 봐. 나는 순간적으로 이성을 잃었어. 그때 술 사러 간 친구가 오지 않았더라면, 아마 난 죽었을 거야. 겨우겨우 진정한 그녀가 술 한 모금 입에 대지 않고 내 집을 빠져나갔지만 난 남아 있는 하나도 싫었어. 나가, 너도 싫으니까.
　그 다음은 전혀 생각이 안 나. 내가 칼을 들었는지, 남아 있던 그녀도 먼저 가버린 그녀처럼 칼을 들었는지 어쨌는지. 아무도 다친 사람은 없었지만 칼 든 여자를 본 다음부터는 난 누구도 차 버리지 못했고, 어느 것도 함부로 내다버리지 못했어. 하지만 다시 태어나면 난, 에너지가 바닥난 모든 것들에서 놓여날 거야. 아직 에너지 남은 척, 나를 기만하고 나를 우롱하는 것들을 판단하고 가려내 모두 갖다버릴 거야. 아무 쓸모없는 그것들에 연연해하지도 않고, 과거도 돌아보지 말고. 난, 리사이클링 센터에 자주 전화를 걸어, 싫은 소리를 들은 적도 많았어. 모든 에너지 고갈돼, 이제 일반 쓰레기로 버려야 하는 것, 아무짝에도 쓸모없는, 그래 땅속에 묻히거나 공중으로 흩어지거나 바다 속에 수장해야 할 것들을 뭐 대단한 리사이클링 자원이라고 직원들을 불러들였으니 싫어할 만도 하지. 웃음거리가 안 되길 다행이지. 나의 세 번째 계획은…. 근데, 참 지금 입력이 잘 되고 있나 잠시 점검을…. 좀 기다려주면 고맙겠는데. 배도 고프고, 목뼈도 뻐근하지만 지금 선명하게 계획 세워놓지 않으면 안 되니까….

　나는 저장 단축키를 누르고는, 잠시 상황선 본문 편집란 옆의 별 모양이 사라지길 기다렸다. 삼십 초, 일 분…. 계속 시간이 흘러도 사라지지 않는 별 모양을 바라보던 나는 앉은자리에서 기절할 뻔했다. 파랗고 빨간 바이러스 색종이, 보면 금방 알 수 있는 바이러스 파편들이 화면에 가득하고, 낄낄거리는 웃음소리가 스피커로부터 흘러나왔기 때문이었다. 아니, 이건. 한번도 본 적 없는, 말로만 듣던 아시아, 아프리카, 라틴아메리카에서만 활동한다던 백신 없는 제3세계 바이러스였다. 누가 이런 짓을. 난 구역질이 올라와 화장실로 달려갔다. 먹은 것도 없는 뱃속에서 신물이 넘어왔지만 토하지는 않았다. 겨우 진정하고 컴퓨터 앞으로 다가간 나는 버튼이란 버튼은 모두 눌러보았지만, 그 화면은 동영상처럼 이 나라 저 나라를 배회하는 형상이었고 낄낄거리는 소리는 계속해서 이어졌다. 그래도 일말의 양심이 있는 놈, 애초부터 나를 산산조각 낸 놈이라면, 아니 리사이클링 센터 연구원이

라도 해도 메시지를 내보낼 것이라 생각하며, 난 신경을 곤두세
우고 앉아 있었다. 한참 모니터를 노려보던 나는, 낄낄 소리가 점
점 작아지면서 모니터 제목 막대 위 구석으로부터 한 글자씩 교
차되며 떨어져 내리는 노란 글자들을 바라보았다. 속수무책으로,
그 글자들이 다 떨어질 때까지 기다려서야 나는 그 내용을 파악
할 수 있었다.

　당신이 원하는 인간의 유형은 인지된 바가 없습니다. 조립도
불가능합니다. 임의대로 당신의 파일을 파기하겠습니다. 이 세상
에 당신이 원하는 그런 종류의 인간은 산 적이 없습니다. 산 적
있는, 모든 인간의 감성 유형과 이성 유형을 샘플링해 보관하고
있지만, 그건 단순한 샘플링으로 사실 공개하기가 부끄러운 일입
니다. 당신이 죽은 다음에야, 당신의 파일은 복원 공개되기 때문
에, 그 이후에 당신과 같은 유형의 인간 샘플링 보관이 가능합니
다. 하지만 지금은 당신이 살아 있기 때문에 공개하지는 않을 것
이며, 보관되어 있다는 사실을 어느 누구에게도 알리지 않습니
다. 이의가 있다면, 내용을 수정 보완해 다시 입력하기 바랍니다.
그때 가서 다시 고려해보겠습니다. 차제에 당신을 바꿀 수 있는
건 내가 아니라 당신임을 알려드립니다. 지금까지 당신은, 당신
의 의지대로 모든 것을 프로그램 해왔습니다. 살다보면 잠시 의
지 약한 무기력한 상태에 이르기도 합니다. 당신, 유일한 개체인
당신을 소중하게 생각하는 나, 나로부터의 바이러스를 고맙게 여
기길 바라며 이만.

몇 시간씩 동안이나 꼼짝 않고 앉아 세운 계획인데 이렇게 순식간에 허망하게 사라져버리다니. 나는 정신이 아뜩해져, 아무 생각도 나지 않았고 아무 일도 할 수 없었다. 〈나, 나로부터…〉라니. 도대체 〈나〉가 누구란 말인가? 난, 최초로 날 산산조각 낸 놈의 멱살이라도 잡고 싶어졌다. 하지만 난, 〈나〉란 그놈이 누구인지, 리사이클링 센터 연구원인지 아님 또 다른 누구인지 분명히 알 수가 없었다. 알 수 있다 해도 바이러스에 감염된 상태에서는 접근 가능한 일이 아니었다. 난 컴퓨터 앞에 앉아서 메시지만을 뚫어져라 노려보았다. 하지만 투탕카멘 글자체 노란 글자들은 사라지지 않고 계속해서 모니터 전부를 점령하고 있었다. 키보드며, 본체, 프린터까지 모두 두 손으로 두드리고 발로 차 보았지만, 글자들은 미동도 없이 그 자리에서 노랗게 빛나고 있었다. 눈이 시리도록 한참을 노려보았지만 글자들은 쉽게 사라지지 않았다. 얼마나 시간이 흘렀을까, 글자들이 한 자씩 한 자씩, 스페이스까지 포함해 세 칸 건너 한 자, 다섯 칸 건너 한 자, 일곱 칸 건너 한 자씩 사라져가기 시작했다. 마지막 글자가 사라진, 동굴처럼 시커먼 모니터와 전원조차 자동 차단된 컴퓨터 앞에, 난 아무것도 볼 줄 모르는 소경처럼 앉아 있었다.

당신에게 끝까지 나의 계획을 들려주고 싶었는데, 몇 가지 더 내 미래의 계획을 세워보고 싶었는데, 난 이제 더 이상 아무런 계획도 세울 수가 없어. 미래의 내 계획은 어떻게 어디에? 계획을 세우면 뭐 해. 알 수 없는 누군가에게 금방 도둑맞을 텐데. 지금까지 내 계획을 들어주느라 고생했는데, 난 당신 얼굴도 모르니 어쩌지. 당신 얼굴 마주 보며 내 계획을 말했더라면 좀 덜 미안했을 텐데. 이렇게 글자들만 잔뜩 들어찬 지면으로나 만나야 하다니. 처음부터, 당신 얼굴 바라보며 내 계획을 말할 걸. 바이러스 공격이나 받을 모니터 앞에서 키보드나 두드렸으니. 당신에게 너무도 큰 실례를 했다는 것 알아. 우리, 당신과 내가 만날 인터페이스는 어디에? 당신이 알고 있는 좋은 곳이 있으면 어디든 언제든 날 초대해. 백신 없는 바이러스에 감염된, 내 컴퓨터는 리사이클링 운반 탑차에 실려갈 거야. 그러면 이제 난, 내 스스로 어느 누구의 도움도 없이 나를 조립하고 꿰맞추고 완제품으로 만들어야 해. 도와줘. 내가 나를 조립할 수밖에 없다니 희소식이지만, 그게 어디 쉬운 일인가. 내가 나를 다시 만드는 게. 당신들도 그럴 거야. 당신을, 예전의 당신과는 완전히 다른 당신으로 만드는 것이 쉬운 일인가. 어렵잖아. 리사이클링 센터에서도 거절하고, 나를 산산조각 낸 그 놈도 두 손 들어버린, 아니 능력이 없는 거겠지 뭐. 능력 없으니까 좀 안 됐지만, 그 능력은 영원히 없는 게 낫겠지. 그래야 내가 당신을 만날 수 있으니까. 그래야 당신도 나를 만나고 싶을 테니까. 이제, 리사이클링 센터와 연결 되어 있던 내 컴퓨터도 사라질 테니까. 내 집에 놀러와. 보고 싶다. 얼굴 한 번 본 적 없지만.

再生, 사라진 여자

크고 검은 점이 공중에 걸려 있다. 그 점을 응시하던 그녀의 몸이 그쪽으로 조금씩 움직여 가는 것을 그녀는 알지 못했다. 핸들을 잡은 손이 떨렸던 것도 아니고 차체가 흔들렸던 것도 길이 미끄러운 것도 아니었다. 그런데도 그녀는 그 검은 점을 향해 서서히 조금씩 다가가고 있었다. 타는 듯한 강렬한 햇살이 타원으로 휘어진 채 검은 점을 감싸고 있었다. 알 수 없는 일이었다. 그 검은 점을 바라보며 힘겹게 핸들을 잡고 있던 그녀는 두 눈을 마구 비볐다. 하지만 그 검은 점은 사라지지 않았다. 그녀의 승용차가 시시각각 커지는 검은 점 속으로 빨려 들어간 것을 아는 사람은 아무도 없었다. 그녀의 뒤를 따르던 이삿짐 차의 운전사조차. 잠시 후 그 검은 점은 공중에서 폭발했고 수많은 거품들이 그 주변을 맴돌았다. 얼마간의 시간이 흐른 후 거품들은 공중에서 터지고 일부는 강으로 떨어졌다. 떨어진 거품들이 뭉글뭉글 수증기로 피어올랐지만 사람들은 그것이 무엇인지 알지 못했다. 사람들은 차체(車體)조각들과 그녀의 사체(死體) 조각들이 뒤범벅되어 땅으로 강물로 떨어져 내리는 것을 보았을 뿐이었다. 경찰차와 구급차가 동시에 도착해 자동차 조각들과 그녀의 사체를 수습하는 일은 30분 정도가 걸렸다.

그녀의 직업은 택시 운전이었다. 30년째 운전을 하고 있는 그녀의 눈앞에 검은 점이 나타난 것은 지난 월요일이었다. 빛을 발하며 공중에 걸려 있는 그것은 한 번도 본 적 없는 물체였다. 뻥 뚫린 도로 위에서 그것을 처음 발견한 그녀는 자신의 눈을 의심했다. 그녀는 빠르게 두 눈을 껌벅이며 택시의 속도를 높였고 그러자 그것들이 발하는 빛은 왼쪽에서 오른쪽으로 오른쪽에서 왼쪽으로 마구 휘어지며 요동쳤다. 그녀는 너무도 놀라 급브레이크를 밟았지만 다행히 뒤따라오던 자동차는 없었다. 그녀는 도로변에 간신히 택시를 세우고 다시 한 번 하늘을 올려다보았지만 그것의 흔적은 어디에도 없었다. 쨍쨍한 햇빛만 가득한 하늘을 잠시 올려다보던 그녀는 한숨을 내쉬며 다시 핸들을 잡았다.

하지만 다음날도 그 다음날도 그녀는 그 검은 점을 보았다. 그녀는 두 눈을 부릅뜨고 속도를 높였다. 눈물을 줄줄 흘리며 그 검은 점이 내뿜는 빛을 통과하던 그녀는 그것의 입구쯤으로 보이는 커다란 아가리를 보았다. 금방이라도 그녀에게 달려들 듯 동굴 같은 아가리를 벌리고 있는 그 검은 점은 하루도 거르지 않고 그녀 앞에 나타났다. 그것 때문에 그녀는 일주일 내내 잠을 자지 못했다. 잠들만하면 나타나 눈앞을 가득 메우는 이(齒)도 없는 아가리가 그녀를 덮칠 것 같았기 때문이었다. 동료 기사들에게 물어보았지만 그들은 고개를 갸웃거릴 뿐이었다. 속도를 내다보면 어김없이 그 아가리가 달려들어 속력을 낼 수 없다고, 그녀는 자신이 소속된 택시회사 사장에게 말했다. 그녀는 그날 입금할 돈주머니를 들고 사장실에서 입금 창구로 걸어가다 넘어질 뻔했다. 시커먼 동굴 같은 아가리가 또다시 공중에 걸려 있는 것을 보았기 때문이었다. 악, 소리를 지르며 입금 창구로 달려간 그녀는 돈을 꺼내 아무렇게나 창구 여직원에게 내밀고는 도망치듯 그곳을 벗어났다.

그녀는 식은땀을 흘리며 집으로 돌아와 차가운 물을 넘치도록
받아놓고 그 안에 들어가 오랫동안 목욕을 했다. 물비누 한 병을
모두 풀어놓은 욕조 속에 얼굴까지 파묻고는 숨을 참던 그녀는
거의 숨이 막힐 때쯤 고개를 내밀고는 욕조 바깥에 놓아둔 맥주
캔을 들어올렸다. 두어 번에 나누어 맥주 한 캔을 비운 그녀는 잠
시 호흡을 가다듬고 다시 물속으로 들어가 눈을 감았다. 그녀는
알코올 기운이 온몸으로 퍼지는 것을 느끼며 비누 거품을 주먹으
로 잡아 터뜨리는 놀이를 했다. 몇 번인가 거품을 손에 쥐었지만
거품들은 흔적 없이 주먹 안에서 사라졌다. 미끄러운 감촉만이
남아도는 빈손을 허전하게 내려다보던 그녀는 욕조에서 나오며,
내일은 사표를 내리라고 마음먹었다. 다음날 아침 그녀는 걸어서
회사로 갔다.

택시 회사 입구로 접어드는 이면도로 입구에서였다. 어디선가
노래 소리가 들려왔다. 단층 주택들만 성냥갑처럼 들어서 있는
그 이면 도로에 사람은 없었다. 종종 택시나 한두 대씩 지나다니
는 그 길 위에 그녀는 우뚝 멈춰 섰다. 어디서 들려오는지 알 수
없는 노래 소리는 가락도 음정도 괴려(乖戾)했다. '한 씨방이 터지
고…, 우리는 한 씨방처럼 한 몸이었으며…, 그 몸들이 수천 수만
의 몸으로 흩어져, 흩어져 사라졌다' 는 노래였다. 계속 이어지는
노래 소리. 하지만 그 다음은 잘 들리지 않았다. 씨방으로 다시
태어나라는 소리인지 씨방으로 돌아갈 수 없다는 소리인지. 희미
하게 들려오던 끝 소절도 서서히 사라졌다. 개미 새끼 한 마리도
없는 듯 조용한 주택가 어디에선가 들려오는 괴상야릇한 노랫소

리를 들으며 그녀는 회사로 걸음을 재촉했다. 땀이 솟기 시작했다.

곧바로 사장실로 올라가 사표를 제출하고 사무실에 들러 의료보험카드와 회사택시영업허가증을 반납한 그녀는 회사를 빠져나왔다. 그녀는 천천히 집 쪽으로 걷기 시작했다. 덥다. 불씨만 있다면 이내 불이 붙어버릴 것 같은 아스팔트 위에 자동차들이 꼼짝없이 묶여 있었다. 상습 정체 지역을 벗어나 집으로 돌아가는 도로 초입에서 그녀는 또 그 노래를 들었다.

한 씨방이 터지고, 터지면 밖으로 나올 수밖에 없을 테고. 우리는 한 씨방처럼 한 몸이었으며, 한 씨방을 두 몸이라 말하든 세 몸이라 말하든 어쨌든. 그 몸들이 수천 수만의 몸으로 흩어져, 흩어져 사라지고. 씨방에서 나온 씨들이 공중으로 흩어지든 땅 속으로 처박히든 물속으로 빠지든, 알아서 각각 흩어져 새로운 몸을 만들라고, 만들면 좋지. 만들어서 나쁠 것 없지. 만들고 싶으면 만들라고. 소리를 지르고 싶었다.

그녀는 주위를 두리번거렸다. 노래 소리는 창문 하나가 높게 달려 있는 담벼락 아래서 들려오는 듯했다. 그녀는 이 더운 여름에 창문도 닫혀 있는 그 벽에 귀를 바싹 갖다 붙였다. 분명 그 노래였다. 벽에서 한 발 떨어지자 노래 소리는 희미해졌다. 그 벽이 노래를 흡수하고 있음이 분명했다. 그녀는 혹시나 해서 몇 발자국 움직여 그 옆의 청록 대문 집 벽에 귀를 대었다. 거기서도 노래 소리가 들렸다. 그녀는 소름이 돋았다. 여기서도 들리고 저기서도 들리고. 그녀는 도망치기 시작했다. 노래 소리는 계속 들렸다. 그녀는 어디서 들려오는지 분명하게 알아낼 수 없는 노래 소리를 들으며, 집 쪽으로 마구 달렸다.

운전을 그만해야지. 운전 때문일 거야. 그녀는 모든 일이 거기서부터 시작됐다고 생각하며 후들거리는 두 다리로 겨우 달렸다. 그러던 그녀는 그만 집 쪽으로 접어드는 길을 지나쳐 인적 드문 야산 입구 쪽으로 달렸다. 숨을 헐떡이며 햇빛 속을. 결국 그녀는 야산 돌무더기 앞 공터에 털썩 주저앉고 말았다. 구역질이 올라올 것 같은 뜨거운 햇살 속에서 그녀는 기다시피 듬성듬성 잡목들이 마구 엉겨 있는 야산의 그늘 속으로 몸을 끌고 갔다. 얼마쯤 시간이 흘렀을까 그녀는 못 견디게 목이 탔다. 그녀는 휘적거리며 일어나 잘못 접어들기 시작한 바로 그 지점에 있는 24시간 체인점으로 달려들어갔다. 냉장고에서 물병을 하나 꺼낸 그녀는 물을 반은 마시고 반은 흘렸다. 종업원이 그녀를 이상한 눈으로 바라보았다.

아파트에 도착하긴 했지만 그녀는 선뜻 엘리베이터 버튼을 누르지 못했다. 23층에 서 있던 엘리베이터가 곧바로 1층으로 내려왔다. 아무도 내리는 사람은 없었다. 그녀는 재빠르게 엘리베이터에 올라타 닫힘 버튼을 눌렀다. 제발, 아무도 타지 않길. 그녀는 엘리베이터 계기판 옆에 붙어 닫힘 버튼만을 바라보았다. 올라가다 엘리베이터가 멈추면 곧바로 닫힘 버튼을 눌러야지. 그녀는 24시간 체인점에서 흘린 물 때문에 얼룩얼룩한 앞섶을 두 손으로 가린 채 숨을 멈추었다. 그녀는 아무도 만나지 않고 15층에 도착했다. 그녀는 엘리베이터를 빠져 나와 비밀 번호를 누르고 별표를 누른 다음 현관문을 열었다. 안으로 들어선 그녀는 세 개씩이나 되는 잠금 장치를 모두 채웠지만 옷도 벗지 못하고 소파 모서리에 깊숙이 파묻혔다. 그녀의 옷은 속옷까지 모두 젖었다. 그녀는 창문도 열어놓지 못한 채 소파에 멍하니 앉아 아파트 단지내의 상가 불빛들이 하나하나 소등되는 것을 내려다보았다. 불빛들은 점점 사라지고 주변은 고요해졌지만 아직 실내등도 켜지 않은 채 그녀는 앉은자리에서 꼼짝 하지 못했다.

엘리베이터 멈추는 종소리, 시계 소리, 냉장고 냉매 흐르는 소리 외 들려오는 소리는 없었다. 아파트 내 외부의 소리가 작아지고 사라진 다음에야 그녀는 소파에서 겨우 몸을 일으켰다. 땀 냄새가 훅훅 끼쳐왔지만 씻지도 않고 이불을 머리끝까지 덮어쓰고 잠을 청했다. 좀 잠이 들었을까, 그녀는 갑자기 잠이 깼다. 노래 소리 때문이었다. 그녀는 침대에서 벌떡 일어났다. 어둠 속을 더듬거리며 전등 스위치를 찾았다. 아직도 똑똑하게 그녀의 두 귀에 남아 있는 그 노래를 다시 듣게 된 그녀는 미친 듯이 잠자던 방을 나와 불이란 불은 모두 켰다. 베란다 불도 화장실 불도 주방 불도 심지어 보일러실 작은 전등까지도. 그리고는 소파 뒤쪽에 숨겨져 있던 자동차 보닛 지지대를 손에 쥐고는 소리의 진원지를 찾기 시작했다.

뻐꾸기 시계가 두 점을 쳤을 때 노래 소리는 잠깐 멈추었다. 잠시 후 다시 들려오는 그 노래 소리를 듣던 그녀는, 지지대를 들고 집안 구석구석을 샅샅이 뒤졌다. 문을 여닫을 때 수돗물을 틀었을 때, 가스레인지를 켜 놓았을 때는 그 소리가 들리지 않았다. 이제 그건 노래도 아니었다. 수천 수만의 몸이 어쩌고 하는 끝 소절만이 반복적으로 날카로운 쇳소리를 내고 있었다. 그녀는 미친 듯이 이 방 저 방의 벽들을 두드려보고 벽장이며 이불장 옷장 창고 장식장 문들을 모두 열어 젖혔다. 아무도 없었다. 지지대를 늘어뜨린 채 엉거주춤 소파 모서리에 앉은 그녀는 거친 숨소리를 내뿜으며 소리의 진원지를 찾아 두 눈을 굴렸다. 노래 소리는 마디 있는 원통을 통과하듯 소절 소절마다 울렸다. 수도관, 가스관 아니 하수관. 그녀는 플래시를 찾아들고 관들을 조사하려 했지만 그것들은 모두 아파트 내벽에 묻혔거나 외벽 어딘가로 돌출된 모양이었다.

그녀는 베란다로 나가 이중창을 열고 아파트 주차장을 내려다보고 상가의 옥상에 올라앉은 물탱크, 낮은 교회의 측면을 타고 오르는 둥근 계단, 열병합 발전소의 높다란 굴뚝을 올려다보며 두 귀를 모았다. 오래도록 그것들을 바라보았지만 거기서도 노래 소리는 들리지 않았다. 누군가가 현관문 앞에 서 있을지도 모르지. 그녀는 현관문에 붙어 있는 오목 렌즈를 들여다보았다. 아무도 없었다. 하지만 그건 모르는 일이다. 문을 열고 나갔을 때 그 문 뒤에 찰싹 붙어 있다가 모습을 드러내는 사람도 있다니까. 냉장고 속, 건조기 속, 세탁기 속을 모두 뒤졌지만 그 소리는 어디에서도 들려오지 않았다.

그녀는 숨을 가다듬었다. 잠시 아무 소리도 들리지 않았다. 소리들이 사라졌다고 생각했던 그 순간 바로 등 뒤에서 그 소리가 다시 들렸다. 그녀는 재빠르게 몸을 움직여 들고 있던 지지대로 식탁 옆쪽의 부엌 벽을 쳤다. 식탁 아래 길게 늘어진 스탠드의 전구가 펑 소리를 내며 깨지자 부엌 주변은 어두워졌다. 그녀는 지지대를 계속 휘둘렀다. 노래 소리는 그쳤다. 그녀는 잠시 넋이 나갔다. 발성체(發聲體)는 보이지 않고 소리만을 밖으로 내보내는 노래 때문에, 그녀는 그날 밤 손에서 지지대를 놓을 수가 없었다. 다음날 아침 경비아저씨가 올라왔을 때 그녀는 문을 열어주지 않고 문틈으로 말했다. 지금 아프니까 하실 얘기 있으면 전화로 하시든 다음에 오시든 하세요. 그녀는 여전히 지지대를 손에 들고 따가운 햇살이 비쳐드는 거실을 멍한 눈으로 바라보았다. 거실에는 깨지고 조각난 어항 파편들과 사진과 시계와 액자들이 너절하게 늘어져 있었다.

그녀는 경비 아저씨가 사라진 것을 확인한 후 침대에 쓰러졌지만 잠은 오지 않았다. 수면제를 찾아 삼키자 눈꺼풀이 무거워지고 온 몸이 나른해졌다. 몸은 잠에 빠져 있었지만 의식은 반나마 살아 있어 그녀의 몸은 잠들어서도 움찔움찔했다. 그녀는 꿈속에서 어머니를 만났다. 아마, 어머니일 것이다. 한 번도 어머니라 불러 볼 수 없었지만. 그 어머니가 그녀에게 뭐라 웅얼웅얼 말했다. 잘 들리지 않았다. 도대체 무슨 소리야! 그녀는 아직도 손에 지지대를 쥐고 있듯 침대에 누워 팔을 휘저었다. 저리 가. 저리. 아무도 필요 없어. 당신처럼은 살지 않을 거야. 날, 낳자마자 버릴 거였으면, 그 자리에서 먹어버리지. 당신처럼 살지 않으려면,

난 다시 태어나는 수밖에 없어. 그러니 상관 말고 사라져. 어머니는 미동도 없이 그 자리에 서 있었다. 그런 어머니를 쏘아보던 그녀가 이제 두 팔을 마구 휘저으며 온 침대를 헤매기 시작했고 어머니는 사라졌다. 그녀는 비로소 깊은 잠 속으로 빠져들었다.

그녀가 잠에서 깨어난 것은 전화벨 소리 때문이었다. 무겁게 늘어지는 몸을 일으켜 수화기를 집어든 그녀는 택시 회사 사장의 목소리를 들었다. 김 기사, 다시 한 번 생각해 봐요, 30년 동안 결근 한 번 없던 사람이 나 원. 아니요. 그녀는 간단하게 대답하고 전화를 끊었다. 저쪽에서 퇴직금 어쩌고 하는 소리가 들렸지만, 그녀는 배를 움켜쥐고 화장실로 들어갔다. 용변을 마친 그녀가 화장실 거울에 얼굴을 디밀자 그 얼굴은 수십 개의 조각들로 나뉘어졌다. 여기에 눈 하나, 저기에 윗입술 사 분의 일, 그 아래 얼마쯤의 아래턱. 언제 깨져버렸는지 알 수 없는 거울에 비춰진 얼굴을 여기저기 들여다보던 그녀는 그 자리에서 악, 소리를 지르며 쓰러질 뻔했다. 무엇인가가 사라졌다. 눈과 코와 입은 분명 제자리에 붙어 있었다. 그렇다면 무엇이. 머리털이었다. 그녀는 머리통을 감싸 안았지만 역시 거기엔 머리카락 한 올 남아 있지 않았다.

화장실을 나와 베개를 검사했지만 아무것도 없었다. 베개 커버를 벗겨내고 베갯속을 뜯어보았지만 그 안에도 머리카락 한 올 없었다. 그녀는 베개를 집어던지고 방안을 샅샅이 뒤졌다. 침대 다리 밑, 흔들의자 다리 밑, 콘솔 다리 밑 혹시나 해서 밑이란 밑은 모두 뒤졌지만 머리카락은 한 올도 보이지 않았다. 그녀는 목구멍으로 뜨거운 무엇인가가 올라오는 것을 알아차렸다. 그것이 울음인지 구토인지는 알 수 없었다. 그녀는 숨을 참고는 그것을 꿀꺽 삼켰다. 그것이 넘어가며 식도를 꽉 메워버릴 것 같았지만, 그녀는 두 눈을 부릅뜨고 계속 머리카락을 찾았다. 그때 경비아저씨가 전화를 걸었고 그녀는 헐떡거리며 머리카락이 없어졌다고 말했다. 잠시 후 경비 아저씨가 문을 열어보라고 말했지만 그녀는 문을 열지 못했다. 숨이 막혀 정신을 차릴 수 없었다.

세 개나 되는 잠금 장치를 푸는데 그녀는 수도 없이 두 손을 떨었다. 현관문에 걸려있던 체인이 마지막으로 풀렸다. 현관으로 들어서던 아저씨가 그녀의 머리를 바라보더니 '헉', 하고 놀라며 신발장 모서리를 짚었다. 모서리에 손을 짚고 있던 아저씨는 그 자리에 못 박혀 그녀의 얼굴과 거실을 훑어보았다. 그가 무슨 일이 있었느냐고 물었지만 그녀는 아무 대답도 할 수 없었다. 그렇게 잠시 신발장에 몸을 기대고 있던 경비 아저씨가 그녀를 부축할 듯 그녀에게 한 발 다가섰지만 그녀는 그를 현관 밖으로 밀어냈다. '어, 어' 하며 아저씨는 엘리베이터 쪽으로 휘청휘청 밀렸다. 노래 소리 때문이에요. 한숨 자고 났더니 머리카락이 모두 다 빠졌어요. 그녀는 겨우 말을 마치고 소파로 가 앉았다. '노래 소리, 노래 소리' 하고 중얼거리던 아저씨가 엘리베이터 버튼을 누르며 그녀에게 말했다. 병원에 가 봐요.

하지만 그녀는 다음날 머리에 스카프를 쓰고 병원 대신 그 노래를 처음 들었던 택시 회사 초입의 이면도로로 갔다. 그 지점에 가보면 어쨌든 무엇이라도 알아낼 수 있을 것이라는 생각이 들었기 때문이었다. 거의 그 지점에 도착할 때쯤이었다. 갑자기 굵은 빗줄기가 쏟아지기 시작했다. 그녀는 처마 밑으로 몸을 피했다. 천둥 번개를 동반한 소낙비는 무섭게 지붕을 때리며 쏟아졌다. 빗소리 때문에 노래 소리를 듣기는 틀렸다. 그녀는 하늘을 쩍쩍 가르는 번개 속을 걸어 택시 회사 쪽으로 걷기 시작했다. 택시회사 사장이 빗물을 뚝뚝 흘리고 서 있는 그녀에게 수건을 내밀었다. 그가 자리에 앉으며 이 여름에 웬 스카프냐고 물었지만, 그녀는 스카프를 벗지 않았다. 전화로 무슨 말씀을 하셨나요? 일해야지, 일해야 먹고살지. 그녀는 살며시 웃으며 스카프를 벗었다. 머리카락 하나 없는, 빈 머리를 본 사장이 들고 있던 물 잔을 바닥에 떨어뜨렸다. 그녀는 다시 스카프를 쓰고 사무실 밖으로 나왔다.

비는 아직 그치지 않았다. 우산도 없이 무작정 길거리로 나섰지만 그녀는 갈 곳이 없었다. 택시 운전자 협회나 모범 운전자 모임에는 처음부터 나가지 않았다. 고아원 시절 친구와는, 고아원을 나오며 인연이 서서히 끝났고, 그 이후에 만난 사람들이라고는 택시 회사에서 만난 사람들이 전부다. 매일매일 운전하는 것으로 하루하루를 살아온 그녀가 유일하게 갈 수 있는 곳은 회사 뒤쪽에 위치한 해타사(咳唾寺)뿐이었다. 입구까지 걷는 데도 그녀는 힘이 부쳤다. 장기간의 운전으로 그녀의 다리는 기형적으로 야위었다.

평일의 해타사는 한산했다. 버릇대로 대웅전에 들러 향을 피우고 시주를 하고 본존불상 앞에서 백배(百拜)를 시작했지만, 사지가 제멋대로 놀았다. 주지인 반각(半刻)이 오랜만에 들른 그녀의 얼굴을 바라보며 그 스카프는 뭐냐는 표정을 지었다. 그녀는 스카프를 풀어내며 반각을 보고 어눌하게 웃었다. 놀라는 듯했지만 반각은 이내 표정을 바꾸더니 말했다. 아예 이쪽으로 들어서시려고요. 이쪽이라니요. 반각이 뜨악한 얼굴로 그녀의 얼굴을 다시 한 번 바라보더니, 그녀 앞에 정좌하고 앉았다. 당신은 누구지요. 그녀가 반각에게 물었다. 반각이 아, 왜 이러십니까 하는 얼굴로 그녀의 어깨를 툭 치더니 점심 공양 시간이 얼마 남지 않았으니, 그때 보자며 자리를 떴다.

얼마 후 점심 공양을 알리는 목탁 소리에 그녀는 공양을 하러 갔다. 거기 반각이 앉아 있었다. 반각 앞에 마주 앉은 그녀는 반각의 맨머리를 가만히 들여다보다 물었다. 그거 깎은 머리지요. 반각이 좀 불쾌하다는 듯 그녀를 바라보다 그렇다고 대답했다. 그런데 내 머리는 그냥 없어졌어요. 아침에 일어나 보니까 머리카락이 모두 없어졌어요. 그녀는 자신의 머리를 반각에게 보여주며 물었다. 반각은 무슨 소리냐며 그녀의 머리를 들여다보고 손으로 만지며 관찰했다. 그녀의 머리통을 만지던 반각의 손이 힘없이 아래로 떨어졌다. 동시에 공양상에 놓여있던 숟가락도 함께 떨어졌고, 그 앞쪽의 무나물 접시도 떨어지고 그 옆의 돌나물 접시도 떨어져 반각 옆자리는 온통 나물 투성이었다. 그녀는 그 자리를 벗어나 조용히 밖으로 나왔다. 반각이 달려나오며, 그녀에게 그거 가발 아니냐고 물었다. 그녀는 그럼 벗겨보라고 다시 머리를 들이밀었다. 얼마간 용을 쓰던 반각이 이제 어깨까지 축 늘어뜨리고 서서 그녀를 두려운 눈으로 바라보았다. 그녀는 반각에게 말했다. 운전 때문이에요.

다음날 반각이 그녀의 아파트를 방문했다. 바쁜 시간을 내 찾아온 듯, 서두르는 기색이던 반각은 그녀 집의 거실과 안방과 화장실과 부엌을 천천히 둘러보고는 깨진 물건이 많다고 말했다. 깨졌지요, 부서지고 깨지라고 만들어진 것 아닌가요. 아하 그런가요. 하지만 이건 좀 하면서 반각이 거실 구석의 깨져 물 빠진 어항과 죽어 여기저기 흩어져있는 금붕어들을 가리켰다. 금붕어, 난 몰라요. 그 노래 소리 때문에 그만. 노래 소리라니요, 자세히 좀 말해봐요. 그녀는 반각에게 그동안의 일을 상세하게 말했고 반각은 눈도 깜빡이지 않고 그녀의 얘기를 다 들었다. 그녀의 얘기가 끝나자 반각은 목이 마른지 냉장고를 바라보았다. 그녀가 갖다준 오렌지 주스를 단숨에 들이킨 반각이 자리에서 일어나며 그녀에게 합장을 했다. 그가 현관으로 걸음을 옮기려하자 그녀는 소리를 질렀다.

"뭐예요 왜 그냥 가지요. 말해봐요. 왜 내게 그런 일들이 생기는지."

반각은 입이 얼어붙은 사람처럼 현관에 그렇게 오래도록 서 있었다.

"가요, 갈 테면 가요 그리고는 다시 오지 말아요."

그래도 반각은 그녀를 바라보기만 할 뿐 아무 말이 없었다.

"말을 해요 말을 하지 않으면 이걸 집어던질 거예요."

그녀는 보닛 지지대를 집어들고는 그에게로 다가갔다.

"성불하세요."

그 한마디하고 현관문 손잡이를 돌리려던 순간 그녀는 반각의 등을 후려쳤다. 그 자리에 고꾸라진 반각은 아무런 움직임도 없이 조용했다. 그녀는 겁이 나 반각의 몸을 흔들었다. 여전히 꼼짝도 없이 신발들 위에 엎어져 있는 반각의 입에서 피가 울컥 솟구쳐 올라오는 것을 바라보던 그녀는, 해타사에 전화를 걸었다. 스님들과 몇몇의 신도들이 그녀를 힐끔거리며 반각을 들처메고 현관을 나섰지만 그녀는 여전히 손에서 지지대를 놓지 않았다.

거실 여기저기를 오가던 그녀는 죽어 말라가고 있는 금붕어의 배를 지지대 끝으로 꾹꾹 눌렀다. 살아나. 그녀는 금붕어의 몸통을 이리저리 뒤집으며 울었다. 그녀는 관리실에서 아파트값 떨어진다고 이사를 종용했을 때도 울었고, 퇴직금은 일시불로 입금시키겠다는 택시 회사 사장의 전화를 받았을 때도 울었다. 그녀는 여전히 지지대를 손에 쥔 채 소파 가장 자리에 웅숭그리고 앉아 밖을 내다보았다. 그녀는 맞은편 건물의 기하학적 외부 장식벽의 선면(線面)들과 그것들이 만들어내는 사각형 그리고 그 선면들이 이쪽 아파트 베란다의 선면과 만나 생기는 가상면과 그 숫자를 세면서 어두워질 때까지 그 자리에 앉아 있었다.

지지대를 손에 쥔 채 도형 가르기와 숫자 세기에 몰두하던 그녀는 온몸에서 기운이 모두 빠져나간 것 같은 느낌에 사로잡혔다. 지지대를 쥐고 있는 손만이 살아있는 것 같았다. 지지대가 몸의 일부라도 되듯 그 끝으로 온 힘이 전달되는 것을 느끼던 그녀는 지지대를 멀리 집어던지고는 전화기 앞으로 다가갔다. 벌써 소문이 났는지 터무니없게 가격을 낮게 부르는 부동산 중개업자에게 그녀는 빨리만 팔아달라고 말했다.

그녀는 그녀의 아파트를 구경오는 사람들을 위해 단발머리 가발을 샀고 부서진 집기들도 본드로 붙이고 드라이버로 볼트와 너트를 조여놓았으며 택시 회사 사장과 그 아들이 그녀와 함께 야유회에서 찍은 사진을 가족사진처럼 신발장 위에 세워놓았다. 가족사진이에요. 그렇게 말하면 사람들이 미소를 띠고 집안을 둘러보겠지. 그녀는 하루가 급했다. 언제 다시 들려올지 모르는 소리로부터 도망쳐야지. 도망쳐 다르게 살아야지.

공인 중개사에게 전화를 하고 이틀 만에 처음으로 한 여자가 아파트를 보러 왔다. 단발머리 가발을 쓴 그녀는 가족사진 앞에 서서 멀리 보이는 공원을 가리켰다. 저 공원 괜찮아요, 저도 가끔 애 아빠와 함께 산책 가는데 아쿠아로빅보다 훨씬 낫지요. 아, 그래요. 혼자 집 구경을 하러 온 여자는 그녀에게 왜 이사 가느냐고 물었다. 사무실을 그쪽으로 옮긴다고 말했다. 그녀가 고개를 끄덕였다. 여자는 문이란 문은 모두 열어보고, 물이란 물은 모두 틀어보았고, 전등이란 전등은 모두 켜 본 다음 저녁에 남편과 다시 오겠다고 말했다.

그 여자가 현관문을 나서며 현관 바닥에 아직 좀 남아 있던 핏자국을 유심히 바라보더니 무엇이냐고 물었다. 잠시 황당했던 그녀는 그림물감이 떨어졌다고 거짓말을 했다. 여자가 반색을 하며 그림을 한 번 보고 싶다고 말했다. 저녁에 오면, 그림을 구경시켜 드릴게요. 여자가 웃으며 나갔고 잠시 후 그녀는 그림을 구하러 밖으로 나갔다. 오늘 저녁이라도 이사를 갈 수만 있다면, 다시는 그 노래를 듣지 않을 수만 있다면, 그녀는 오로지 그 한 가지 생각뿐이었다.

이사 가서 어떻게 살 것인지 이사 간 다음에 생각해도 늦지 않으니까. 상가 안에 있는 미술학원으로 올라간 그녀는 원장에게 그림 몇 점을 빌려달라고 했다. 그림을 빌려달라고요? 단발머리 가발을 유심히 들여다보던 말라깽이 원장이 어디에 쓸 것이냐고 물었다. 구경하고 싶어서요. 구경이라고요, 얼마나 쓰실 거예요? 오늘 저녁 하루면 되요. 그녀는 원장이 주는 대로 먼지 낀 스케치북 몇 권을 가지고 아파트로 다시 올라왔다.

저녁이 되자 그 여자가 정말 남자와 함께 왔다. 공인중개사까지 대동한 것을 보니까 계약을 할 모양이었다. 여자가 환하게 웃으며 그녀의 얼굴을 바라보았다. 그녀는 얼른 여자를 소파로 데려갔다. 여자가 그녀가 내민 스케치북을 들춰보았다. 그 뒤에서 스케치북의 그림을 내려다보던 공인중개사와 남자가 그녀를 이상한 눈으로 바라보았다. 셋은 아무 말이 없었다. 그녀는 공인중개사에게 애원하는 눈빛을 보냈다. 중개사가 남자와 여자의 어깨를 눌러 앉히더니, 그래서 싸게 살 수 있는 겁니다, 하고는 펜과 계약서 용지를 테이블 위에 펼쳐놓았다. 그녀는 아무 소리 없이 중개사 옆에 바짝 붙어 부르는 대로 받아 적었다.

깜빡 주민등록증 번호가 생각나지 않아 망설이자 중개사가 등기소에서 떼어온 건축물 대장을 넘겨보고는 그녀의 주민등록증 번호를 불러주었다. 또다시 남자와 여자가 엉덩이를 들썩이며 망설이자 중개사는, 사둘 건데 뭘 망설여요, 라고 말하며 남자에게 도장을 달라고 말했다. 그들은 돌아갔고 그녀는 스케치북을 들고 미술학원으로 갔다. 물감이며 팔레트 등을 정돈하던 원장은 스케치북만 받아들고는 다른 볼 일 없다는 듯 자기 할 일을 계속했다. 민망해진 그녀가 원장의 뒷꼭지에 대고 이사 가요, 했다. 아 그 여자⋯. 뒷말을 잘라먹은 원장이 그녀의 단발머리를 다시 한 번 바라보더니, 어쩐지 가발 같더라니, 했다. 예, 가발이에요.

아파트로 다시 돌아온 그녀는 우선 작은 짐들부터 싸놓았다. 큰 짐은 이삿짐 회사 직원들이 싸면 될 테니까. 거실 바닥에 누운 채 잠이 들었던 그녀는 다음날 아침 햇살이 창문으로 설핏설핏 넘나들던 무렵에 잠이 깼다. 오랜만에 아무 소리도 듣지 않고 잠을 잤다. 오랜 시간 잠에 빠져 있었건만 몸을 일으켜 세우기는 쉽지 않았다. 창문을 열고는 다시 바닥에 누워버린 그녀는 비쳐드는 햇살에 실눈을 떴다. 그녀는 수많은 빛을 품고 있는 햇살을 바라보다 몸을 일으켜 세웠다. 이삿짐 회사에 전화해 사람과 차를 부르고 부동산중개사에 전화해 오후쯤 이삿짐이 나간다는 말을 했다. 잠시 후 트럭이 도착했고 순식간에 짐들은 실렸다. 지하 주차장으로 내려간 그녀는 자신의 승용차를 출발시켰다. 이삿짐 회사 트럭이 그녀의 뒤를 따랐다.

　그녀의 자동차가 빠른 속도로 다리 난간 쪽으로 움직여 가는 것을 이삿짐 차의 운전사는 알 수 있었다. 짧게 클랙슨을 두 번 눌렀다. 그런데도 그녀는 자꾸만 다리 난간으로 다가가고 있었다. 매순간 타는 듯한 강렬한 햇살이 그녀의 승용차에 부딪쳐 사방으로 튀었다. 그녀의 자동차가 빠른 속도로 대교 난간을 향해 질주하는 것을 본 사람은 단 한 사람뿐이었다. 운전사는 클랙슨을 길게 눌렀다. 그녀의 자동차가 휘어진 햇살처럼 난간에 부딪쳐 솟구치다 폭발하자 수많은 파편들이 그 주변으로 튀었다. 얼마간의 시간이 흐른 후 파편들은 공중에서 바닥으로 떨어졌다. 파편들이 떨어진 그 자리에서 뭉글뭉글 수증기가 피어올랐지만 사람들은 아무것도 보지 못했다. 이삿짐 차의 운전사조차. 잔해들이 바닥으로 쏟아져 내리자 사람들은 모두 비명을 지르며 도망쳤고 이삿짐 차의 운전사는 사고 현장을 빠르게 벗어나 버렸다. 경찰차와 구급차가 동시에 도착해 자동차 조각들과 그녀의 사체를 수습하는 일은 30분 정도가 걸렸다.

추위에 관한 짧은 이야기

- 물뱀을 중심으로 -

나는 정말 오랜만에 외출했다. 오늘은 날씨가 참 따뜻해요. 간호 부장이 따라나오며 따뜻함을 강조했다. 버스 정거장까지 따라나오는 그녀의 길고 허연 다리는 걸음을 뗄 때마다 출렁거렸다. 거인 같은 몸통을 흔들며 나를 따라오던 그녀가, 내가 버스에 오르자 두툼하게 살이 붙은 두 손으로 나를 밀어 올리며 말했다. 오늘은 안 추울 거예요.

먼지를 풀풀 날리던 백련사(白蓮寺) 입구까지의 비포장도로는 이미 아스팔트가 깔려 자동차의 통행이 자유로웠다. 못 보던 건물도 보였다. 입구에서 몇 백 미터 지점에 세워져 있는 건물은 언뜻 보아 병원 같기도 했다. 하지만 그 외양이 어쩐지 복잡했고 여기저기 입구로 연결되는 계단이 많았다. 그 건물 옆을 지나자 약수터가 나왔다. 몇 대의 자동차가 약수터 주변에 세워져 있었지만 사람은 보이지 않았다.

내가 혼자서 갈 수 있는 곳은 백련사뿐이었다. 예전과 달라진 것은 거의 없었다. 무엇인가가 달라졌다고 해도 세세하게 그것을 기억할 수는 없을 것이다. 유일하게 내 발로 찾아갈 수 있는 곳이 백련사이긴 하지만 그곳이 내게 특별한 의미가 있는 장소는 아니다. 그저 산책 삼아 자주 드나들던 곳이었다.

백련사 입구 오른쪽 기둥을 휘돌아 경내로 들어갈 수 있는 우회로를 선택했다. 모퉁이의 커피 자동판매기에서 커피를 한 잔 뽑아 든 나는 그 옆의 허름한 나무 의자에 앉았다. 발밑으로 먼지를 뒤집어쓴 작은 대나무 숲이 보였다. 아무도 보살피지 않는 나무들이었다. 가벼운 바람이 불어오자 댓잎들이 조금씩 움직였다. 봄이라고는 하지만, 가만히 앉아 있자 좀 추워지기 시작했다.

바람과 댓잎의 작은 움직임에 몸을 맡기고 있던 나는 사람의 소리를 들었다. 허름한 차림의 중년 부부가 아이 둘을 데리고, 내 발밑 저 아래 산문 입구 도로에서 뭐라 떠들고 있었다. 무슨 소리를 하는지 잘 들리지는 않았다. 말소리가 잠시 뚝 그쳤다. 잠시 후, 두 팔을 날개 치듯 한 아이가 앞으로 내달리고 있었고, 또 한 아이가 그 뒤를 쫓기 시작했다. 무엇인가를 빼앗아 달아나는 모양이었다. 그 뒤를 따라, 남자, 아이들의 아버지가 분명한 남자가 갑작스레 다급해진 듯 아이들의 뒤를 쫓기 시작했다. 아이들이 싸우는 모양이다. 남자의 긴 두 다리가 빠르게 움직였다. 아이들은 곧 잡힐 것 같았다. 아이들과 남자는 헐떡거리며 달리고 있는데, 나는 자꾸만 추웠다.

성큼성큼 앞으로 움직여 가는 남자의 두 다리가 자꾸만 길어지고 있었다. 한 걸음에, 그 다리 길이만큼. 길어지고 길어지던 다리는 이제 하늘로도 뻗쳐오르고 있었다. 한없이 길어진 그것은 몸통에 붙어 있는 것도 아니었고 보행에 필요한 것도 아니었다. 그것은 아이들을 잡기 위한 거대한 포크레인이었다. 달아나, 달아나라니까. 잡히면 얼어죽어. 나는 나도 모르게 앉은자리에서 벌떡 일어났다. 의자 옆에 놓아두었던 종이컵이 바닥으로 굴러 떨어졌다. 가, 멀리 가. 그들의 추격은 계속 되었다. 빨리 도망가. 아주 멀리 가. 숨어있다 아버지가 잠들거든 나와. 나는 아이들의 모습이 완전히 보이지 않을 때까지 그 자리에 서 있었다. 잡목숲

너머로 사라져버린 아이들은 이제 보이지 않았다. 그 뒤를 쫓고 있는 남자의 다리도 보이지 않았다. 남자의 다리가 내 몸에 닿은 듯 나는 온몸을 부르르 떨었다. 떨림은 얼마간 계속되었다. 추웠다.

아직 해가 지려면 두어 시간은 남았다. 난 낡은 의자에서 몸을 일으켰다. 조잡한 좁은 우회로를 따라 백련사 입구로 들어선 나는 천천히 경내를 둘러보기 시작했다. 젊은이 셋이서 좀 높이 올라앉은 명부전(冥府殿) 옆의 잔디밭에 앉아서 무슨 얘긴가를 소리 높여 주고받고 있었다. 남자 둘에 여자 하나였다. 뭐라 대꾸하는 여자의 콧소리를 들으며 나는 빠르게 그들 앞을 지나쳤다. 명부전과 독성각(獨醒覺) 사이의 우물가에도 몇몇 사람이 붙어 있었다. 두레박이 물 아래로 떨어지는 소리가 몇 번인가 들려왔다. 아무것도 달라진 것은 없었다. 위치가 바뀐 것도 없었고, 드나드는 사람이 많아진 것도 아니었다. 예전이나 다름없는 백련사의 여기저기를 천천히 둘러보던 나는 이제 그만 돌아갈 시간이라고 생각했다. 춥지 않은 병실로 돌아가고 싶었다.

그런데 나는 두 걸음도 떼기 전에 그 자리에 멈춰서고 말았다. 갑작스레 불어오는 세찬 바람 때문이었다. 봄바람은 분명 아니었다. 냉기를 품은 거센 바람 앞에서 나는 옷깃을 틀어쥔 채 한 걸음도 움직일 수 없었다. 강한 바람 속에 꼼짝없이 갇혀 있던 나는 무엇인가가 눈앞에 널따랗게 펼쳐지는 것을 보았다. 우물이 있던 자리였다. 그것은 마치 두루마리 그림이 주르르 펼쳐지는 것과도 같이 빠르게 그 모습을 드러냈다. 태풍과도 같은 회오리 먼지바람 속에 잠시 서 있던 나는 비로소 두 눈을 뜰 수 있었다. 잠잠해진 바람 속에 우뚝 서 있는 나는 저수지를 보았다. 우물은 사라졌고 그 자리엔 갈대 우거진 넓은 저수지가 남겨졌다. 나는 그 자리에 쓰러져버릴 것처럼 어지러웠다. 그건 분명 저수지였다. 감히 그 수심을 헤아릴 수조차 없을 듯했지만, 난 그 저수지를 잘 알고 있었다. 어둠 속에서 빛나는 야생동물의 두 눈처럼 아주 선명하게. 저수지로부터 서늘한 냉기가 뿜어져 나왔다. 추웠다.

독성각이나 칠성각도 온데간데없이 사라졌다. 주변은 황량한 들판이 되어버렸다. 저수지가 갖추고 있는 모든 것을 갖춘 그 저수지의 수문에는, 수문임을 알려주는 커다란 다이얼이 솟아올라 보였다. 갑자기 나타난 저수지의 수면은, 이제 좀 약해진 바람에 가볍게 출렁이고 있었다. 그 출렁임은 저수지 밑바닥으로부터 올라오고 있음이 분명했다. 출렁일 때마다 반사되는 햇살이 내 두 눈을 찔렀지만, 난 그 자리에 꼼짝없이 얼어붙었다. 추웠다. 깊은 물속이 그러하듯이.

턱이 떨리기 시작했지만 난 그 자리에 움직이지 않고 서 있었다. 움직여요. 간호 부장의 소리가 들리는 듯했다. 가능한 한 나는 온몸의 피부를 수축시켰다. 그러면 좀 덜 추우니까. 저수지는 출렁일 때마다 작은 물방울들을 퉁겨내고 있었다. 물방울들이 흐릿하게 보였다. 심장이 오그라 붙어 버릴 것 같은 추위가 온몸을 엄습했다.

출렁이다 지상으로 곧 넘쳐흘러 버릴 것 같은 저수지 중심에서 무엇인가 유선형의 몸통이 물위로 드러났다. 흠칫 놀라며 경내를 돌아보았지만 뱀은, 저수지 수면을 가르던 물뱀은 어디에도 없었다. 물뱀은 빠르게 저수지 속으로 곤두박질쳐 사라져버렸다. 물뱀도 물을 퉁길까. 아닐 거야. 그 길고 부드러운 몸통의 살갗은 언제나 물속에서 자유로울 거야. 자유롭고 편안한데 내게 물방울을 퉁길 이유는 없지. 그런데도 나는 추웠다. 물속에 깊이 잠겨 있는 것처럼.

심부까지 얼어버릴 것 같은 추위 속에서 난 두 손을 마찰시키기 시작했다. 온몸이 얼어버린다면 어디부터. 손가락이나 발가락부터라고 했다. 우선 두 손을 마찰시키고 다음은 두 발을 차례대로. 아무리 두 손을 마찰시켜도 온몸을 떨게 하는 추위는 가시지 않았다. 이번에 두 발을. 그때 나는, 바로 뒤쪽에서 작게 들려오는 북소리를 들었다. 북소리와 함께 경내가 살아났다. 두레박도 목어(木魚)도 사람들도 모두 살아났다. 난 잠시 추위를 잊었다.

단청 빛깔의 오색(五色)을 뒤집어쓴 동물 가죽 커다란 북. 그것은 대웅전 앞쪽에 비켜 서 있었다. 누가 그것을 건드린 모양이었다. 아이였다. 아주 작게 좀 울려 퍼지던 북소리는 잠시 후 이내 멈추어버렸다. 사라진 북소리를 상기해보며, 나는 온몸을 웅크린 채 그 곁으로 다가갔다. 아이는 내 얼굴을 뚫어져라 바라보더니, 뒷걸음질쳤다. 몇몇 행락객들이 두엇씩 우뚝우뚝 서 있었지만, 어느 누구도 그 아이의 손놀림에는 관심이 없었다. 소리가 크지 않았나 보다. 어쩌면 내게만 들렸는지도 모르지.

그렇게 작은 소리라면, 아무도 놀라지 않았을 것이고 누가 피해를 보거나 다치지도 않았을 것이다. 아이의 손놀림은 어느 누구의 관심도 얻지 못하고 공기 중으로 작은 티끌이 되어 흩어져버렸다. 아이는 불구(佛具)가 진열된 작은 유리창 앞으로 빠르게 달려가더니 거기에 코를 박았다. 코끝도 빨리 얼어버리는데….

아이는 유리창에 코를 박고 있었고, 나는 또다시 물뱀을 기다렸다. 물뱀을 기다리는 시간은 지루했다. 이번에 만나면 다시는 놓치지 않을 것이다. 어서 나와. 어서 나와서 보여줘. 길고 부드러운 몸통을. 그래서, 내게도 나는 법을, 유영하는 법을 알려줘. 그를 기다리는 동안 나는 뱀이 되었다. 물속을 자유롭게 떠도는, 물 밖을 위엄 있게 날아다니는 뱀. 매일 아침 잠자리에서 눈을 뜬 나는, 긴 물뱀의 몸통을 온몸에 칭칭 감고 깨어났다. 비오는 아침, 빗소리를 들으며 잠에서 깨어난 날, 내 몸은 수많은 물뱀들의 보금자리가 되었다. 내 몸통을 온통 휘감고 있는 물뱀들. 알 수 없는 권태에 시달리던 내 두 손이 그것들을 천천히 애무하기 시작했다. 나의 애무에 몸을 맡겼던 물뱀들이 한 마리씩 내 몸에서 떨어져나간 후에야, 나는 자리에서 몸을 움직일 수 있었다. 뱀이 떨어져나가 허전하게 텅 비어버린 몸, 껍데기만 남은 빈 몸이 천천히 빗속을 걸었다. 빗물이 온몸을 타고 흘렀고 내 몸은 차가워지기 시작했다.

비가 오는 저수지의 수면 위로 떨어지는 물방울들의 기묘한 뿌려짐. 방울져 떨어지고, 화살처럼 내리꽂혀 박혀버리고, 혹은 스

편지처럼 그 빗물을 아무도 몰래 품어버리는 저수지. 난 다 보았다. 우리는 늘 비와 눈(雪)과 물과 오줌과 눈물 속에 살고 있으니까. 비오는 날, 느닷없이 떨어지는 빗방울을 피하지도 않고 천천히 걷는 나의 눈은 이미 저수지가의, 저수지 중앙의, 보이지도 않고 깊이도 알 수 없는 그 깊은 밑바닥 물의 움직임을 바라보고 있었다. 이 비는 지랄 같군. 오늘 비는, 안개 같아. 그 비를 맞으며 난 저수지를 향해 걸었다. 3차원적 몸통을 선명히 드러내 놓고 있기는 하지만, 저수지까지의 길은 결코 가깝지 않았다. 그 시간 동안 난 한순간도 쾌청한 날씨를 그리워하지 않았고 맑게 갠 하늘을 희망하지도 않았다. 내려라, 내려. 내가 저수지에 도착할 때까지 그치지 말고 계속 내려. 내 온 몸이 빗속에서 얼어버려도 아무 상관없으니까, 쉼 없이 내려.

용솟음치듯 저수지 전체를 온통 휘말아 올려버리는 폭우, 그 폭우 속에서 난 이를 데 없이 황홀했다. 모아진 물의 응집된 입자들이 한꺼번에 솟구쳐 수면으로도 지상으로도 넘쳐흐르고 하늘로도 솟아오르는 저수지 저 밑. 볼 수도 만질 수도 없는 그 물결. 그래도 움직여. 움직여서 턱을 넘고 제방을 넘어 들판으로도 넘어가고 하늘로도 솟구쳐 버려. 물 없는 밑바닥을 내게 보여줘. 거기 뭐가 있나, 누가 있나. 아마 너, 물뱀이 있겠지. 물 없어 헐떡이며 기지도 못하고 길고 부드러운 몸통을 누이고 뜨거운 햇볕에 온몸을 익히며, 갈 곳 몰라 하겠지. 하지만 비는, 저수지 밑바닥 물은 여전히 그 자리에 고여 있었다. 빗물이 섞여들면 수문을 통해 조금씩 빠져나갈 뿐이었다. 수문 앞에서도 나는 추웠다. 마치 그 빗물에 목욕하는 것처럼.

긴 낚싯대를 드리운 낚시꾼들의 가느다랗고 투명한 낚싯줄을, 저수지가 잡아 끌어당긴다면 낚시꾼도 뱀처럼 길고 유연한 몸을 가질까. 가질 거야. 저수지 밑바닥으로 끌려가 다시는 수면으로 떠오르지 않는다면. 물속에서 뱀처럼 호흡하며 뱀처럼 미끌미끌한 피부를 가질 거야. 뱀처럼 수면 위로 머리를 쳐 올리며 유영할 수 있을 거야. 뱀들과 함께 잠을 자고, 뱀들과 함께 먹이를 집어 삼키며, 물속을 뱀처럼 떠다니다 죽는다 해도 난 그곳에 가고 싶다. 뱀과 같이 살이 썩고, 뱀과 같이 뼈가 삭아 사라진다 해도.

불구점 앞의 아이는 아주 가버렸다. 제 어미 품으로 사라졌을까, 아님 아비의 품속에 안겼을까. 아님 저 깊은 저수지 밑바닥으로. 두 눈을 똑바로 뜨고 수직으로 온몸을 곤두세운 채 그 바닥까지 단숨에 내려가 버렸을지도 모른다. 10만 개의 머리카락은 물속에서 산지사방으로 아무렇게 흩어져버리고, 똑바로 뜬 두 눈에는 서서히 핏발이 서겠지. 한 모금 두 모금, 숨이 턱에 차는 어린 것. 추울 텐데.

안 돼. 나는 서 있던 자리에서 외마디 비명을 질렀다. 아직도 남아있던 경내의 한 남자가 놀란 눈으로 나를 바라보았다. 놀랄 것 없어. 당연히 말려야지, 붙잡아야지. 당신이라도, 그래 그렇게 하라고 그냥 보고만 있지는 않았을 거야. 남자는 들고 있던 종이컵을 신경질적으로 구기더니 바로 옆에 있던 쓰레기통에 던져 넣었다. 그 쓰레기통 옆이 저수지였다. 한 발만 움직이면 남자는 저수지에 빠진다. 내 목소리가 거슬린다면, 그 어린 생명에 관심이 없다면 빠져. 빠져서, 저수지와 함께 사라져버려. 나는 조금도 미안한 생각이 들지 않았다. 남자는 용케도 저수지에 빠지지 않고 빠른 걸음으로 경내를 벗어났다. 이젠 턱까지 떨며 서 있는, 내 곁을 남자는 멀찍이 돌아 가버렸다. 저수지는 여전히 거기에 있었다. 경내는 또 다시 황량하게 비어버렸다. 발가락이 얼어오는지 감각이 무뎌졌다. 이젠 추위를 느낄 수도 없다.

모든 것이 사라져버린 텅 빈 백련사 경내에서 저수지를 지켜보던 나는 또다시 물뱀을 보았다. 나는 저수지가로 달려갔다. 거기 물뱀이 고개를 삐죽 내민 채 허공에 정지되어 있었다. 마치 공중에 박제된 것처럼. 공중에 그대로 멈추어버린 그 뱀의 두 눈이 나를 유혹했다. 어서 가자고, 어서 오라고. 저 밑바닥으로 가자고. 가면, 가보면 알 거라며 자꾸만 두 눈을 찡긋거렸다. 내가 보고 싶은 걸 다 보여주겠다는 듯, 뱀의 두 눈이 흥분으로 이글거렸다. 나는 멍하니 공중에 박제된 그것을 바라보았다. 아니야, 이젠 아니야, 거긴 너무 추워. 아니야, 그렇지 않아, 춥지 않다고. 난 두 번 속지 않아. 하지만 물뱀의 두 눈은 여전히 흥분을 감추지 않고 나를 유혹하고 있었다. 꼼짝도 않고 나를 내려다보는 물뱀. 아마 수놈이겠지. 혈기 왕성한 그 뱀의 두 눈이, 길고 부드러운 몸통이 수놈이라 말해주고 있었다. 암놈이 그리운 수놈일 것이다. 제 짝도 제 자식도 모두 저수지 밑바닥에 장사지내버린 외롭고 고독한 수놈. 아무도 방문하지 않는, 춥고 어두운 저수지 밑바닥에 사는 수놈.

　얼마나 시간이 흘렀을까. 뱀의 얼굴은 일그러지기 시작했고 곧 무서운 독을 뿜을 듯 공중에 걸려 있었다. 나는 한 발자국 저수지가로 다가갔다. 뱀의 두 눈에 희색이 만연했다. 나는 두 손을 뻗어, 그 두 눈을 멀게 하고 싶었다. 그러면 입만 웃겠지. 그건 좀 낫다. 눈도 웃고 입도 웃는 것은 용서할 수 없는 일이니까. 다시 한 걸음을 떼어 뱀 가까이로 다가간 나는 손을 뻗어 뱀의 머리를 움켜쥐려 손을 뻗었다. 하지만 얼어버린 손가락이 말을 듣지 않았다.

　뱀은 내 손에 닿지 않았다. 손을 뻗으면 바로 닿을 듯 보이던 뱀의 몸통이 자리를 옮긴 모양이었다. 주위를 둘러보아도 딛고 올라설 의자나 디딤돌은 없었다. 난 그 자리에 잠시 서서 뱀을 올려다보았다. 아직 두 눈이 멀쩡한데도 뱀은 입만 웃고 있었다. 귀밑까지 찢어진 웃음을 띤 그가 아무 말 없이, 이제는 웃음으로 날 유혹하고 있었다. 조금만 웃어도 난 네가 웃는 줄 알아, 그러니 입 좀 다물라고 말해주고 싶었지만 그 말은 내 입에서 말이 되어 나가지 않았다. 떨고 있는 입에서 새어나가는 소리는 말이 아니었다. 그저 외마디 소리에 지나지 않았다. 나는 입을 다물려고 이를 악물었다. 뱀의 입매가 조금씩 단정해지면서 작아졌다. 이제 거의 웃는 듯 마는 듯 나를 내려다보던 뱀의 두 눈에 이슬 같은 것이 맺혔다. 난 소름이 돋으며 추웠다.

　왜 울지? 난, 왜냐고 묻고 싶었지만 그것 또한 입 속의 웅얼거림일 뿐이었다. 용케도 내 입 속의 웅얼거림까지 알아챘는지 뱀은 말했다. 나는 너를 동정해. 동정이라니. 그건 웅얼거림이나 속삭임이 아니었다. 공기를 타고 내 귀에 분명하게 전달된 소리였다. 너를 사랑해. 나를 동정하고 사랑한다고. 나는 얼핏 웃음이 넘어왔지만 웃지 않았다. 웃을 수가 없었다. 웅크린 어깨에 통증이 느껴졌다. 나도 너를 사랑하고 동정해. 그래서 어쩜 난 널 따라갈 지도 몰라, 이번엔 밑바닥을 분명히 보고 싶으니까. 내 목소리에 뱀은 안도의 숨을 쉬는지, 그 부드러운 몸을 좀 출렁거렸다. 아래로 내려와, 내려와서 나를 안아 줘. 안아달라고. 나는 이제 뱀을 유혹하기 시작했다. 뱀이 내 발 밑을 잠시 내려다보더니 주춤했다. 나를 안고 저 물밑으로, 저수지 밑바닥으로 데려가 줘. 네가 어떻게 사는지 보고 싶어. 아주 오랜 소망이거든. 나도 소망이 있어. 너를 데려가 저수지 밑바닥의 내 집을 구경시켜주고, 거기서 같이 살고 싶어. 거기는 춥다고 다시 한 번 말해주고 싶었지만 난 입을 열 수가 없었다. 턱이 얼어버린 것 같았다.

그래 같이 가자. 난 떨리는 손끝으로 겨우 옷매무새를 추스렸다. 이제 갈 준비가 끝났다. 난 그를 똑바로 올려다보았다. 이번엔 진짜 밑바닥까지 가서 네 집을 볼 거야. 그런데 어떻게 그 밑바닥까지 갈 수 있지? 뱀은 주저하지 않고 말했다. 빠져, 빠지면 돼. 아주 간단해. 숨 한 번 크게 쉬고 물속으로 빠지면, 그 다음은 내가 너를 데려가 줄게. 그가 조금씩 움직였다. 나는 저수지 가를 향해 한 발 두 발, 저수지 중심을 향해 빠르게 달려갔다. 목까지 물이 차오를 때쯤 뱀은 공중에서 물속으로 곤두박질쳤다. 머리까지 물속으로. 온몸이 전부 물속에 잠긴 순간, 물속의 뱀이 길을 만들었다. 그가 앞장섰고 나는 그를 따라 깊이깊이 내려갔다. 두 다리에 아무리 힘을 주어도 바로 저수지 밑바닥으로 내려갈 수는 없었다. 자꾸만 수초에 걸리고 엎어지는 내 몸을 뱀이 지탱해주었다. 두 눈만을 마주보며 끝없이 깊은 바닥으로, 바닥으로 내려가던 나는 언뜻 잉어 한 마리를 보았다. 잉어의 두 눈이 나의 두 눈과 마주쳤다. 자유롭게 꼬리를 흔들며 사라져 가는 잉어의 엉덩이를 바라보던 나는 갑자기 물뱀의 소망이 무엇인지 알고 싶어졌다. 소망은? 나는 얼어버린 턱으로 겨우 한 마디 했다.

나는 아련하게 멀어지는 수면과 선명하게 다가오는 물속 풍경 속에 두 눈을 고정시킨 채 뱀에게 물었다. 내 소망은, 네가 나와 같이 길고 부드러운 몸통을 갖는 것. 나도 길고 부드러운 몸통을 가질 수 있을까? 있지, 물론 있지. 아직 밖으로 드러나지 않은 것뿐이야. 그럼 빨리 난 그것을 갖고 싶어, 내게 그것을 보여줘. 어서 나를 그렇게 만들어 줘. 아니 만들어주는 것이 아니라, 너는 이미 길고 부드러워. 그럼 내 몸도 없애 줘. 어떤 몸. 길고 부드럽지 않은 내 몸. 없어질 거야, 네 몸에서 길고 부드러운 것을 발견한다면. 그때가 언제지? 그건 나도 몰라, 기다리면, 길고 부드러운 것이 너의 몸통이 될 거야. 그런 일은 일어날 수 없어, 넌 또 거짓말을 하고 있어, 두 번씩이나. 나는 화가 나 뱀의 머리통을 틀어쥐려 했지만 뱀은 이미 멀찌감치 피해버렸다. 내 헛손질은 아랑곳하지 않고, 뱀은 그저 길을 만들 뿐이었다. 전혀 지치지도 않고. 한없이 물밑으로 내려가는 뱀의 긴 몸을 바라보며 난 예전처럼 그것을 만져보고 싶어졌다. 몸통을 좀 만져도 돼? 만지지마. 그럴 필요 없어. 너도 나와 똑같아. 똑 같은 몸을 만질 이유는 없지. 아니야, 난 길고 부드럽지 않아, 아니란 말이야. 나는 온몸을 뒤틀며 소리쳤다. 뱀은 겸연쩍은 듯 길 만드는 작업을 잠시 중단했다. 왜 싫다는 거지, 난 너를 만지고 싶어. 나는 낮은 목소리로 천천히 말했다. 나와 함께 살고 싶다고 했잖아. 그래, 살고 싶지만 같은 몸을 만질 필요는 없어. 나는 그 자리에 움직이지 않고 멈추어버렸다. 죽어. 죽어버리라고. 나는 그만 참을 수 없어져, 죽어버리라고 말했다. 죽어버려, 난 추워 죽을 것 같단 말이야.

난 그만 솟구치고 싶어졌다. 이번에도 역시 밑바닥까지 내려갈 수가 없었다. 나 갈래. 어디로. 위로. 안 돼. 왜 안 돼지? 너는 이제 저 밑바닥에서 살 수 있어, 나와 함께. 밑바닥. 그래, 거기에서 길고 부드러운 몸으로 살 수 있어. 네 몸에선 이미 길고 부드러운 것이 돋아나고 있으니까. 네 눈에는 보이지 않겠지만, 내 눈에는 보여. 어디에 돋아난 거지. 네 권태 속에. 내 눈으로 볼 수 있게 해 줘, 이제 날 속일 수는 없어. 나는 교활하게 그를 바라보며 웃었다. 눈에는 안 보여. 날 여전히 놀리고 있군. 가, 하지만 네 몸은 이미 달라져버렸어. 지상으로 올라가도, 넌 다른 사람들과 함께 살 수 없어. 뱀이 체념한 듯 말했다. 살 수 있어. 내 몸에 무엇이 돋아났는지 사람들은 그걸 볼 수 없을 테니까. 수면으로 떠오를 수 있는 길을 만들어, 어서. 정말 너를 죽이기 전에. 갈 거야, 가겠어. 나를 조롱하는 건 용서할 수 없어. 나는 단호했다. 용서할 수 없다고? 그래, 난 널 죽일지도 몰라. 자꾸만 추워지거든.

너무 추워 널 죽일지도 몰라.

우물 옆의 잔디밭. 햇살에 노출된 피부는 빠르게 확장되고 데워진 피는 급격하게 심부로 흘러들었다. 나는 금방 심장이 멎어버릴 것 같았다. 나, 죽을 것 같아. 곧 심장이 멎을 것 같다고. 날 좀 도와주세요. 하지만 아무도 오지 않았다. 나는 소리 높여 뱀을 불렀다. 놀라운 일이다. 내가 뱀을 부르다니. 이상한 일이다. 내가 왜 뱀을? 백련사 뒷켠 야산에 그 소리는 부딪쳤다. 그 야산에서도 누군가가 나처럼 뱀을 부르고 있었고, 그건 꼭 나를 부르는 소리 같았다. 부르고 또 부르고 목이 터지라고 불렀지만 뱀은 오지 않았다. 사람도 오지 않았다. 내 목소리가 경내에 울려 퍼졌을 텐데 아무도 오지 않았다. 온몸을 적신 물방울이 뚝뚝 내 몸에서 흘렀다. 앞마당으로 나선 나는, 텅 빈 경내를 가로지르는 스님 몇을 보았다. 그들은 내 곁을 지나가며 습관인 듯 합장을 했다. 나는 마치 대웅전 불상이라도 되는 양, 그들을 바라보며 희미하게 웃었다. 그들은 이내 고개를 숙이고는 내 곁을 빠르게 지나갔다. 내가 뱀을 부르는 소리를 전혀 듣지 못한 모양이었다. 목이 터져라고 불렀건만. 내 목소리를 들었다면 저런 얼굴일 수 없지. 귀가 먹었다면 몰라도. 또 그들은, 내가 떨고 있는 것도, 물방울을 뚝뚝 흘리고 있는 것도 보지 못한 모양이었다. 어쩌면, 날 보자마자 갑자기 두 눈이 얼어버려 아무것도 볼 수 없게 되었는지도 모르지.

그들은 서로의 손을 맞잡고 있었다. 왜 손을 맞잡았을까. 추운가. 그들은 어디론가 몰려가고, 나는 그들을 뒤로 한 채 몸을 움직였다. 그들이 사라진 자리에 처음처럼 모든 것이 다시 살아났다. 칠성각도 명부전도, 대웅전도 우물도 모두. 마치 그들이 커다란 레고 조각을 하나하나 내려놓고 지나가듯이. 그것들은 우뚝우뚝 그 자리에 자리를 잡고 솟아올랐다. 사방이 조금씩 어두워지기 시작했다. 내려 놓여진 경내의 형체들이 어둠 속에서 흐물흐물 그 윤곽을 지워갈 때쯤, 나는 백련사를 벗어났다.

뻣뻣하게 굳어버린 사지를 끌며 내려가는 나는 잠시 쓰러질 것 같은 어지럼증을 느꼈다. 눕고 싶다, 어서 가서. 누워야겠다는 생각 외에 다른 생각은 나지 않았다. 몸을 데우고 싶었다. 뜨겁게. 뜨거워져 땀을 흘리고 싶었다. 어디에서든 내 몸을 뜨겁게 데우고, 뜨거운 땀방울만 흘릴 수 있다면 나는 영원히 외출하지 않겠다고 마음먹었다. 간호 부장과 약속했던 시간이 1시간이나 훌쩍 지나 있었다.

赫居世, 유리구슬을 품에 안다

※이 소설은 역사적 사실과 다를 수 있습니다.

회의가 시작되려면 꽤 시간이 남았다. 하지만 나는 무엇에 쫓기듯 알평(謁平)의 명령에 좇아 제일 먼저 회의장에 도착했다. 아직 아무도 오지 않았다. 알평이 고개를 들어, 회의장 말석을 휘적휘적 두리번거리는 나를 힐끔 바라보았다. 하지만, 나는 고개를 들어 그를 바라볼 수가 없었다. 언제부터인가 그의 눈빛을 그대로 받아낼 자신이 없어져버렸다. 그가 나의 목숨 줄을 쥐고 있기 때문이었다. 벗어날 길은 없다. 깊이 생각하고 말 것도 없이, 나는 알평이, 12부족의 왕을 선출하자는 회의에 만사를 제쳐놓고 달려갔다.

벌써 5년 전이던가. 저수지 공사가 한참이던 해, 이미 아들 하나 딸 하나를 낳은 알평이었건만, 나와의 동침을 원했다. 숨이 턱턱 막혀왔지만, 나는 그의 요구를 거절할 수 없었다. 그의 요구를 거절한다는 것은 곧 죽음을 각오해야 한다는 뜻이었다. 또한 승낙한다고 해도 자연사할 때까지 내 목숨이 보장된다고 볼 수도 없었다. 이래도 저래도 그에게 선택 당한 이상, 빠져나갈 길은 거의 없었다. 아무도 모르게 지타(祗沱)와 호진(虎珍)의 아버지가 사라진 것을 사람들은 잘 알고 있다. 아니 그들이 사라졌기 때문에 지타와 호진의 아버지가 그들이라는 것을 알 수 있었다. 그의 선택을 받는다는 것 자체가 목숨과 관계된 일이라는 것은 누구다다 알고 있는 일이었다.

내 촌락민의 안위와 평화가, 나의 죽음을 통해서 얻어진다면 나는 그것으로 만족할 수밖에 없는 처지에 놓여 있었다. 두려움과 괴로움 속에서 나는 알평과 하룻밤을 보냈다. 그녀와의 잠자리 머리맡에 놓여 있었던, 둥글고도 푸른빛을 발하는, 번들번들한 그 무엇이 아직도 생생하다. 5년이 지난 지금에야 나는 그것이 유리구슬이라는 것을 알게 되었고, 그 존재를 어느 누구에게도 말할 수 없었다. 알평과 관련된 일체의 것을 입을 올리는 것 또한 나의 목숨을 담보하는 일이었기 때문이었다.

닦으면 닦을수록 빛이 나는, 영롱한 빛을 발하는, 그 구슬에 비춰진 일그러진 얼굴, 길쭉한 얼굴이 나라는 보장은 없다. 물속에 비친 내 얼굴과는 달랐다. 알평과의 정사 장면을 그대로 기억하고 있는 그 유일한 존재를 난 5년 동안 하루도 잊은 적이 없었다. 자다가도 그 생각만 나면, 식은땀이 흐르고 목 줄기가 뻐근해지는 것을 어쩔 수가 없었다.

하지만 나는 아직까지 살아 있다. 지타나 호진의 아버지처럼, 독무덤으로 사라지지 않고. 벌써 5년 전 아닌가. 5년을 하루 같이 생각하고 생각했지만 나의 머릿속은 벌레들이 기어다니는 느낌으로 가득했을 뿐 얻어지는 답은 없었다. 알평과 하룻밤을 보내고 내 촌락으로 돌아온 그날 밤 나는, 기다란 독무덤에 생매장되는 악몽에 시달렸다. 꿈에서 깨어난 나는 벌거벗은 채, 밤새도록 숲 속을 달렸다. 여기저기서 놀라 날아오르는 새 새끼들이나 여우의 긴 울음소리 같은 것은 전혀 두렵지 않았다. 두려운 것은 알평이었다. 지타와 호진의 아버지를 쥐도 새도 모르게 없애버렸던 알평이 나를 살려둘 이유는 아무것도 없었다.

분명하게 알평의 배가 불러오고 나서, 지타와 호진의 아버지는 사라졌다. 그렇다면 알평은 임신이 되지 않았을 수도 있다. 그런 생각밖에는 달리 할 수 없었다. 두려움으로 자고 새기를 두 계절, 그때까지도 나는 독무덤에 생매장되지는 않았다. 살아 있다는 것을 새삼 감사하면서 살았던 세월이었다. 그렇다고 두려움이 완전히 사라졌거나 확실하게 생명을 보장받은 것은 아니었다. 모를 일이다. 지타와 호진을 낳은 후, 알평의 몸은 몰라보게 비대해져 있었기 때문이었다. 종종 촌장 회의에서 얼굴을 보기는 하지만, 나는 알평을 똑바로 바라보지 못했다. 어쩌다 언뜻 시선이라도 마주칠 때면, 나는 알평의 무연한 시선에 또 한 번 놀라며, 그의 목에 걸린 청동 거울로 시선을 옮겼을 뿐이었다.

3월 초하루, 표주박이 잘 되는 표암봉(瓢嵓峯) 아래를 내려다보니, 양산촌을 끼고 멀리 돌아나가는 폭넓은 알천(閼川)만이 유유자적 흐르고 있었다. 전하는 바에 따르면, 대단히 유속이 빠른 그 물을 천자의 힘으로 잡아내, 저수지를 만들어 놓았기 때문에 알천이라고도 부르기도 하고, 어떤 흉노족의 왕비가 빠져죽어 그 넋을 기리기 위해 연천이라 부르기도 하나, 어쨌든 관개사업을 일으키고 물을 가두어 놓은 것은 알평의 치적 중 가장 큰 치적이었다.

아무도 생각하지 못하고, 아무도 엄두 내지 못했던 사업을 마무리한 시점에 이르러서 알천은 분명 알평의 알천이었다. 알평이 여전히 풍성한 몸집 하나 흩트리지 않고, 성곽 옆 높다란 회의 단상 위에 앉아 있었다. 그 옆에는 그의 옷매무새를 고쳐주는 늙은 노파와 제사 음식을 차리는 젊은 아낙이 바짝 붙어 있었다. 알평의 소맷부리에 두어 개씩 달아놓은 곡옥이 가끔씩 희미하게 햇빛을 반사시켰다. 허리에는 사슴뿔을 차고 있었고, 허리띠에는 화살촉에 꽂힌 물고기 그림이 그려져 있었다. 아직 아무도 도착하지 않았다.

나는, 알평의 눈에서 내비치는 알 수 없는 광기와 괴려한 얼굴 표정 때문에 그를 더더욱 똑바로 바라볼 수 없었다. 지난번 기우제 때, 청동 방울을 흔들며 하늘로 치솟던 몸놀림 끝에, 목소리까지 달라지더니 결국 실신해버렸던 그때의 얼굴은 아니다. 무엇인가를 굳게 결심한 듯, 아니면 무슨 결단인가를 내려야겠다는 듯, 알평의 얼굴은 평소와는 사뭇 달랐다. 저런 얼굴의 여자가 나와 함께 잔 사람이란 말인가.

하지만 어쩌겠는가. 계속해서 그의 눈빛을 피할 수는 없었다. 나는 최대한의 예의를 갖추어 그에게 다가가, 두 손을 조용히 모았다. 언뜻 올려다본 그의 이마에는, 평생을 치수(治水)와 집어(集魚)에 바친 사람답게 골 깊은 주름이 두어 개 보였다. 아무리 대수산(大樹山) 자락에 잣나무와 밤나무가 지천이라 한들, 그것만으로는 살 수 없다. 나무에서 나는 것들만으로는 만족할 수 없는 대수산 촌락민들이 매일 물고기를 외치니, 내가 어떻게 그들의 외침을 모른 척할 수 있단 말인가. 수시로 잡혀드는 멧돼지나 노루 새끼쯤이야 실컷 포식할 수 있지만, 그것으로는 그들을 다스릴 수 없다. 그와 함께 잔 이후로 몇 광주리 얻어간 물고기를 여기저기 돌린 것이 잘못이라면 잘못이었다. 누가 왕으로 뽑힌다한들 나와는 별 상관없는 일이었다. 나는 아무 변고 없이, 말린 물고기나 몇 광주리 얻어 가면 그만이었다.

　내가, 아니 어느 누구라도 철광산 하나만 가지고 있다면, 알평은 이미 이 세상에 없다. 알평에게 맞설 수 있는 철검(鐵劍)과 철촉(鐵鏃)이 있는데, 알천을 포기하고 순순히 물러나 앉아 있을 촌장은 아무도 없을 것이다. 하지만 12부족 어느 촌락도 철광산을 소유한 촌락은 없다. 그런데 도대체 저 알평은 어떻게 철검과 철촉을 가지고 있단 말인가. 저수지 제방 공사가 시작되기 전에 있었다던, 그 기습 전쟁의 전리품인지 아니면 다른 어떤 방법으로 얻은 것인지는 알 수 없는 일이었다.

　철광산 하나만 있다면, 알평의 청동 거울은 내 것이 될 것이며, 매일매일 그물에 걸려드는 물고기들은 대수산으로 옮겨질 것이다. 아예 촌락민 전부를 양산촌으로 이주시켜, 물속에 집어를 위한 섶을 설치할 수 있을 것이다. 같이 자고 얻어간 말린 물고기가 촌락민들의 입맛이나 버려놓고 말았으니, 사실 나는 그럴 수만 있다면 ─거의 가능한 일이 아니었지만─ 양산촌을 내 손에 얻어야 했다. 하지만 나는 알평의 속을 알 수도 없었고, 알아낼 수도 없었다. 철검이나 철촉의 출처를 물을 수도 없을 만큼, 사실 나는 그가 두려웠다.

　이미 다른 촌락의 촌장이 된 알평의 딸 지타는, 더는 남부럽지 않은 삶을 살고 있었다. 촌락민의 생계나 안위를 걱정하지 않아도 될 만큼 비옥한 토지에서 나오는 소출은, 그를 더 이상의 개혁을 원치 않는 소극적인 인물로 만들어버렸다. 알평은 지타의 그런 점을 잘 알고 있었다. 그런 그에게 가장 잘 어울리는 금산(金山), 가리촌(加利村), 그는 거기서 자급하며 만족했다. 지타가 거기서 자족할 수 있었던 것은 아마 빼어난 아름다움을 자랑하는 4계절의 정기 때문일 것이다. 알평의 뱃속에서 힘차게 꿈틀대던 지타의 모든 것을 앗아가 버린 것은, 스스로의 노력 없이도 얻어지는 산 속의 실과며 나물이고 그 뿌리였을 것이다. 그것이 지타의 가장 큰 불행이었다. 지타도 오늘 회의에 참석할 것이다.

지타의 아버지가 누구이던가. 얼굴 본 적은 있지만 가물가물하다. 그는 흉노족이었다. 두 사람의 교접 장면을 지켜보던 그 부인은 그 자리에서 알천에 빠져 죽었다. 이어 두 해가 지나 알평은 다시 아들 하나를 낳았다. 그의 아버지는 돌궐족이었다. 낳자마자 교활한 웃음을 짓던 호진은 간사하기만 한 것이 아니었다. 포악한 성미로 늘 여기저기 숨어 다니며, 이제는 아무도 쓰지 않는 돌칼이나 갈면서, 먹지도 못하는 야생동물들을 살생하던 그는 엉겅퀴 가시와도 같은 존재였다. 급기야 그는 알평에게 쫓겨나다시피 명활산(明活山), 고야촌(高耶村)으로 쫓겨났다. 호색한인데다가, 게으른 그가 퍼뜨린 자손이 6부족 중에서 제일 많았다. 자손만 많이 퍼뜨렸지, 알평에게서 배운 것 하나 없이 쫓겨난 그는 촌락민을 다스리기에는 역부족이었다. 그의 아버지가 어떻게 죽었는가. 호진은 알지 못한다.

알평의 배가 불러올 때쯤이면 여지없이 그의 집에서 함께 기거

하던 남자는 자취조차 없이 사라져버렸다. 성곽 밖에 하나 둘씩 늘어나는 독무덤. 사람들은 감히 그 안에 누가 누워 있는지 입에 올리지 못한다. 누가 그 독을 깨고 알평에게 반기를 들겠는가. 그는 어느 누구도 갖고 있지 않은 청동 거울을 가지고 있는데. 그만이 기우제를 지낼 수 있는 청동 거울의 소유자였다. 그의 한 마디에 주변 촌락 12개 촌장이 존경과 감사를 표하며, 하늘에서 빛나는 뜨거운 태양을 마주대하듯 그의 얼굴을 올려다보는데 누가 알평과 대적할 수 있겠는가.

아무리 6촌 아니라 12촌 촌락민인들, 그의 업적을 과소 평가할 촌락민들은 사실 아무도 없었다. 지금 모여들 촌장들이 12촌의 절반에 지나지 않는다고 하나, 그것이 무슨 대수인가. 어차피 회의는 알평의 의도대로 뜻대로 결론을 맺을 것을. 돌산(突山), 고허촌(高墟村)의 소벌도리(蘇伐都利) 촌장이 가장 먼저 도착했다. 높게만 솟아오른 돌산 꼭대기 움푹한 곳에 자리잡은 300호 남짓의 촌락민을 다스리고 있다고는 하나, 이리 봐도 돌이요 저리 보아도 돌뿐인 거기에서 소출되는 것이 무엇인가. 기껏해야 돌 틈바귀에서 자라는 꿀풀이나 뜯어내야 하고, 흙 좀 말랑말랑한 부분 골라 차조나 심어 먹어야 하는 그가 회의에 참석한 이유는 묻지 않아도 알 수 있었다.

그는 물을 막아 고기 잡는 설비까지도 완벽하게 갖춘 알평에게 무조건 거수할 것이다. 그가 방금 낳았다는 아기가, 왕이라 해도 눈 하나 깜짝 않고 박수를 칠 사람이었다. 철광석이 있는 것도, 그렇다고 부드러운 땅을 가진 것도 아닌 그이기 때문에 그는 알평에게 존경을 표시하지 않을 수 없었다. 은혜를 입으면 입었지, 위해가 가해지는 것도 아닌데, 알평의 어떤 말에 쌍수 들지 못할 일은 없을 것이다. 말린 물고기라도 몇 광주리 얻어 간다면…. 아니 알천 부근에서 한시적으로 물고기를 낚을 권리만 준다면, 그보다 좋은 일은 없다. 하지만 그의 촌락은 알천과는 너무 멀다. 그가 창해와도 같은 알천을 굽어보며 혼자 중얼거리고 있었다.

"참, 대단한 치적이구려."

그건 정말 대단한 사업이었다. 방자할 대로 방자해 회의에도 나오지 않는 촌락민들을 한 줄로 세워, 제방으로 이끌어내고 사업을 완성할 수 있는 것은 알평뿐이었다. 수년 동안의 기근과 홍수를 해결할 방법이 물을 가두어 적당한 때 방출하는 것이라는 것을 그들 모두가 알고 있었다고 해도. 그들을 노역에 이끌어낼 수 있는 사람은 알평뿐이었다. 소벌도리나 지백호(智伯虎)에게 그런 능력이 있었다면 그들은 이미 알평을 공격하려 들었을 것이다.

위아래도 없고, 과일 삭인 물주머니나 차고 다니며 이 촌락 저 촌락을 옮겨 다니는 도둑떼들이 기승을 부리던 때, 인근의 어떤 촌장이라도 자신이 다스리는 촌락민을 확실하게 휘어잡을 수 있는 촌장은 없었다. 알평의 양산촌, 489가구 중 400가구 이상에서 장정들이 아침부터 모여들어 돌을 운반하고 땅을 돋고 돋아 단단한 제방이 만들어지고, 수문을 만든 것이 어언 몇 년 세월이던가. 수문으로 튀어 오르는 물고기 떼들의 자맥질이 멀리서도 보였다.

두 번째로 도착한 자산(觜山), 진지촌(珍支村)의 지백호 촌장은 높다란 단상에 올라앉은 알평을 힐끔 바라보더니, 이내 꼬리 내린 개처럼 소벌도리 촌장 옆에 앉아 주머니에 넣고 다니는 풀 대궁을 씹기 시작했다. 질겅질겅 풀 대궁을 씹어대던 그가 소벌도리 촌장에게 뭐라 중얼거리는 소리가 내게까지는 들리지 않았지만, 나는 미루어 짐작하고도 남음이 있었다. 살 날이 얼마 남지 않았음이 분명하건만, 아직도 그는 알평을 자신의 적수로 알고 있었다. 지난번 제사 때도, 알평이 거품을 물고 기절하던 찰나, 그만 알평의 몸을 타고 올라앉아 그의 목을 졸라댔던 위인치고는, 풀 대궁 주머니가 제 속옷에 대롱대롱 매달려 있다니. 그것도 한 겹, 두 겹이나 옷을 걷어올려야만 그 풀주머니가 나오니, 체모 없음은 늙어서도 마찬가지였다.

모르긴 몰라도, 그 풀 대궁에서는 나오는 즙액은 산모의 초유처럼 멀건 액즙이다. 알천 근처에는 나지 않는 풀이지만, 자산 근처에는 지천으로 깔린 풀이 그 풀이라는 것을 아는 사람은 다 안다. 나도 그 풀 몇 포기를 포기 째 가져와 결실을 보려했던 기억이 있지만 이제는 포기했다. 그것은 자산의 독특한 토양에서만 자랄 수 있음이 분명했다. 먼 북방에서 조공하러 온 패거리들이 귀신 같은 혜안으로 찾아낸 풀 대궁 재배지가 자산이었다. 그 패거리들이 퍼뜨린 자손 중 하나가 지백호 촌장이었다. 그 풀 대궁에서 나오는, 사람 홀리는, 그래 귀신까지도 무섭지 않다는 효과 비슷한 것이 있다고 해, 그 덕으로 알평을 쓰러뜨릴 기회만 잡고 있는 지백호가 회의에 참석했다.

알천 저수지를 멍하니 내려다보던 지백호는 아직 도착하지 않는 촌장들을 마중 나가려는 듯 자리에서 일어나 표암봉을 힐끔 바라보았다. 바가지를 엎어놓은 듯한, 손만 대도 붉은 흙들이 부슬부슬 쏟아져 내릴 것 같은, 하지만 정말로는 절대로 쓸려 내려오는 흙 한 덩어리 없는 단단한, 임부의 부푼 젖가슴만큼이나 탐스런 표암봉은 소벌도리와 지백호 촌장의 이상향이었다. 알 수 없는 것은 알평이 가지고 있는 청동 거울과 방울들이었다. 어디서 그것을 구했는지. 알평이 언제부터 청동 거울을 지니고 다녔는지 정확하게 알 수는 없었다. 게다가 철검과 철촉이라니. 표암봉 어디 철광산이라도 숨겨놓았단 말인가.

둘은 빠른 걸음으로 목초지 아래로 몇 걸음 옮겼다. 그 둘은, 아니 이후 모일 모든 촌장들은 오늘 회의에서 왕을 뽑아야 했다. 누군가를 뽑기는 뽑아야겠는데(사실은 알평이 뽑는 것이지만) 도무지 믿을만한 통치 능력을 가진 사람도 없었다. 알평 자신이 왕으로 나선다해도 의의를 제기할 촌장은 없었다. 지백호 같이, 북방 핏줄이나 되는 사람이라면 몰라도.

지타와 호진이 알평의 자식이라는 것을 알고 있는 촌장들은, 이제는 알평의 자녀 생산 능력에 의심을 품고 있었다. 비록 나와 잤다고는 하나, 나 또한 마찬가지였다. 알평이 알천을 양산촌의 탯줄로 만들었다면, 풀 대궁을 씹는 지백호는 그저 풀 대궁이나 씹으며 천수답에 목숨 걸고 있을 뿐이었다. 자산의 험악한 산세를 아무리 요리조리 깎아낸다 한들 첩첩산중 어디에 물을 가두어

놓겠는가. 지백호나 소벌도리 촌장의 입장은 별반 다르지도 않았지만, 지백호는 분명 알평에게 위험한 인물이었다. 만약 오늘도 지난 번과 같은 일이 생긴다면 지백호는 목숨을 내놓아야 할 것이었다.

이제 모든 촌장들이 모였다. 제일 먼저 지백호와 소벌도리가 알평에게 존경을 표하는 각 촌락의 소출을 내놓았고, 지타와 호진이 어머니를 대하는 존경으로 그 앞에 무릎을 꿇고 앉았다. 알평은 지타와 호진은 거들떠보지 않고 지백호와 소벌도리를 바라보며 무엇인가를 물었다. 나머지 6부족의 촌장에 대한 안부인지 아니면 지백호를 향한 직접적이고 은밀한 제압인지는 알 수 없었다. 알평에게서 무슨 얘기인가를 들은 지백호의 얼굴이 하얗게 변했다. 왜? 나는 놀라 앉은자리에서 움찔했다.

한낮, 태양이 뜨겁기는 하나 공기는 여전히 차가운 이른 봄, 나는 갑자기 오한이 들었고 아무 소리도 들을 수 없었다. 알평의 말뿐만 아니라 다른 어느 누구의 말도 갑작스레 들리지 않게 되어버렸다. 사색이 된 지백호의 얼굴만이 커다란 달덩이처럼 내 얼굴 앞에서 아른거리는 것을 바라보며 나는 아득히 정신을 놓고 있었다.

설마, 나는 괜찮겠지. 이제는 놓여났겠지. 그런 생각을 하면서 마음을 다잡았지만 모든 것들이 눈앞에서 빙글빙글 돌아가기는 마찬가지였다. 그가 내게 주는 분명한 생명으로 살아 돌아가야 하는데. 살아 있는 시간이 아무리 짧다고 해도. 언제 죽을 지도 모르면서, 조마조마하게 살고 싶지는 않은데…. 이상스럽게 귓속에서는, 그 밤에 들렸던 여우 울음소리 같은 이명만이 가득했다.

촌장들이 바쁘게 움직이며 제사 준비를 마칠 때까지 나는 몸을 움직이지도 못한 채 멍하니 한 자리에 앉아 있었다. 지백호는 보이지 않는다. 지타와 호진이 내게 뭐라 한 마디씩 했지만 나는 여전히 자리에서 일어설 수 없었다. 아, 저기 있다. 지백호가 지타와 호진의 뒤에서, 두 눈을 껌뻑이며 알평의 제사 의식을 지켜보고 있었다. 청동 거울이 햇빛에 반사되며 여기저기를 비추고 요란한 방울 소리가 들려오기 시작하면서 제사는 시작되었다.

제사가 진행되는 동안에도 나의 넋은 하늘로 올라가 버린 듯 모든 것들이 희미하게 보였다. 촌장들과 알평을 돕는 몇몇 촌락민들조차 모두가 흐느적거리는 연기처럼 가물가물 오락가락하는 가운데 방울 소리는 더욱더 요란스럽게 들리기 시작했다. 촌장들이 그 소리에 맞추어 몸을 흔드는 것이 보이자, 나는, 나도 춤을 추어야 한다고 생각했다. 방울을 미친 듯이 흔들어대는 알평의 거대한 몸집은 그들과 함께 돌아갔고, 그의 목구멍에서는 또 한 번 괴성이 터져 나왔다.

그것은 사람의 소리가 아니었다. 같이 함께 돌아가던 다른 촌장들의 얼굴은 파랗게 굳어갔다. 한 사람, 두 사람. 촌장들은 쓰러지기 시작했고, 지타와 호진마저 땅바닥에 엎드려 알평에게 고개를 숙이고 있었다. 저기 보인다. 아직 살아 있다. 지타와 호진의 뒤에서 엎드린 채 벌벌 떠는 지백호. 나도 무의식중에 머리를 숙인 채 넘어졌다. 나는 넘어지면서 누군가의 등에 엎어졌다. 또 한 번의 요란한 방울 소리가 들리는가 싶더니 어디선가 아주 선명한 빛줄

기가-그건 청동 거울에 반사된 빛이 아니었다 -온 들판을 메꾸는
가 싶더니, 남자 아이 하나가 그 빛줄기 속에 실려왔다.

어디서 나온 아이인가. 왜 아이가 이 자리에. 아, 그날 회의는,
그를 위한 회의였다. 아이의 용모는 수려했다. 언젠가 한 번 벗어
놓은 청동 거울에 비춰보았던 내 얼굴과 닮은 듯도 하다. 그렇다
면 알평은 그날밤 그 아이를 잉태한 것이다. 정신이 혼미한 가운
데에서도 나는 고개를 들어 아이를 유심히 살폈다. 다른 촌장들
도 그 밝은 빛에 눈살을 찌푸리며 아이를 바라보았다. 지백호는
고개도 들지 못하고 여전히 떨고 있었다. 그렇다면 알평이 아이
를 잉태하고도 나를 살려두었단 말인가.

아무도 내가 그 아이의 아버지라는 사실을 모르는데, 아무도
이 사실을 알지 못하는데. 나는 조금씩 정신이 맑아지는 것을 느
끼며 나의 생존을 확인할 수 있었다. 그런 생각을 하면서도 나는
지백호를 찾고 있었다. 저기 있다. 그런데, 아. 그의 가슴에는 이
미 다섯 개의 철촉이 깊게 박혀 있었다. 다른 촌장들은 이제 허리
를 펴고 바른 자세로 앉았고-이제 빛은 사라졌다-청동 거울은
얌전히 알평의 목에 걸려 있었다. 촌장들은 지백호의 가슴에 박
힌 철촉을 물끄러미 바라보다, 아이의 얼굴을 바라보았다. 아이
가 알평의 옆에 앉을 듯하더니 촌장들 옆으로 걸어오며 미소를
지었다. 해맑은 미소 속에 보이는 알지 못하는 기운이, 살아남은
우리들의 두 눈에 각인될 때쯤 아이는 두 손을 벌렸다.

그 아이의 두 손 위에 올려진 것은 유리구슬이었다. 아니, 유리

슬처럼 보이는 푸르게 빛나는 커다란 알이었다. 그런데 왜 알을? 그 알은 내가 알평의 머리맡에서 보았던, 유리구슬과 너무나도 닮아 있었다. 어쩌면 유리구슬인지도 모른다. 나는 도무지 그것이 무엇인지를 분명하게 알아낼 수가 없었다.

만약 유리구슬이 아니라 알이라면, 도대체 저렇게 큰 알은 어떤 새의 알이란 말인가. 나는 또다시 온몸이 떨리는 것을 진정시킬 수 없었다. 알평이 들고 있는 그 알을 날짐승의 알이라고 생각한다는 것은 있을 수도 없는 일이었다. 비록 본 적도 들은 적도 없는 알이지만. 커다란 알을 두 손으로 떠받친 그 아이의 얼굴에서는 여전히 알 수 없는 기운이 뻗어 나왔다.

알평은 이제 모든 행동을 멈추고는 그 아이를 '혁거세'라 불렀다. 나는 입 속으로 혁거세, 혁거세 하고 외쳤다. 이것이 왕의 이름인가. 아니 그것은 왕의 이름일 뿐 아니라 내 아들의 이름이었다. 나는 내 아들의 이름을 몇 번인가 조용히 불러보고는 몸을 일으켰다. 그 아이의 손에 얹혀진 그 알을 만져보려고. 하지만 내 몸은 생각대로 움직이지 않았다. 지타와 호진이 아이 곁으로 다가갔지만, 마찬가지로 그 알을 만지지는 못했다. 지백호의 시체가 독무덤으로 옮겨지자, 회의는 끝났다. 이제 12촌락의 왕은 선출되었다.

아니 알평이 그를 '혁거세'라 부름으로써 그 날의 회의는 끝났다. 나와 모든 촌장들은 아이 앞에서 한 번씩 무릎을 꿇고는 말린 생선을 한 광주리씩 얻어 해 저무는 봄 들판을 내려왔다.

호모 사피엔스 사피엔스

천년 동안 울리던 취침 사이렌 소리가 멀리서 들려왔다. 수감된 이후 한 번도 달라지지 않는 지루한 그 소리는 이제 아무런 감동도 주지 못한다. 새삼스레 이제랄 것도 없지만. 애저녁에 사람을 감동시킬 마음이 전혀 없는 조작자의 오랜 습관 때문이거나 그 자체가 청각을 자극할 만한 음배열(音配列)을 가지지 못한 탓일 게다. 가졌다 해도 그건 하릴없는 신호음, 나와 내 동료들을 통제하기 위한 도구일 뿐이었다.

보이지 않는, 보려 해도 이제는 오래도록 볼 수 없는 저 아래의 그들도 자신들만의 사이렌 소리에 맞추어 베개 위에 얼굴을 묻을 것이다. 이제는 나와 내 동료들의 눈을 두려워할 필요가 없어졌으니 편안한 마음으로. 내 동료들은 왜 그렇게 부르는지 모르지만 그들을 호모 사피엔스라 불렀다.

난 저 아래의 그들이 누구인지 모른다. 여기에 갇힌 나는 이제 더더욱 그들이 누구인지 알 수 없고, 내 귀가 아무리 넓게 열려 있어도 그들이 무슨 소리를 하는지 알아들을 수 없으며, 내 혀끝에 곰팡이 꽃이 허옇게 피어도 난 그들에게 무슨 얘기를 해야할지 알 수 없었다. 5백년 전, 이제는 기억도 희미해져 목욕탕 이름도 잊어버렸지만. 그 목욕탕에 두고 온 내 눈과, 내 귀와 내 입을 되돌려 받기 전까지는. 사실 난, 그 목욕탕에 가기 전까지만 해도 내가 그들과 다를 바 없는 호모 사피엔스인 줄 알았다. 내가 그들과 다소 다르긴 해도 같은 목욕탕에서 벌거벗고 활보했던 것으로 보아 난 그들과 여러모로 같은 부류였을 것이다.

"보이지 않게 치워버려."

뭘 치우라는 소리인가. 벌거벗은 그들이 수증기 속에서 분주하게 무엇인가를 치우기 시작했다. 그것은 정말로 쓰레기통 속에서나 볼 수 있음직한 너절한 목욕용품이었다. 사바스 로션 빈 통, 돌돌 말린 노란색 헤어캡, 아니 노란색 콘돔을 잘못 봤다. 콘돔인들 어떻고 바나나 껍질인들 무슨 상관이란 말인가. 하지만 그것들을 치우는 그들의 두 눈은 알 수 없는 부끄러움으로 붉어져 있었다. 봐서는 안 될 것을 들키기라도 한 듯 붉어진 그들의 얼굴을 바라보던 나는, 뱃속으로부터 웃음이 올라왔지만 웃진 않았다. 그런 사소한 일이 나를 웃게 만들 나이는 지났으니까. 그것 말고도 배꼽 아래에서 축 늘어진 것이나, 위에서 덜렁거리는 검고 흰 그것들이 종종 내게 웃음을 선사하지만 소리 내어 웃을 일은 아니었다.

그들에게서 흥미를 잃어버린 내가 돌아서려는 순간 난 그들의 두 눈이 분노로 일그러지는 것을 보았다. 이제는 귀까지 붉어진 얼굴로 나를 바라보는 그들을 난 참 이해할 수가 없었다. 왜 나를. 하던 일을 멈추고 내게로 다가선 그들이 내 옆구리를 곤추세우듯 잡아챘다.

"왜 이래요?"

너무도 갑작스러워 내 입에선 큰 소리가 나왔다.

"봤지?"

"뭘."

"뭐긴 뭐야."

“……”

“안 보는 게 좋을 뻔했어.”

뭐 별 거라고. 정말 난 그 말에 웃음을 터뜨리고 말았다. 한참을 웃었지만 그들은 내 팔을 놓지도 웃지도 않았다. 웃기는커녕, 자신들의 상징도 부끄러운지 그것을 가리려, 한 손으로는 나를 붙들고 있고 또 다른 한 손으로는 그것을 감싸쥐고 있는 모습이 참 보기 안쓰러웠다. 그만 그들의 손아귀에서 놓여날 때쯤이라고 생각한 나는, 몸을 비틀어보았지만 꼼짝할 수가 없었다. 더욱더 단단히 나를 조여오는 그들에게 반항할 힘이 없어져버린 나는 그들의 얼굴을 빤히 들여다보았다. 분노로 일그러져, 이제는 그 호모 사피엔스들이 아까의 그 호모 사피엔스인지 다른 호모 사피엔스인지조차 구별할 수 없을 정도로 그들의 얼굴이 달라져 있었기 때문이었다.

“난 아무 것도 안 봤어.”

“넌 소경이 아니야.”

나는 그때서야 그들이 무엇을 원하는지 분명히 알게 되었다. 물론 내가 그 목욕탕에 가기 전에도, 나를 포함한 모든 호모 사피엔스들에 관한 일반적인 상식은 있었다. 그들이 무슨 말을 하는지 자세히 들으려 하지도 말고, 그들이 무슨 일을 하지는 궁금해하지도 말고…. 그런 것 정도야 정말 상식이어서, 나 말고 다른 모든 호모 사피엔스도 그런 금기를 지켜주는 것이 그리 어려운 일은 아니었다. 언제부터인지 알 수는 없지만, 우리 모든 호모 사피엔스들은 수많은 금기를 만들어놓고 자신들만의 견고한 울타리 속에서 살고 있었다.

그 울타리를 침범하게 되면 우리 중 어느 누구라도 격리 수용된다는 것을, 나는 잘 알고 있었다. 호모 사피엔스들이 잘 가꾸어 놓아 이리 보아도 조용하고 아름다운, 저리 보아도 늘 평화롭고 매력적인 그곳으로부터의 추방은 그 어떤 형벌보다도 가혹한 것이었다.

그것을 잘 알고 있는 내가 그들을 마주보며 대항할 이유도 없었고, 무슨 말을 하는지 신경을 곤두세우며 그들의 금기, 우리 모든 호모 사피엔스의 금기를 깰 생각은 추호도 없었다. 내가 그들을, 그들이 치우는 것을 보게 된 것은 순전히 우연이었다.

하지만 내가 로션 빈 통, 헤어캡, 콘돔 중 어느 것인지도 분명히 알 수 없는 그것을 보았다는 사실에 분노한 것을 보면, 목욕탕에서 만난 그들은 좀 특별한 호모 사피엔스인 모양이었다. 아니면 내가 알고 있는 금기 말고도 더 많은 금기를 가지고 있는 유별난 호모 사피엔스이든지. 우리 모두가 조금씩 차이가 나는 것은 사실이지만, 여하튼 목욕탕의 호모 사피엔스들은 별 것도 아닌 것에 두 눈을 홉뜨고 분노하고 있었다.

하지만 목욕탕의 그 호모 사피엔스들을 만나기 전에도, 난 늘 그들이 누구인지에 관심이 많았다. 금기 많은 그들. 그들이 만들어놓은 알 수 없는 금기에 대한 관심이었을 것이다. 그것이 진짜 금기이든, 아님 호모 사피엔스들만의 금기이든 아무 상관없이 그것은 흥미로운 일이었으니까. 부끄러워할 일이 아님에도, 부끄러워하며 얼굴이 붉어지는 호모 사피엔스가 있는 걸 보면 그건 분명 재미있는 일이었다.

그들의 표현을 빌리자면, 호모 사피엔스가 반도 되다 말은 나는, 보고 또 보고 그들이 누구인지 알기 위해 수도 없이 그들의 눈·코·입을 바라보았다. 그들이 그 두 눈으로 무엇을 보는지, 그 코로 무슨 냄새를 맡는지, 그 입으로 무슨 얘기를 하는지. 현미경, 더 자세히 확대해서 볼 수 있는 도구, 그 도구가 그들이 누구인지만 알려줄 수 있다면 난 그것이 무엇이라도 샀을 것이다.

보아선 안 되는 것을 감추고 날 유혹하는, 그러다 내가 접근하면 울타리엔 접근 금지 사인을 붙여 놓고 밀어내는 그들. 결국 그 울타리를 넘어 본 적이 없는 나는 행여 하는 기대에, 울타리 밖에서 그들 호모 사피엔스의 목소리에 귀를 기울인 적도 많았다. 하지만 난 역시 그들이 무슨 소리를 하는지 알아 낼 수 없었다.

내가 듣기에 그들의 대화는 암호였다. 숫자 나열도 아니고, 모르스 부호도 아닌 그렇다고 특정 단어에 강세를 주는 것도 아니건만, 그건 분명 암호였다. 재미로 시작한 일이지만, 재미있는 일이 하나도 일어나지 않자 나는 그들이 누구인지, 무슨 말을 하는지에 서서히 관심을 잃어갔다.

그러던 차에, 분노한 그들이 내게 요구하는 것이 두 눈이라는 건 매우 특이할 만한 일이었다. 현명하고 지혜로운 그들이 내 두 눈을 빼어달라고 말하진 않을 테지만, 나는 의도적이든 우연이든 그들의 금기를 어겼음이 분명했다. 여전히 분노하고 있는 그들이 친절하게 내게 그 사실을 알려주었다. 비상 사이렌 소리가 목욕탕 밖에서 들려왔고, 잠시 후 난 옷도 입지 않은 알몸으로 그들의 리무진에 태워졌다. 아직도 나무를 베고 관목 숲을 불사르는 화전민이 사는, 그 옆 봉우리에 올라앉은 수용소로 날 데려다놓은 그들은 다시 암호 같은 그들의 언어로 내게 안녕을 고하고는 아래로 내려가 버렸다.

사이렌이 울리고 2분이 지나면 모든 전원이 나가고, 다시 2분이 지나면 수돗물이 끊기고, 다행스럽게도 나와 내 동료들이 수감된 수용소는 사시사철 따뜻한 물이 나온다. 그것이 끊기고 다시 2분이 지나면 전화가 먹통이 되어버린다. 정말로 복 많은 나와 내 동료들은 침상 머리맡에 전화기, 방과 방들을 연결해주는 소내(所內)전화일 뿐이지만, 전화기를 한 대씩 갖고 있다.

모든 것이 끊어지고 조용한 가운데 시간이 좀 흘렀지만 잠은 오지 않았다. 얼마나 시간이 흘렀을까 후두둑 소리, 그건 빗소리였다. 언제부터 내리기 시작했는지 알 수 없는 비, 바람 따라 이리 쓸리고 저리 쓸리며 매 순간마다 다른 소리를 만들어내며 떨어지는 그 빗소리가 쪽창을 통해 선명하게 들려오기 시작했다.

그날도 비가 왔던가. 그래 봄비가 왔었다. 새벽 2시는 넘었을 시간이었다. 갑작스런 비상 사이렌 소리에 나와 내 동료들은 모두 잠에서 깨어났다. 한밤중에 비상 사이렌이 울리는 경우는 거의 없다. 12시가 넘으면 문마다 벽마다 설치된 민감한 센서가 작동하기 시작하여, 개미 한 마리의 움직임까지도 잡아낼 수 있다는 것을 알고 있는 우리, 이제 나는 나와 내 동료들을 우리라고 부르겠다. 또한 우리들 각자는 개미 한 마리보다 몸집이 크다는 것도 잘 알고 있었다.

하지만 종종 탈출에 성공하는 사람도 있었다고 한다. 그 사람의 탈출 경로가 한 때 우리의 관심사가 된 적도 있었지만, 사실 그에게서 직접 듣지 않고서는 분명히 알 수 없는 일이었다. 우리 모두가 저 아래의 호모 사피엔스들에게 무슨 일이 일어나는지 이제는 알 수 없듯이.

탈출자의 수감 번호가 계속 호명되며 대단위 수용소가 밤새도록 불을 훤히 밝혀 놓았다. 탈출자 한 명 때문에 전원도 끄지 않고, 전화통도 다시 살아나고 수돗물도 다시 철철 넘쳐나기 시작하면서, 우리는 잠 한숨 못 자고 계속적으로 반복되는 방송을 수도 없이 들어야 했다.

"여러분. 여러분은 줄장미 넝쿨로 보호받고 있습니다…."

그 말은 맞다. 봄이면 작은 잎들 사이에서 단추 구멍만한 장미꽃들을 피우는 줄장미가 담벼락에 흐드러지게 피어나니까.

"여러분은 이 산을 내려가면 살 수 없습니다. 저 아래에는 여러분들과 생김새만 비슷하지 아무 것도 같지 않은 사람들이 살고 있기 때문입니다. 거기 내려가 며칠도 되지 않아, 다시 찾아온 사람들 얘기도 들었을 것입니다. 내려갔다 다시 와도 좋지만 그건 아주 불행한 일입니다."

그 방송이 끝나자마자 전화벨이 울렸다.

"불행한 일, 정말 그럴까?"

복도 맨 끝 방에 사는 내 동료 중 하나였다.

"그럴 거야. 우리가 살 곳은 여기 아니면 거기뿐인데 왔다갔다 하면 어디서 죽을래."

"……."

"여기서도 살 수 없다면 우린 갈 곳이 없어."

"갈 곳이 없다고?"

"그래. 어디로 갈래?"

방송의 조작자가 암호를 사용하지 않았다고 해도 그의 목소리를 밤새도록 듣는 것은 고역이었다. 그 소리에 잠이 들려다 다시 깨버리는 우리들은 그 조작자가 줄장미 넝쿨에 찔려 죽길 바랐다. 밤새도록 비가 내리던 날, 탈출했던 우리 중에 하나는 다음날 이른 새벽에 돌아왔다. 그렇게 빨리 돌아오다니. 돌아왔다는 것도 그 조작자에 의해 방송이 되었지만, 그의 탈출 경로가 어떠했는지 그리고 왜 다시 돌아왔는지는 알 수 없었다. 우리들의 지대한 관심 속에 있었던 그는, 그 일이 있은 후 어느 누구와도 말을 하지 않고 도서관에서 책만 빌려다 읽는다는 것이었다. 돌아온 직후, 그가 무슨 책을 읽는지 궁금했지만 그의 방으로 쳐들어갈 수도 없었고 도서 대여 목록을 샅샅이 뒤질 수도 없어 그는 서서히 잊혀져 갔다. 그리고 우리 모두가 서로의 얼굴을 다 아는 것도 아니었다.

빗소리가 점점 커지는 것이 빗발이 제법 굵어진 모양이었다. 낮 동안의 피로, 오늘 낮에는 호박씨를 심고, 고추 모종도 옮겨 심었기 때문에 잠이 올 법도 한데 의식은 점점 맑아져만 갔다.

내가 저 아래에 있었을 때 호모 사피엔스들의 대화를 엿듣고, 그들의 행동거지를 유심히 살필 수 있었던 건 참으로 다행스러운 일이었다. 내가 그들과 같은 호모 사피엔스가 아님을 알게 되었기에. 태어나서 죽을 때까지 그런 경험을 할 수 없었다면, 나는 그 호모 사피엔스들의 울타리 안에 갇혀, 나도 그들과 똑같은 호모 사피엔스인 줄 알았을 것이다. 그건 여러모로 불행한 일일 것이다.

내 부모가 덜 자란, 아직 핏덩이였던 나를 고아원에 내다 버리긴 했지만 난 다행스럽게도 원장 호모 사피엔스의 선택으로 건강하게 자랐다. 하지만 난 그 원장이 바라던 대로의 호모 사피엔스로 자라진 못했다. 대학 졸업식을 마치던 날 나는 그 원장과 결별을 했다. 결과적으로 나는 원장 호모 사피엔스의 헌신을 져버렸지만, 그건 내 탓이 아니라 원장 호모 사피엔스의 탓이었다.

비슷한 시기에 버려져 고아원에서 같은 방을 썼던 룸메이트가 고아원을 떠나버린 원장의 소식을 들려주었다.

"넌 배신자야."

"……."

"원장님 고아원 떠나셨어. 너 때문에 상처받았음이 분명해."

상처, 내게도 상처는 있다. 아무도 알지 못하는, 그러나 같은 방을 썼던 그 룸메이트가 나에게 조금만 관심을 가졌더라면 어느 정도 눈치 챌 수도 있는.

그날도 여느 때와 마찬가지로 학교 수업이 끝나자마자 고아원으로 돌아오던 시간이었다. 난데없는 호출에 나는 원장실로 달려갔고 원장은 술을 마시고 있었다. 한 번도 흐트러진 모습을 보인

적이 없는 그가 엉망으로 취해 책장 앞에 널브러져 있었다. 그것은 놀라운 일이었다. 아무 것도 기억할 수 없었을 때부터, 그가 나를 씻기고 입히고 먹이며 교육했었다고 해도. 제 몸을 가누지 못할 정도로 술에 취한 그를 이해하기는 참으로 어려웠다. 반쯤은 감긴 무거운 눈을 들어 그가 내게 물었다.

"너 새 것 좋아하지?"

새 것. 난 늘 새 것을 좋아한다. 딴 아이들은 헌 교과서를 물려받아도 난 새 책을 썼고, 다른 아이들은 제 몸보다 큰 오버코트를 엉성하게 걸치고 다닐 때도, 그는 내게 꼭 맞는 새 옷을 사주었으니까. 꼼짝도 않고 문가에 서 있던 나를 바라보던 그가, 쓰러진 술병을 들어올리며 퍼져있던 자리에서 일어섰다.

"이리와."

"왜요?"

"왜냐고."

그가 선 채로 비틀거렸다.

"난 처음이야."

처음. 무엇이 처음인지 분명히 알 수는 없었지만 그가 원하는 것이 무엇인지는 분명했다. 있을 수 없는 일이 일어나려는 순간이었다. 물론 난, 모든 호모 사피엔스들이 자신들만의 은밀한 섹스를 즐긴다는 것은 익히 잘 알고 있었다. 하지만 한 번도 원장 호모 사피엔스의 벌거벗은 모습을 본 적이 없는 나는 숨이 막혔다. 삽화처럼 다른 호모 사피엔스들의 여러 가지 섹스가 머릿속에서 한장 한장 넘어갔지만 어디에도 십자가를 목에 건 원장과 원생의 섹스는 없었다.

들고 있던 술병을 기울여 한 모금의 술을 마신 그가 천천히 옷을 벗기 시작했다. 윈도우 에어컨 한 대로도 냉방이 잘 되는 원장실 안은 서늘하기조차 했지만, 그는 아랑곳없이 단정하게 갖춰 입었던 옷들을 벗어 던지기 시작했다.

"거추장스러워. 너도 옷이 거추장스럽지, 벗어. 난 이 거추장스러운 걸 3백 년이나 입고 살았어. 광대처럼 모자에다 목걸이까지 걸고 다니며…….."

그가 자신이 걸치고 다니는 옷을 거추장스러워하다니. 언제나 목 언저리까지 올라오는 스탠드 칼라를 굳게 채우고는 원생들의 방과 방 사이를 분주하게 드나들던 그의 얼굴에서, 난 단 한 번도 그가 자신의 옷을 거추장스러워하는 것을 본 적이 없었다. 오히려 그 반대였다. 언제나 옷 매무새 흐트러지지 않게 자신의 옷에 세심히 신경 쓰고 있다는 것은 다른 원생들도 다 아는 사실이었다.

3백 년 이상을 독신으로 살면서도 흐트러지지 않는 그를 지켜주는 것이 목까지 올라오는 그 검은 옷만은 아닐지도 모른다. 하지만 좀 나이든 원생들끼리 모여 그가 안 보는 곳에서 그를 가늠해보았지만, 검은 옷 말고 그를 지켜주는 다른 무엇인가를 찾아낼 수는 없었다.

나는, 그것이 우리들이 보지 않는 곳에서 발기된 그것을 꺼내 놓고 마스터베이션을 하는 것이 아니기를 간절히 바라며, 어떻게든 그를 진정시켜야겠다고 생각했다. 아 그래, 후크. 옷을 벗을 때 떨어져나간 웃옷의 후크가 떠올랐다. 나는 좀 정신을 가다듬고 그에게 천천히 물었다.

"원장님, 잃어버린 것 있죠?"

"잃어버렸다고?"

"예."

"뭘? 내가 뭘 잃어버렸지."

엉거주춤하게 벗은 몸을 어쩌지도 못하고, 생각에 빠진 그는 한참을 말없이 서 있었다.

"그것이 무엇이지?"

아무리 생각해도, 생각나지 않는다는 말투로 그가 내게 물었다.

"스탠드 칼라의 후크예요."

내 말에 그가 허리를 굽히더니 더듬더듬 자신이 벗어놓은 옷들을 헤집기 시작했다. 후크가 달린 웃옷을 가만히 들여다보던 그가 그 옷을 들어올리더니 말했다.

"언제 없어졌지."

"세탁소에 맡기면 금방 달아줄 거예요. 지금 빨리 맡기는 게 좋을 거예요. 조금 있으면 세탁소 문 닫아요. 다시 문 열려면 보름이나 기다려야 하잖아요."

"보름."

그가 선 자리에서 무엇이라 중얼거리며 비칠거렸다. 보름이나 이 옷을 벗고 살 수는 없지, 없지…. 그가 하나하나 옷을 주워 입었지만 난 그를 부축하지도 잡아주지도 않았다. 옷을 모두 갖춰 입을 때까지 그 자리에 조용히 서 있던 나는 발기된 그의 그것이 이미 바짝 오그라 붙어버린 것을 확인하고는 말없이 그 방을 나왔다. 뒤도 돌아보지 않고. 3백 년 이상을 독신으로 살며, 고아들을 돌보아온 그의 모든 것이 파괴되는 순간을 지켜본 나는 그의 곁을 떠나기로 마음먹었다.

날이 밝았는지 밖이 훤해지기 시작했다. 거의 잠을 자지 못한 나는, 어쨌든 누워 있을 수만은 없었다. 샤워를 마치고 식당으로 내려가자 벌써 식사를 마치고 텃밭으로 나가는 사람도 있고, 이 제서야 수저를 들기 시작하는 사람도 있었다. 나는 급식 받은 식판을 들고 누군가의 옆자리에 앉았다. 처음 본 얼굴이었다.
"안녕하세요."
고개를 들어 힐끔 나를 쳐다본 그가 다시 고개를 숙여버렸다. 식판을 내려놓으며 바라본 그의 얼굴에는 아무런 감정이 나타나 있지 않았다. 그런 그의 얼굴을 바라보자 잠시 숨이 막힐 것 같았 다. 침묵 속에서 그와 나는 식사를 거의 마쳤다. 식판을 들고 일 어서던 그가 다시 한 번 나를 바라보더니 빈 식기 쌓는 곳으로 천 천히 걸어갔다. 마치 갱 영화 속의 안티고네처럼. 싸우는 것도 피 흘리는 것도 죽는 것도 두려워 할 이유 없어 두리번거리지도 움 츠러들지도 않는 그에게서 난 눈길을 뗄 수가 없었다. 혹 그일지 모른다는 생각이 들었다. 탈출에 실패하고 다음날 새벽에 다시 돌아온.
급히 식사를 마친 나는 농기구 창고 쪽으로 걸어가는 그를 따 라갔다. 그가 호미와 대나무 씨앗 뿌리개를 집어들더니, 내게도 똑같은 농기구 한 벌을 집어주었다. 말없는 그를 따라, 반쯤 상추 씨앗이 뿌려진 텃밭 중간쯤에 섰다. 저 건너편에선 벌써 작업이 시작됐는지, 몇몇이 흩어져 허리를 굽히고 있었다.

"뿌려요. 한 곳에 모두 쏟아 붓지 말고 흩어 뿌려요."

"알아요. 그런데 당신은 얼마 전에 탈출을 시도했던…."

"……."

"그렇군요. 왜 그렇게 빨리 돌아왔나요? 숨어 살 수도 있었을 텐데…."

그가 들고 있던 상추 씨앗 봉지를 만지작거리며 먼 하늘을 잠시 바라보더니 말을 이었다.

"숨어 산다고요?"

"그들이 시키는 대로하면 되잖아요."

"아니요. 이제 그들은 나를 믿지 않아요."

"안 믿는다구요?"

"안 믿어요."

"믿는 척 하지 그랬어요."

"그것도 알아요. 나더러 더 이상 믿는 척하지 말고 돌아가래요."

말을 마친 그가 잠시 고개를 숙였다.

"잘 돌아왔어요. 우리들의 보금자리로."

"하지만, 난 여기서 살기 싫어 도망치려 했어요."

"누구나 얼마간은 어느 쪽인지 몰라 고민하지요."

상추 씨앗 봉지에서 씨앗들을 꺼내기 시작하는 그가 좀 계면쩍은 얼굴을 들어 나를 바라보았다.

“이제는 분명히 알게 되었어요.”

그가 자신 있는 목소리로 말하는 것을 들으며 난 다행이라고 생각했다.

“언제 처음 들어왔나요?”

“7백 년 전.”

7백 년 전이라면, 내가 저 아래의 호모 사피엔스들과 어울려 나도 그들과 아무 것도 다르지 않은 호모 사피엔스인 줄 알았던 시절이었다. 그때 내 곁에는 수많은 지혜로운 호모 사피엔스들이 있었다. 태양의 수명에 관심 많은 박 교수, 안개 낀 습지를 즐겨 그리던 습지 보존주의자인 홍 화백. 전시회에선 그림보다 늪지나 습지 얘기에 더 열중했던 그는 결국 인공 습지를 만들어 그 옆에서 숙식을 해결한 적도 있었다. 나도 잠시 그와 함께 숙식을 해결했었지만 인공 습지는 인공 습지일 따름이었다.

그것보다 더 중요한 것은 내 주변의 어떤 호모 사피엔스도, 지금 나와 같이 있지 않다는 것이었다. 저 아래의 그들은 여전히 거기서 숙식하고 난 여기에서 영원히 살아야 하는 것은 참 아이러니한 일이었다.

“이 선생은 너무 예민해.”

아니 난 정말로는 예민하지 못하다. 내가 가진 모든 예민한 감각을 동원해도 이 세상은 알 수 없는 것뿐이었으니까. 하지만 난, 박 교수가 신성폭발(新星爆發) 이후에 태양이 흰색 떡덩어리가 아니라 검은색 숯덩어리로 변한다고 고집해도 아무도 이의를 제기하지 않고, 홍 화백이 인공 습지를 만들듯이 인공 뇌를 만들어내자고 떠들어도 그의 불경스런 생각을 비웃을 사람이 아무도 없다는 것에 분노한 것을 보면, 난 그들 말대로 예민한 호모 사피엔스였다.

홍 화백이 러시아에서 2백 년이나 파인 아트를 공부하고 온 이후로, 내가 알고 지내던 홍 화백과 그 주변의 현명한 호모 사피엔스들은 더욱 더 현명해지기 시작했다. 습지 보존에 많은 관심을 보였던 그가, 이젠 여자의 겨드랑이 털과 음모에 관심을 가지기 시작하면서부터 그 호모 사피엔스들의 유대는 깊어져갔다.

화실에 모여 앉아 끼들거리는 그들에게 술을 배달해주는 슈퍼마켓 여자가 술병이 든 배달 바구니를 옆구리에 끼고 들어서자 그들은 다같이 박수를 치며 그 옆구리를 파헤쳐 겨드랑이를 들여다보았다. 그녀는 너무 놀라 바구니를 떨어뜨렸고, 그 순간 술병은 깨어져 바닥이 온통 술투성이가 될 때까지도, 그들은 그녀의 겨드랑이 털을 만지작거렸다. 기절할 것 같은 얼굴이 되어버린 그녀가 벗겨졌던 웃옷을 황급히 챙겨 입고는, 싫은 것도 좋은 것도 아닌 얼굴로 화실을 빠져나갈 때까지 그 자리에 앉아 있던 나는 너무 놀라서 멍하니 앉아 있었다.

화실 바닥에 깨어져 뒹구는 술병들은 아랑곳하지 않고, 방금 사라져버린 그녀의 겨드랑이 털 얘기에 열중인 그들 중 하나가 내 얼굴도 보지 않고 술잔을 건성으로 권했다. 술잔을 받아들었음에도 내게는 아무 말도 건네지 않고 그들은 저희들끼리 무슨 얘긴가를 주고받으며 키득거렸다.

멍하니 앉아 있는 나를 비웃는 것은 아닐까. 보이지 않게 나를 비웃는 그들 중 누군가 한 명이, 홍 화백이었다. 그가 일어나, 일어나긴 했지만 여전히 그들에게로 시선을 던진 채, 그는 깨어진 유리병 조각들을 쓰레기 봉지에 주워담기 시작했다. 내 발 밑에도 유리 조각들이 너절하게 널려 있었지만 나는 다리도 비껴주지 못하고 받아든 술잔만을 들여다보고 있었다.

넘쳐흐를 것 같은 술잔을 바라보던 나는, 가만히 그러고 있다가는 홍 화백이 내 발 밑의 유리조각을 그대로 놔둘지 모른다는 생각이 들었다. 나는 얌전히 양발을 한쪽으로 모아 가지런히 놓으며 그를 바라보았다. 그가 내 눈을 바라보길 바라며. 그러나 그는 같이 키득거렸던, 여전히 털에 열중하고 있는 자신의 친밀한 친구에게만 시선을 던지고 있었다.

그러다 손이라도 베면 피가 날 텐데. 아닌 게 아니라 그가 갑자기 짧은 비명을 지르며 왼손으로 오른손을 감싸쥐었다. 감싸쥔 오른손 사이로 두 줄기 피가 흘러내릴 때까지도 털에 빠져 정신을 못 차리던 그들이, 피 흘리는 그를 힐끔 바라보더니 아까와는 다른 표정으로 자리에서 일어났다.

동시에 우르르 일어서는 그들의 표정은 털 얘기에 열중하던 그런 얼굴은 아니었다. 조금 전에 화실 문을 나선 수퍼마켓 여자와 같은 표정들이 되어버린 그들이, 홍 화백에게 다가가 티슈를 건넸다. 티슈를 받아든 홍 화백의 얼굴이 좀 일그러져 있는 것을 보고는 그들 모두는 화실 문께로 다가갔다. 먹지도 못하고 바닥에 흘려버린 술이 아까운지 바닥을 조금 두리번거리던 그들이 모두 화실 문밖으로 나가버릴 때까지 난 그 자리에 꼼짝도 못하고 앉아 있었다.

"안 가?"

"응, 그래 가야지."

그 이후로 그 호모 사피엔스들을 다시 만나진 못했다. 홍 화백을 통해서 알았던 그 호모 사피엔스들이 그 화실을 여전히 드나들고 있다는 소문은 들렸지만, 홍 화백은 내게 전화해 그들과의 합석을 권하진 않았다.

마지막으로 홍 화백을 본 것은, 그가 다시 러시아로 들어가 파인 아트인지 털 예술인지를 계속 하기 위해 떠나기 전 날 밤이었다. 우린 꽤 많은 이야기를 나누었지만, 나는 이제 그가 완전한 호모 사피엔스가 되어, 무수한 다른 호모사피엔스와 마찬가지로 금기 많은 사람이 되어버렸다는 것을 알게 되었다. 그가 다시 한국으로 돌아왔는지 어쨌는지는 알 수 없었다.

"무슨 생각을 그리 해요?"

7백 년 전에 들어온 그가 물었다.

"아무 생각도."

아득히 먼 옛날 일을 어떻게 한 두 마디 말로 간추려 말할 수 있겠는가.

"어디서 붙잡혀왔어요?"

잠시 망설이던 그가 '집'이라고 말했다.

"집에서라니요?"

"출장 갔다 온 날이었어요. 일정보다 하루 빨리 돌아온 나는 바이어와의 상담이 깨져 무척 우울한 기분이었어요. 그런데…"

“그런데요?”

“글쎄 현관에 내 신발 말고 또 다른 남자 신발이 놓여 있는 거예요. 놀라긴 했지만 소란을 떨지는 않았지요. 조용히 방문을 여는 순간 나는 그만 못 볼 것을 보고 말았어요.”

“저런.”

“당황한 그들이 옷을 주워 입더니 거실로 나오더군요. 거실로 걸어나오는 그 남자가 누군지 아세요. 아, 글쎄 우리 지역 호모 사피엔스 센터 원장이지 뭐예요. 난 너무 놀라 구두를 신으러 현관으로…. 신발을 신고 도망가려던 참이었지요. 그런 모습을 봤으니 난 분명 추방당할 것이 분명했거든요. 봐서는 안 될 것을 봤으니 난 빠져나갈 구멍이 없었어요.”

그가 잠시 호흡을 가다듬더니 계속 말을 이었다.

“결혼을 하면 호모 사피엔스들은 더욱 완벽한 호모 사피엔스가 되어 버리지요. 자신들의 보이지 않는 금기를 만들어놓고 그 울타리 밖의 사람들에게 그 금기의 존재를 알리고 싶어하지요. 그것이 통하지 않으면 그런 금기는 있지도 않고 만들어진 적도 없다며 이젠 이중의 울타리를 쳐놓고 저희들끼리 소곤거리지요. 그들이 뭐라고 소근거린 줄 알아요. 저 남자 말고 본 사람은 아무도 없어, 없다니까. 그러면서 둘이 배를 잡고 웃더라니까요. 도망도 못 가고 그 자리에 굳어 있는 나를 바라보며 그들은 자꾸 웃었어요. 아무 소리도 할 수 없었지만 난 무슨 소리라도 해야겠기에 중얼거렸어요. 우연이었어. 일부러 이 시간에 온 건 아니야. 바이어와 상담이 결렬돼 위로해 줄 사람을 찾아온 것뿐이야. 그랬더니 내 아내가 뭐라는지 알아요? 위로, 누가 누구를 위로해 주지? 역시 덜 된 호모 사피엔스들은 문제가 많아. 자신의 문제를 남이 해결해 주길 바라는 저런 호모 사피엔스들은 거지들처럼 길거리에서 사탕이나 구걸하는 것이 낫지 라고 말하며 눈깔사탕을 내 앞에 던져놓는 거예요. 조금 있다 리무진이 도착했고 난 아무 소리도 못하고 그냥 그 차에 탔어요. 현관에서 내 아내가 내 귀에 대고 한 소리만 윙윙거리더군요. 아무도 믿지 않을 거야, 열 번 너를 믿었던 사람이라도 이 사실을 알리는 순간 그는 너를 다시는 믿지 않게 될 거야. 잘 생각해봐. 그들이 왜 그러는지. 이것이 우리의 금기야. 그때 난 마음속으로 아내를 고문해 버리겠다고 생각했지만 그런 비열한 방법으로 그들과 싸우고 싶진 않았어요. 그들도 불쌍하지요. 그들의 금기가 만천하에 공개되어 그것이 더 이상 금기가 아닌 세상에서 살고 싶을 테니까요.”

빠르게 제 얘기를 마친 그가 긴 한숨을 몰아쉬더니 아까처럼 먼 하늘을 바라보았다.

“그들이 바라는 세상은 영원히 오지 않을 거예요.”

“오지 않는다고요?”

“그런 세상에 살아도 부끄러울 테니까요.”

“뭘 부끄러워하지요?”

“그런 세상에서 사는 걸.”

‘야’ 에 관한 짧은 이야기

나의 너에게 묻노라. 아무 생각 없이 내 말을 한쪽 귀로 듣고 나머지 한쪽 귀로 물처럼 흘려버린다면 내 날카로운 혀끝에 심장을 베일 것이며, 칼날 같은 손끝에 상처 입을 것을 두려워하라. 오 나의 너에게 묻기를, 왜 난 프로 스킨이라 새겨진 뻣뻣한 서포터에 의지해 키보드를 두드리고 -피곤하다- 나는 왜 농구공을 자랑스럽게 높이 쳐든 붉은 몸뚱이가 새겨진 보풀 일어난 손목 지지대에 의지해-잠이 온다 -자모를 합성하는가?

나.

나는 본 것과 들은 것 이외에는 아무것도 말할 수 없노라. 내가 네 질문에 대답하기 시작하면 나는 거, 거짓을 고하지 못하노라. 내게 내려진 평생의 혀, 형벌 때문에 다시는 거짓을 말할 수 없노라. 내 대답이 네 평생소원이라면, 그것이 내 인생 최대의 고통이라도 말해주리라. 그래서 내 형벌의 무게를 조금이라도 줄일 수 있다면, 네 두 손가락이 내 눈을 찌, 찔러올지라도 기꺼이 그 질문에 티끌만큼의 거짓도 없이 정직하게 대답할지어다. 그대의 손목에서, 손등에서, 손가락 끝에서 키보드로 전달되는 ㅎ, 히, 힘들이 모여 그대에게 허, 허망한 글자들을 선사하노라. 이제 그만 그것을 버려라. 혼자서는 아무 기능도 할 수 없는 ㅆ, 쓰, 쓸모 없는 보울족의 보울(vowel)처럼 콘조난트족의 콘조난트(consonant)처럼 그것을 강물에 버려라. 손가락 ㄲ, 끄, 끝에서 뻗쳐 나오는 힘을, 누구의 선물도 없었던 어린 시절로 돌려라. 개구리를 삼키며 개구리의 심장까지도 목구멍으로 들이밀던 그 시절로 돌아가라. 매끄럽고 푸른 개구리의 몸통, 숨쉬는 그 몸통을 네 위 속 위액으로 삭이던 너. 메뚜기, 미꾸라지, 거머리, 그것만이 아니지, 박쥐, 딱따구리, 거기다 ㅂ, 바, 배, 뱀까지도 삼키노라. 누가 뺏을까 두려워 두 눈을 희번덕이며 한 마리 뱀을 삼킨 네 온몸이 번들번들한 피마자유처럼 빛날 때 너는 또 다른 뱀을 찾고 있구나.

난 메뚜기도 뱀도 먹은 적이 없어.

오, 그랬으면 네 질문에 대답하는 나 얼마나 행복한가. 네, 네게 거짓을 말할 수 없는 이 고, 고통을 벗을 수 있다면…. 날 도와줘. 네가 삼켰던 뱀과 사마귀와 두꺼비의 힘을 빌어.

……

대답이 없구나. 뱀을 찾아 깊은 산 속 헤매는 네 두 다리 사이로 ㄷ, 두, 두더지들이 기어가고 마른 낙엽이 버석대며 네 몸을 따뜻하게 데워줄 때, 난 네 어미를 ㅊ, 차, 찾았지. 하지만 네 어미는 어디에도 없었지. 마른 낙엽만이 네 곁에서 굴러다닐 뿐. 더 많은 ㄴ, 나, 낙엽이 필요해. 이제 좀 있으면 추워지거든. 겨울에는 나무꾼도 사냥꾼도 모두 다 ㄴ, 누, 눈구덩이에 갇혀버려. 그 겨울이 지나야 넌, 네 어미를 만나든 아비를 만나든 만날 거야.

난 어미 아비와 한 집에서 살았어. 낙엽 속에서 어미 아비를 기다렸다는 그런 소릴 하면 난 너를 불구덩이에 던져버릴 거야.

ㅂ, 부, 불이라고? 네 기억의 화로 속에 아직도 꺼지지 않는 불씨가 남아있다니. 이건 영락없이 네 자신을 증거 하는 소리군. 날 화나게 하지 마. 그런 소리를 들으려고 내가 ㅇ, 이, 입을 연 것은

아니야. 뜨거운 불 속에서 넌 이리저리 몸을 뒤채며 ㅈ, 지, 짐승의 목소리로 네 어미 아비를 찾았지. 그 소리가 지금도 들려와. 누가 너를 불 속에 넣었는지 난 몰라. 겨울바람은 나무 ㄱ, ㄲ, 꼬, 꼭대기에서 울고, 떡갈나무는 잎들을 모두 바닥으로 떨구어 놓았을 뿐. 나뭇잎 타는 냄새, ㄱ, 구, 굼벵이 타는 냄새, 머리털 타는 냄새. 하늘이 널 도와 ㅊ, 처, 천둥 벼락이 치고 소나기가 내리기 시작했어.

소나기?

나도 몰라. 내 생전 겨울에 소나기가 내렸다는 얘기는 들어본 적 없으니까. 어쨌든 넌 그래서 ㅅ, 사, 살아났던 거야. 네 엉덩이와 허벅지 살점이 널 ㅈ, 즈, 증거할거야. 모든 증거를 대면서 내가 너를 말해줄 순 없지만 증거가 있다면 한 가지도 빼지 않고 모두 네게 말해줄 게. 거길 보라고, 엉덩이 헤라클레스 벼, 벼, 별자리. 허벅지 퀴클롭스 눈알. 눈알이 하나밖에 없긴 해도 그건 분명 눈알 모양의 화상 자리야. 난, 천둥 번개 소나기가 어린것을 살려준 것만으로도 가슴을 ㅆ, 쓰, 쓸어 내렸어. 썩은 물이 뚝뚝 떨어지는 음습하고 곰팡내 나는 이곳에서도 아직 어린것의 여, 영혼은 다시 지상으로 올려 보내니까. 내 비록 입만 열면 누가 시킨 것처럼 거짓말만 하다 여기로 ㄸ, 떠, 떨어졌지만 정녕코 어린아이를 죽게 내버려둘 수는 없는 일이지. 보울족과 콘조난트족도 그건 마찬가지지. 웃지마, 웃지 않아도 지금 내 자신을 경멸하고 있으니까. 불 속으로 ㄸ, 뚜, 뛰어들기 전에 천둥 벼락 소나기가 널 먼저 구했던 순간을 떠올리는 것은 참을 수 없는 모욕이야.

모욕하지 않겠어.

ㅈ, 지, 짙푸른 사이프러스 나무 끝을 본 적이 있는가. 무덤 가에 뿌리내리고 평생을 죽은 자들과 함께 ㅅ, 스, 슬픔의 눈물을 흘리는 사이프러스의 소리 없는 울음소리를 들어본 적 있는가. 울다 지쳐 희미하게 이어지는 심장 ㅂ, 바, 박동 소리를 들어본 적 있던가, 자신의 죽은 몸뚱이를 묻기 위해 스스로 무덤을 파 본 일이 있던가. 아무것도 기억하지 못하는 너는 온갖 죽음의 전시장, 어느 빈 무덤 가에서 아스파라거스 어린줄기와 흰씀바귀 연한 잎을 먹고는 살아남았지. 긴 겨울이 지날 때까지. 내 죽기 전널 ㄷ, 도, 돌볼 수 있는 재주란 모든 재주를 동원했지. 고마워하지 마. 이곳으로 떨어지기 싫어, 지상에서의 내 목숨을 조금이라도 연장하기 위해 내 인생에서 활용할 수 있는 모든 것을 사용한 것뿐이니까. 난, 보울족과 콘조난트족 사이에서 태어난 혼혈족이지. 그렇게 거짓말을 잘 할 수 있는 사람은 보울족과 콘조난트족을 합친 혼혈족뿐이라고 사람들은 떠들었지. 하지만 내게 주어진 열매는 이 나락으로 떨어지는 것뿐이었지. 너마저 없었더라면 난 그 겨울도 넘기지 못하고 이곳으로 빠르게 굴러 떨어졌을 거야. 아무도 지상으로의 타, 탈출을 꿈꾸지 못하는 곳, 아무도 서로의 얼굴을 알지 못하는 곳, 아무도 밝은 등불 아래 실을 잣지 못하는 이곳. 네가 아니었더라면 난 오랫동안 내 살을 파먹으며 무덤 속으로 가져갈 살을 모두 발라먹었을 거야. 봄이 왔고 넌 어미와 아비를 만났어.

어떤 사람들이지?

어떤 사람인지는 중요하지 않아, 빈 무덤이 네게 겨울을 나게 해주었듯이 빈 가슴들과 빈 영혼들도 때로는 ㅍ, 피, 필요하거든. 보울족 산적의 딸과 콘조난트족 교회지기였던, 그 둘이 널 데리고 민가로 내려갔어. 넌 충분히 걸어야 할 나이임에도 걷지 않고 기었지. 한사코 기어서 그 산을 내려간 너를 그 둘이 참으로 비어서 더 이상은 비워낼 수 없는 것들로 양육했지. 너는 겨우 두 다리로 섰고, 서자마자 달리기 시작했지. 칼을 들고, 창을 들고, 들판을 내달리는 말들 위에서, 바닷가를 오가는 조각배들 안에서 ㅋ, 카, 칼끝으로 물을 가르고 ㅊ, 차, 창끝으로 흙구덩이를 파헤치며 달콤한 서, 석류 열매인 양 흙을 주워 먹었고, 사람과 사물들을 기억하며 그것들을 하나하나 네 칼끝에 창끝에 새겨 넣었지.

난 아무것도 생각 안 나, 난 이제 자모를 합성하는 타이프라이터밖에 안 돼.

기억이 널 타, 타이프라이터로 만든 건 아니야. 네 어미와 아비가 던진 빵 덩어리 하나, 죽어버린 어떤 것에도 넌 손대지 않았어. 최초의 며칠을 빼고는. 넌 살아있는 모든 것들을 네 목구멍으로 넘겨본 다음에야, 그 둘이 넘겨준 빵 조각을 조금 떼어먹었을 뿐이야. 사람들이 널 다시 드, 들판으로 보내라고 네 어미와 아비에게 아침저녁으로 말했지만, 그들은 빈 가슴을 증거하는 훌륭한 삶을 살고 싶어 두 손 모아 무릎 꿇고 기도했지. 하늘에서 기도의 응답이 있었다나. 그들이 널 계속 양육하며, 네 입에 묻은 붉은 피딱지와 벌레들의 푸른 등 껍질과 ㅅ, 서, 석류껍질을 떼어내고 자꾸 옷을 갈아 입혔지.

　난 많은 옷을 입고 있어.

　아니, 예전의 너는 그렇지 않았어. 한 조각의 천, 한 올의 실밥이라도 ㅁ, 모, 몸에 닿으면 넌 끔찍스럽게 '아' 소리를 질렀지. 옷을 갈아 입히면 바로 그것을 ㅉ, 찌, 찢어 벗어 던지고는 다시 알몸이 되었지. '아' 소리 하나로 너는 모든 것을 대신했지. 네 어미와 아비는 하루도 포기하지 않고 알몸인 너를 더 많은 보울족과 콘조난트족들과 어울리게 했지. 사람들이 네 뒤에서 수군거렸지만, 네 어미 아비가 네 곁에 붙어 그들에게 ㅇ, 요, 용서를 빌었고 그 덕으로 너는 공격당하지 않았지. 그들에게서 매일매일 자모를 얻어 배우고 말을 배우고 글자를 배웠지만 넌 여전히 푸른 바다 속에, 깊은 산 속에 심장을 두고 다녔지. 한 단어를 배우고, 한 어절을 배우고, 한 문장을 배우고는 바다 속을 바라보며 산 아래를 굽어보며 거기서 그 말들을 반복하며 울고 또 울었지.

　왜?

　넌 말을 배우기 싫어했어. '아' 한마디로 만족하고 싶어했지. 말을 배우는 자체가 너의 정신을 혼미하게 만들었지. 너는 현기증과 멀미 때문에 거의 반미치광이가 되어 바닷속과 산 속을 헤매다가 집으로 돌아가곤 했지. 자신이 왜 그래야 하는지 아무에게도 묻지 못한 채. 사실, 물어도 대답할 사람은 아무도 없었어. 모두 다 그렇게 보울과 콘조난트의 덫에 갇혀 살고 있었으니까. ㅈ, 자, 잠자리에 들어서, 넌 '백양나무'를 '텅스텐'을 '이구아나'를 '어미'와 '아비'를 활활 타오르는 불구덩이에 집어넣는 꿈을 꾸다 소리를 지르곤 했지. 네 어미와 아비는 네 이마에 ㅅ, 소, 손을 얹어보고는 약초를 구하러 갔지. 마을 사람들이, 예전처럼 대놓고 말하지는 않았지만, 죽게 내버려두라는 손짓발짓으로 어미와 아비를 밀어냈지. 하지만 그 둘은 포기하지 않았어. 아무도 네 어미와 아비에게 약초를 내놓을 기미가 보이지 않자, 네 어미와 아비는 땅바닥에, 엎질러진 시렁처럼 퍼져 앉아 고래고래 소리를 지르며 빈 가슴을 쥐어뜯었지. ㅁ, 머, 멀리서 어미와 아비를 바라보던 마을 사람들이 마음을 바꾸어 이런저런 약초를 가슴에 품고 네 집으로 들어서던 순간, 너는 자리에서 벌떡 일어났지. 방안으로 들어서던 그들의 가슴속에 날카로운 비수도 함께 숨겨진 걸 알아챘기 때문이지. 네 아비와 어미를 가련하게 생각한 그들이, 스스로 칼을 품고 와 자발적으로 행동하려 했지. 누워 있던 네가 벌떡 일어나자, 놀란 그들이 뒤로 물러섰지. 하지만 이미 때는 늦었지. 너는 촌장의 두 눈을 찔렀고…. 핏방울이….

핏방울?

예전의 너처럼.

나처럼?

ㄱ, 거, 거짓을 입 밖으로 낼 수 없는 내 고통을 조금이라도 헤아려주길. 그 순간을 증거할 수 있는 사람이 나밖에 없기에, 나는 이제서야 네 아비를 고발하노라. 네 아비가 너를 ㅇ, 어, 엎어놓고 자신의 커다란 그것을 너의 몸속에 밀어 넣을 때, 너는 침을 흘리며 ㅂ, 빠, 빨간 장미보다도 더 붉은 실핏줄로 가득 찬 두 눈

을 허옇게 ㄷ, 두, 뒤집어 떴지. 선혈이 하의를 적시며 흘러내렸지만, 네 머리맡에서 잠자는 ㅇ, 우, 워, 월계수 나뭇가지로는 아비를 죽일 수 없었지. 넌 '아' 소리를 지르며 뒤로 고개를 돌렸지만, 처음 맛보는 희열에 몸을 떠는 아비의 얼굴을 볼 수는 없었지. 어미가 잠자다 달려나오고 아비가 네 몸에서 떨어져나갔을 때, 넌 월계수 가지를 든 채, ㅍ, 피, 핏방울을 뚝뚝 흘리며 집 밖으로 뛰쳐나갔지. 동네 사람들이 달려 나왔지만 너의 계속되는 '아' 소리를 들은 것이 고작이었지.

내 아비는 어떻게 됐지?
네 아비? 그는 다음날 아침 온 동네를 돌면서 네 병세를 설명했지. 그건 단순히 항문의 문제라고. 사람들은 그 말을 믿으며 너를 다시 들판으로, 들판에서 왔으니 다시 들판으로 돌려보내라며 네 아비를 ㄷ, 도, 동정했지. 하지만 내 아비는 그들에게, 증거하는 삶을 ㅅ, 사, 살겠노라 소리 높여 외치며, 산으로 내달렸지. 멧돼지를 잡으러. 마을 사람들은 네 아비가 집채 만한 멧돼지를 잡아 오자, ㅊ, 추, 축복의 노래를 받치며 그날 밤 내내 축제를 벌였지. 불구덩이 위에서 통째로 구워진 고기를 뜯어먹으며 사람들은 ㅊ, 처, 천상에도 천하에도 당신 같은 부모들은 있어본 적이 없다고 말했지. 네 어미와 아비는 그들을 고기와 술로 시험했지. 아비는 그들을 조롱하며 이 세상에 한 번도 없어본 부모가 되었지. 그때, 아비 곁에서 그들의 대화를 말없이 듣던 네가 품속에서 빠르게 칼을 꺼내들고는, 네 아비에게 달려들었지. 너의 겨냥은 빗나갔고 그 ㅋ, 카, 칼은….

계속하라고!

… ㄴ, 너, 네 어미의 가슴에 박혔지. 너는 이내 칼을 빼앗겼고 피 흘리던 어미는 집안으로 옮겨졌고….

계속해.

ㄱ, 겨, 계, 계속하기 쉽지 않아. 사실만을 말하는 것이 이다지도 고통스러운 것인 줄 이제 아노라. 지상에서의 지복한 삶이 다시 나를 유혹하누나. 하지만 그것은 가능하지 않은 일. 이것이 나에게 주어진 형벌이라면 내가 어떻게 그것을 피해갈 수 있겠는가. 설령 네가 매미 껍질로 매미 소리를 낼 수 있다 해도, 네가 부엉이 눈알만으로 부엉이를 만들어낼 수 있다 하더라도 ㅊ, 차, 참으로 말하기 어렵구나. 나에게 내려진 천년의 형벌이 조금이라도 줄어들기를 ㄱ, 가, 간절히 기도하며…. 네 어미는 죽었노라. 네 칼끝이 심장을 관통했지. 증거하는 삶을, 모두 남편에게 맡겨두었던 네 어미는 빈손으로 누워 있었지. 너처럼 축복 받은 적 없는, 축복 받았다는 내 말이 거짓이 아니라면, 보울족 산적의 딸, 네 어미는 ㅈ, 주, 죽었지.

거짓말하지 마.

내 형벌의 총량을 너만 모르는구나. 내 입이 털끝만큼이라도 거짓을 고한다면 내 죽은 육신이 다시 한 번 ㄱ, 가, 갈기갈기 찢겨 공중으로 작은 꽃잎처럼 흩어져버릴 형벌이 날 기다리는 줄 너만 모르는구나. 네 과거의 증거를 보여주지. 일어나, 들어라.

어둡고, 온갖 것들이 함께 썩어 퀴퀴한 시궁창 냄새로 가득 찬 곳에서 들려오는, 두 눈알만 데굴데굴 굴러다니는 시커먼 밤새들의 장송곡을 들어 보라. 밤처럼 어두운 그 새들과 네 과거를 증거하는 묘지를 둘러 보라. 그 중 가장 작고 빛나는 대리석, 하지만 아무도 돌보지 않는, 엉겅퀴 꽃 한 무리 피어난 허름한 묘비에 네 어미의 이름이 쓰인 것을. 넌 아무것도 모른 채 노래를 불렀고, 어른들이 네 어미를 ㅈ, 자, 장사지냈지. 어미의 무덤 위에 산수유 꽃 한다발을 던져둔 채. 그 꽃이 너를 증거하노라. 너는 한 번도 들어본 적 없는 괴려한 노래를 흥얼거리며 장례 행렬을 따랐지. 네 노래 소리를 들으며 사람들은 도망쳤지. 아주 멀리 절대로 다시는 널 ㅂ, 보, 볼 수 없는 곳으로 한 명씩 혹은 가족 단위로 마을을 떠났지. 장례식이 끝나고, 텅 빈 마을에는 이제 네 아비만 남겨졌지. 네 아비는 네가 두려워 다시 한 번 간절히 기도했지. 정말로 증거하는 삶을 살 수 있도록, 마을에 다시 사람들이 모여들고, 자손들이 번성하고, 빵 굽는 냄새가 천리 밖으로 퍼져나가기를. 두려운 가운데 석 달이 지났을 무렵 네 아비는 말구유 앞에 매, 맥없이 쓰러졌지. 그때 네 아비는 이상한 소리를 중얼거렸지. 물러가라. 물러가라. 훠이, 저리 물러가…. 그 소리에 놀란 네가 아비의 얼굴에 찬물을 쏟아 붓자 비로소 아비는 눈을 떴지. 하지만 아비는 잘 걸을 수가 없었지. 사지가 멋대로 풀려 자신의 온몸을 휘감자 아비는 밖에 나가기도 힘들었지. 온몸을 흔들며 겨우 물을 긷고 밭을 매며 빵 한 조각을 굽는 아비를 바라보던 너는 이제 개구리를 먹지 않았지. 대신 너는 아비 몰래 포도를 발효시켜 그것을 ㅎ, 호, 홀짝거렸지. 감미로운 향내에 몸이 열리고 정신의 ㅂ, 보, 봉인이 풀리던 날, 너는 네 머릿속에 또 다른 네가 들어 있음을 알았지. 취한 너는 네 아비의 ㅎ, 흐, 흔들거리는 사지를 지켜보며 소리 높여 웃었지.

내가 웃었다고?
그 대신 너는 우물에서 물을 긷고 보리밭을 경작하고 또, 똥구덩이를 퍼내주며 아비에게 노래를 불러주었지. 그땐 넌 이미 많은 말들을 알고 있었지. 하나하나 마을을 떠나버린 사람들의 어휘를 모두 ㅎ, 하, 합친 것보다 더 많은 어휘와 어휘의 강약고저 장단을 알고 있었지. 한 사람이 떠나면, 넌 그 사람을 위한 노래를, 두 번째 사람이 떠나면 넌 또 그 사람을 위한 노래를 불렀지. 그 노래는 각기 달라 어느 누구도 ㅎ, 후, 휴, 흉내낼 수 없지. 내가 지금 그 노래들을 부를 수는 없지만, 누가 그 노래를 부른다면 한 소절만 들어도, 그 노래가 그 노래인 줄 금방 알지. 보이지도 않고 모양도 없는 노래를 증거할 수 없음이 슬프구나. 증거할 수 없다고, 사실이 사실이 아닌 것은 아니지만, 난 또다시 갈기갈기 찢겨진 사지를 찾아 온 우주를 헤매고 싶지 않노라. 네 아비의 마지막 기도 소리가 들리노라. 하지만 네 아비는 기도의 응답을 듣지 못했노라. 평생 응답을 담아내느라 비정상적으로 커져버린 두 귀를 나팔처럼 열었지만, 아비에게는 아무소리도 ㄷ, 드, 들리지 않았지. 아비는 실망해 ㄴ, 너, 넉, 넋이 나간 채 바다 속으로 걸어 들어갔지. 그런 아비의 뒷모습을 바라보던 너는 평생 한 번이나 찾아올까 말까한 분명한 이성이 네게 명령하는 소리를 들었지. 그를 그냥 내버려둬. 응답을 찾아, 증거하는 삶을 찾아 떠나게. 그것만이 그를 위한 길이야. 혹 알아, 권좌에서 사방팔방을 둘러보며 스스로 소리들을 만들어내고 증거들을 나누어줄지. 아비는 뒤 한 번 돌아보지 않고 물속으로 철벅철벅 걸어 들어갔지. 순간 너는 자신도 모르게 온몸이 그에게 딸려 가는 것을 느끼며 칼을 높이 들었지. 이미 멀리 들어가 버린 아비는 물위에 쓰러졌고, 그 마을을 지나던 수백의 보울족 기마병들이 말 위에서 네 아비와 너를 지켜보았지. 그들은 널 말 위에 태우고는 네 손에 칼 대신 채찍을 쥐어주었지. 기마병들은 네 아비를 바다에 장사 지내며 그 마을에서 하룻밤을 묵었지. 다음날 그들은 왔던 것보다 더 빠른 속도로 마을을 빠져나갔지. 뼛가루에서 떨어져 나온 백린들이 어둠 속에서 횃불처럼 춤을 추고, 검은 회오리바람이 우우 소리를 내며 기마병들 병영을 밤새도록 배회했지. 날이 밝자, 채찍과 박차에 온 힘을 쏟아 그들은 마을을 벗어났지. 이제 천년을 버텨온 그 마을에는 아무도 없지. 무덤들만이 머리 셋 달린 개들과 죽음의 노래를 합창하고 그 밑을 흐르는 뜨거운 유황천만이 훅훅 열기를 뿜어내고 있었지.

증거를 대봐.

데려다주지. 내 기억 속에 남아 있는 몰락한 그 마을을 보여주지. 수십 척의 나무배들은 썩어 문드러져 바닷물을 검은 이불처럼 넓게 덮고, 모여 있던 흙집들은 위로부터 무너져 대지를 옥토로 만들고 그곳은 이제 들개들의 보금자리가 되었지. 떠난 사람들이 남기고 간 돼지새끼 몇 마리와 흰 살구나무, 칼 몇 자루는 이제 노폐물처럼 서로 얽혀 한 덩어리가 되어버렸지. 그 마을은 영원히 사라졌지. 기마병들은 네가 누군지 알지 못한 채 네게 식사를 대접했고 술을 내놓았지. 넌 좋아라, 그들의 얼굴을 빤히 바라보며 순진한 미소로 답례했지. 뭐라 떠드는 그들의 소리를 알아들을 수는 없었지만 웃을 수는 있었지.

왜?

그들의 말소리를 들어 본 적이 없었어.

그들은 누구지?

다른 언어를 쓰는 보울족이었지. 너는 그 보울족의 말을 들어 본 적이 없었지. 너를 길렀던 네 어미와 아비의 말소리와는 다른 소리를 들으며 넌 그들의 ㅇ, 어, 얼굴만 살폈지. 그들이 네게 무슨 말인가를 했을 때, 너는 생각했지. 그들에게는 '아' 소리 하나만 가르쳐주리라. 사실 그 소리 이외에는 위험했지. 그들은 자신과 다른 언어를 쓰는 종족과 전쟁을 치르는 중이었으니까. 기어들어가는 소리로 '아'라고 말하자, 그들은 네 곁에서 떨어져 너를 관찰했지. 그들은 '아, ЙЛ' 뭐라, 저희들끼리 한참을 떠들더니 잠자리에 들었지. 하지만 너는 잠들지 못했어. 말이 하고 싶었지. 그때 너는 말 울음 소리를 들었지. 그래 말들에게 말을 하자. 너는 살금살금 말들에게 다가갔지. 말들을 못 알아듣는 말들에게 밤새도록 말들을 쏟아내던 너는 그만 ㅂ, 부, 분노한 얼굴로 그 말들을 한 마디, 아니 한 마리씩 죽이기 시작했지. 하지만 아무리 떠들어도 말들은 앞발을 들어 환호를 한다거나, 네게 얼굴을 비빈다거나, 울거나 웃지도 않았지. 붉은 피가 하늘로 솟구쳐 오르자 너는, 네 아비 어미도 들어본 적 없는 말들을 마구 쏟아내며 거칠게 칼끝을 놀렸지. 놀란 말들이 말들의 말을 하자, 잠자던 기마병들이 전부 일어나 네게 다가가 칼을 빼앗아 너를 찌르려했지. 그때, 넌 아주 짜, 짤, 짧은 순간 네 말들을 내뱉으려 했지만 그렇게 하지 않았지. 조용히 눈을 감고 칼을 받을 각오로 몸을 낮추었지만, 기마병들은 너를 죽이지 못했지. 두 눈에서 불이 날 것 같던 총사령관이 너를 질질 끌어다가 잠자리에 던져버렸지. 넌 그때, 처음 말들을 배우던 때처럼 아침까지 울었고, 네 진짜 아비를 생각했지.

진짜 아비?

계속 들어. 전의에 불타는 기마병들은 콘조난트족과의 접전지로 달리고 또 달렸지. 왜 전쟁을 해야 하는지, 이유를 아는 병사들은 많지 않았어. 그들 가운데는 아비와 어미를 죽인 사람도, 정부의 집에 불쏘시개를 집어던진 사람도, 아직 덜 성숙한 어린 소녀를 납치해 아이를 배게 한 사람들도 끼어 있었지. 그들은 그것이 무엇인지 몰랐지. 그것을 아는 사람은 전쟁 명령을 내린 총사령관뿐이었지. 그는 성문화되지 않은 훌륭한 법조문을 종족의 마음속에 심어주려고 했지만, 실패하고 말았지. 결국 법률가의 손을 빌리기로 결심했지. 그런데 보울족은 콘조난트가 모자랐고, 콘조난트족은 보울이 모자라 매년 접전지에서 전쟁이 벌어졌지. 총사령관은 전쟁의 전리품으로 취한 콘조난트를 법률가의 집에 배달시켰지. 병사들은 강물을 건너고 산 속을 헤매며 인가를 멀리 돌아 콘조난트족들이 거주하는 마을을 휩쓸고, 또 다시 말발굽 다 닳도록 끝없이 달려 다른 콘조난트족 마을을 초토화시켰지. 그럴 때마다 법률가의 책상에는 더 많은 콘조난트가 쌓였지. 그렇게 그들 틈에 섞여 칼을 휘두르던 어느 날, 너는 '아' 소리도 낼 수 없는 자신을 발견했지. 이제 네 목소리, 네 말은 이 세상에서 사라졌지. 오직 너 한 사람만이, 네가 속해 있던 종족의 언어를 습득한 마지막 사람으로 남아 있다는 것을 너는 알지 못했어. 넌, 네 말소리를 잃어버린 것도 모른 채 접전지로 향하는 기마병을 따랐지.

내가 왜?

아비를 찾기 위해서지. 하늘에서 ㄸ, 떠, 떨어진 별똥별도 그 거처가 있었고, 길거리에 굴러다니는 쇠똥도 최초에는 제 집이 있었듯 너는 너의 근원을 찾고 싶었던 거지. 아비의 ㅅ, 시, 실체를 보고 싶었던 거지. 당신이 내 시원이냐고, 당신이 내게 뼈와 살을 준 사람이냐고. 하지만 넌 어느 마을에서도 아비를 만나지 못했지. 너는 지나는 마을마다 전장의 중심에 있었지. 창과 칼을 휘두르며 피를 ㅂ, ㅃ, 뿌렸지. 한 사람, 두 사람 수많은 사람들이 네 칼에 목을 내놓았지. 그러던 어느 날 아침, 너는 소리가 지르고 싶었지만 그러지 못했지. 목소리가 나오지 않았지. 목소리를 잃어버린 너는 서서히 소리도 들을 수 없게 되었지. 병사들의 아우성 소리나 비명 소리도 들을 수 없게 되어버린 너는 콘조난트

ㅂ, 벼, 병사들의 목을 베며 그 얼굴 하나 하나를 유심히 들여다 볼 뿐이었지. 하지만 그 어디에도 네가 찾는 아비는 없었어.

목을 베어내며 내 아비를 찾았다고?

거긴 피비린내 나는 전쟁터야. 베지 않으면, 네가 베인다고. 핏발선 두 눈에서 돌풍 같은 기운만이 흘러 넘칠 뿐, 너는 자지도 먹지도 않은 채 병사들의 목을 베었지. 너의 활약상에 감탄한 총사령관이 네게 자신의 직속 부하가 되어달라고 말했지. 늘 그의 곁을 지키던 구레나룻의 직속이 자신의 어깨에서 태양신이 새겨진 견장을 떼어내 네게 주었지. 너는 그것을 받으며 너의 아비를 찾아달라고 부탁했지.

부탁하다니?

그들이 네게 견장을 주며 의사표시를 했듯이, 넌 너의 방법으로 그들에게 말했지. 월계수 가지로 땅바닥에 여자와 남자의 교접 장면을 그려 넣고는 그 옆에 아이를 하나 그려 넣었지. 그 아이와 아비를 연결하고는, 그 아이가 자신임을 눈빛으로 몸짓으로 말했지. 총사령관은 신기한 듯, 신비한 듯 네 얼굴을 한 번 들여다보더니 누군가를 불러 너의 얼굴을 말가죽에 그리게 했지. 너와 똑같은 얼굴이 불에 달군 칼끝으로 말가죽 위에 그려졌고 병사들이 그 말가죽을 아침저녁으로 한 번씩 들여다보았지. 너는 조용한 가운데 잃어버린 '아'를 찾기 위해 혼신의 힘을 기울였지. '아' 소리가 목젖 아래에서 금방이라도 터져 나올 듯했지만 소리는 나오지 않았고, 너는 땅바닥만 굴렀지. 아비를 만나면 들려줄 '아' 소리를 찾으려 했지만, 그걸 찾는 일은 마른 월계수 가

지에 새순이 돋아나길 바라는 것만큼 어려운 일이었지. 너는 입
을 벌리고 ㄱ, ㄲ, 꾸, 꿀꺽 꿀꺽 피를 토했지. 그러던 어느날 기
마병들이 갑작스레 천막을 거두어들이더니 급히 이동하기 시작
했어. 전염병 때문이었지. 살 타는 냄새가 임시 화장장에서 진동
을 했지. 그 구덩이에 던져진 시체들의 두 귀에서도 사타구니에
서도 피가 흘렀지. 구멍이란 모든 구멍에서는 피고름이 흘렀지.
막사들이 하나 둘 철수하면서 너는 혼자 남게 되었어. 중앙 정부
에서 오기로 했던 치료제는 오지 않고 사람들이 매일매일 수십
명씩 죽어나갈 때 ㅊ, 초, 총사령관도 죽었지. 그가 죽자 네게 관
심을 갖는 사람은 아무도 없었지. 그들 모두는 욕인지 동정인지
모를 말들을 네게 한마디씩 던지고는, 군장을 꾸려 모두 급하게
떠나버렸지. 네 얼굴이 그려진 말가죽 한 장만을 남긴 채.

　화장장의 연기 속에서 눈물을 흐리던 너는 말가죽을 걸치고는
무작정 걸었어. 얕은 산 하나를 넘자 ㅋ, 코, 콘조난트족 마을이
나왔지. 거기서 넌 손짓발짓으로 밥을 구걸하고 잠자리를 구걸했
지. 사람들이 모두 문 밖으로 나와 검게 그을린 네 얼굴과 피딱지
가 말라붙은 네 온몸을 만지며 뭐라 떠들었지만 넌 그 소리를 알
아듣지 못했지. 넌 난생 처음으로 너를 낳아준 아비와 자신의 운
명에 대해 생각하기 시작했지. 너의 말이, 너의 언어가, 네 정신
의 연장이 어디에서 연유하는지 아비에게 묻고 싶어진 거지. 그
라면, 너를 말해줄 수 있다고 생각했지. 그 이전에 우선, 너는 너
의 말을 찾아야 했어. 아비를 만났는데 한마디도 들려줄 말이 없

다면, 넌 마을 앞에 세워진, 이쪽은 하데스요, 저쪽은 ㅇ, 어, 에, 엘뤼시온이라 쓰인 이정표만도 못한 존재일 테니까. 며칠 동안 잠자리를 제공하고 먹을 것을 주던 콘조난트족이 ㅊ, 처, 청맹과 니인 너에게 뭐라 고래고래 소리를 지르더니 발로 차고 주먹으로 때리기 시작했지. 너는 고스란히 그 매를 맞다가 일어서 도망치기 시작했지.

때렸어?

저희들 말을 못 알아들으니까.

그러면 때리나?

아니, 그러다 네 말을 들을까 해서, 네가 어떤 언어를 쓰는 종족인지 밝혀질까 해서. 너는 말가죽을 덮어쓰고 산 속으로 멀리 도망쳤지. 개구리와 머위와 늙은 곰의 배설물을 식사 삼아 넌 산을 넘고 또 넘었지. 멀리 흰 눈 덮인 산을 바라보던 네 눈은 이제 계절이 바뀐 ㅁ, 마, 만산홍엽 봄 산을 바라보며 정처를 정했지. 너는 가죽만 남은 죽은 말처럼 조금씩 ㅍ, 파, 팔딱이는 맥박을 느끼며 자꾸만 깊은 산 속으로 기어 들어갔지. 네 손에는 여전히 싹을 틔우지도 못하는 월계수 마른 가지가 들려 있었고, 넌 이제 아비를 포기했지. 사람들의 그림자는 어디에도 없고, 어디서 날 아왔는지 알 수 없는 커다란 새들만이 너를 따르는 깊은 산, 그곳에 아비는 없었으니까.

......

이제 너는 산속과 바닷속과 동굴 속이 네 세계의 전부라는 것을 알게 되었지. 또 있다면 온갖 짐승들, 사냥해온 온갖 짐승들의 깃털이나 만지면서 죽은 짐승을 애도하는 세계가 하나 더 있었지. 깃털 하나가 너의 세계였고, 원숭이의 네 다리가 네 세계였지. 넌 이제 너무 ㄴ, 느, 늘, 늙어버려 아비와 어미를 찾아야겠다는 최초의 생각조차 까마득히 잊었지. 두 다리는 힘을 잃어 불에 달군 쇠젓가락처럼 휘어졌고, 허리 또한 척추 뼈 어긋나 반으로 접혀졌으며, 두 눈은 명암이나 겨우 구분할 수 있었지. 쓸 만한 것은 두 손뿐이었지. 그 손에 들려진 우, 워, 월계수 나무만이 쓸 만했지. 넌 어두운 동굴 속, 밤인지 낮인지도 알 수 없는 거기에 들어앉아 월계수 나무만을 흔들었지. 온몸의 기능이 거의 정지했지만, 월계수 잡힌 네 손만은 저절로 움직였지. 너는 그 월계수 가지로 동굴 속 작은 물속을 휘저었고, 입구의 고운 모래를 긁어냈으며 ㅈ, 주, 쥐새끼들의 보금자리나 헤쳐 버렸지. 그러던 어느 날 너는 완전히 움직일 수 없게 되어버렸지.

무슨 소리야?

동굴 입구에서 일순간 ㄷ, 도, 동상처럼 굳어버렸지. 손만이 살아남아 동굴 입구 모래 바닥에서 제멋대로 움직이고 있었지. 이미 네 몸의 일부인 듯, 네 피부 한 겹을 뚜, 뚤, 뚫고 들어간 월계수 가지만이 손과 함께 움직였지. 그 나뭇가지가 네 온몸의 혈액과 에너지를 모두 흡수해버린 듯, 넌 그렇게 죽었지.

증거를 대!

증거. 내 아둔한 머리로 어찌 월계수 가지로 모래 위에 흩뿌려 놓은 수많은 낱알들을 모아 곡식을 만들 것이며, 어찌 이 무거운 몸으로 바람에도 날아갈 겨자씨들을 모아 밭에 뿌릴 것인가. 내 부박한 ㅊ, 처, 천격의 어투로 증거를 대신하노라. '나를 놓아라, 나를 산 속에, 보리밭에 놓아라, 내 누구의 사슬에 손발 묶여, 무거운 쇠사슬 끌고 이승과 저승에 흩어진 낱알들을 모아들여야 하는가. 찾아, 산 속에나 무밭에나 퇴비 삼아 흩뿌릴까. 나를 놓아라, 나를 강물에 놓아라. 내가 누구의 온전한 몸통 빌려 이리도 오랜 세월 살았는가, 놓아라, 강물에. 바닷물에 절여 말린 명태 한 장쯤의 넓이로 누군가의 손지갑으로 쓰여도 좋으련만. 내게 몸 빌려 준 이, 누구던가, 이제 이 몸 거두어라. 살아서 거두지 못했다면 동굴 앞의 죽은 파수꾼을 거두어라.'

     ……

이것이 나의 ㅎ, 하, 한계야. 이제 너는 월계수 나무 끝으로 살아 동굴을 지키고 있지. 점점 더 빨라지는 월계수 잡힌 네 손끝은 영원히 모래 바닥을 휘젓지. 모랫바닥의 네 글은 더 이상 알아볼 수도, 읽어낼 수도 없지. 네가 휘갈기는 글은 이제 한 자도 읽어낼 수 없지. 단 한 마디를 제외하고는.

그게 어떤 말이지?

그때 전화벨이 울렸다.

나는, 두 손을 키보드 위에 얹어둔 채 컴퓨터 앞을 떠났다.

ㅇ, 아, 악.

한낮이었다.

The Life Is Great

그녀는 창밖을 일괄하고 있다. 한 곳만 응시할 수는 없다. 그녀
가 타고 있는 리무진 버스는 시속 100km로 달린다. 공중에 떠
있는 사각 장승같은 간판의 글자나 혹은 플래카드에 박힌 글자들
이 일순간 튀어나올 듯하다. 뒤로 휙휙 혹은 천천히 물러나는 그
글자들이, 꿈틀거리는 뱀처럼 살아나 그녀의 두 눈에 둘둘 감기
다 풀려나가기를 반복한다.

Jesus loves you.

은단회사 광고 카피네요. 예수가 당신을 사랑한다는 소리인가
봐요. 멀미할 때 체했을 때 가슴 쓰릴 때 배 아플 때 시원하게 톡
쏘는 은단을 예수가 선물하는군요. 은단을 선물받기 전, 먼저 할
일은 그가 늘 말했던 복종하고 감사하는 마음을 가지는 거겠지
요. 하면 은단은 덤으로 딸려오나 봐요. 설마 덤이겠느냐고요? 정
량 주고 덤으로 주는 사랑은 사랑이 아니라고 목발 짚은 어떤 목
사님이 그랬다고요? 그랬다면 사랑은 무조건이며 정량도 덤도 없
네요. 그런데 박달나무 같이 단단한 두 다리와 오동나무처럼 가
벼운 두 팔을 휘저으며 단상에 오른 그 목사님은 왜 그랬을까요?
그 목사님이 그랬거든요. 사랑은 복수에요, 사랑은 강도짓이에
요, 사랑은 운전이에요, 사랑은 미래에요, 사랑은 담배에요. 아,
그랬어요? 그 목사님이 은단 회사 사장의 둘째 아들이라고요? 사
지 멀쩡한 그 목사님이 사랑은 담배라고 했으니 두말할 것도 없
이 한 다리 없는 목사님의 사랑은 담배에 경배하고 사람들에게
그 담배, 정량으로 나누어주면 되겠지요.

　그런데 그 목사님은 담배에 경배 안 하고 덤으로 찔끔찔끔 담배 나누어주다 한 다리를 잃었어요. 담배에 복종하고 감사하는 마음 생기지 않아 밤새 눈물로 기도하다 한 마리 양 대신 다리 하나를 제물로 바치기로 결심하고는 끔찍하고 애석하게도 그렇게 했어요. 요즘 그렇게 끔찍한 바보도 있느냐고요? 그거야 모르죠, 그러면 담배가 데굴데굴 주머니에서 굴러 나올까 봐 그랬는지도. 누가 아나요. 그 주머니에서 담배가 데구루루 과일 젤리 마시멜로처럼 굴러 나올지, 아니면 그 주머니 안에서 담배 말고 다른 더 좋은, 이를 테면 노랗고 작은 유기농 금귤들이 끝도 없이 쏟아져 나왔는지, 그것도 아니라면 야구방망이 같은 건각들이 마구 쏟아져 나왔는지 아무도 모르잖아요. 물론 다리들이 쏟아져 나왔다면 그 목사님 목발은 이제 필요 없겠지요.

　그런데 글쎄 거기서 굴러 나온 것이 말랑말랑한 마시멜로도 탱글탱글 금귤도 다리도 아무것도 아니래요. 거기서 굴러 나온 것은 누구 말을 들으니깐, '농수산홈쇼핑' 옆 'foggy area' 좀 지나 '유전자원 한국형 종자' 래요. 유학은 국비유출이라며 국내에서 신학 공부한 사람들에게만 나누어 주는 한국형 종자래요. 종자들이 그 목사님의 주머니에서 굴러 나올 줄 누가 알았겠어요. 거기엔 겨자씨도 대마씨도 파씨도 들어 있었대요. 여러분은 어떤 종자들을 상상했나요? 아 참, 그녀가 탄 리무진 버스 바로 옆 차선으로 유전자원 한국형 종자를 잔득 실은 화물차 앞창에 화물연대의 총파업 스티커가 햇빛에 살짝 반짝이네요. 그 목사님의 주머니에서 굴러 나온 유전자원 한국형 종자들이 가득 실린 25톤 화물트럭 위에 다리 하나 없는 그 목사님을 비롯하여 여러 목사님들이 한국형 종자를 한 자루씩 움켜쥐고 아주 얌전히 앉아 있네요. 말 잘 하기로 소문난 목사님들이 어쩐 일인지 전혀 말이 없네요. 참 이상하지요. 인상도 안 쓰네요. 바람이 쌩쌩 부는 초겨울인데. 단정한 옷매무새 흐트러질까 그저 옷깃을 좀 여밀 뿐 인상도 구기지 않고 결연한 표정으로 옆에 끼고 있는 종자 자루만 가끔 힐끔거리네요. 아마 화물연대 총파업장으로 달려가 쓸 에너지 비축 중인가 봐요. 그런데 유전자원 한국형 종자들은 어디로 실려 가나요? 화물연대 총파업장이 어디 있는지 여러분은 아시나요? 그녀는 알지 못한답니다. 25톤 화물차 운전자는 알겠지요. 그에게 물어볼까요. 그래요. 그녀는 창문을 활짝 열고 소리쳤어요. 리무진 버스는 창문이 안 열린다고요? 그녀는 맨 뒷좌석에 앉았거든요. 그 뒷좌석 창문은 삼각으로 조금 열리거든요.

"화물연대 총파업은 어디서 하나요?"

"뭐라고?"

"파업은 어디서 하냐고요?"

"그건 왜 물어?"

"나도 파업하려고요."

"그래. 그럼 '보해중앙연구소' 옆 '오늘보다 내일을 생각합시다'로 와."

"거기가 어디지요?"

"……"

오늘보다 내일을 생각합시다

운전자는 그녀의 말을 못 들었는지 화물차가 앞쪽으로 내달리네요. 거기가 어디냐고요? 거긴 '경기영어마을' '모텔칼튼' 옆에 있는 '이부토건' 사무실이에요. 이부토건이 뭐하는 곳인지는 잘 알지요. 거기 가서 화물연대가 파업을 한대요. 유전자원 한국형 종자를 한 자루씩 끼고 있는 목사님이 거기 가서 뭐라 말할까요. 파업의 이슈는? 물을 것도 없지요. 그건 목사님들이 유전자원 한국형 종자들을 위해서 어떤 노동을 하느냐에 달려있으니까요. 화물차 짐칸에 앉아 있었으니, 아마도 화물차 회사에서 화물차 바퀴를 청소하거나, 화물차의 느슨해진 볼트·너트를 조이거나 짐칸에 종종 남아 있는 배추 쓰레기 혹은 컴퓨터 칩 부스러기 등등을 청소하면서 종자들을 뿌릴 땅을 찾았겠지요. 아 그렇군요. 저기 그녀 옆자리의 어떤 사이버 대학 박사가 묻지도 않았는데 이렇게 말하네요.

"그 사람들은 시멘트가 모래보다 무겁다고 파업하고 있어요."

"아니, 한국형 종자들을 뿌릴 땅을 시멘트와 모래로 덮었다구요? 이런, 그럼 어떻게 싹이 나나요? 한국형 종자를 시멘트와 모래 바닥에 뿌리다니 원."

"아니, 그게 아니라…."

"난 또 나도 부화뇌동 파업할 수 있는 노동인가해서 관심을 가졌는데, 죄송하고 실례하고 감사해요. 전 내려서 다시 상행선을 탈래요. 내가 파업할 수 있는 곳 좀 알려주시죠?"

"거꾸로 다시 올라가면, 'life is great' 가 있어요. 거기가 좋겠네요."

"거긴 어디죠?"

그녀는 버스에서 내릴 수가 없네요. 이부토건 사무실에서 파업할 목사님들과 같은 직업을 가지고 있지 않으니. 아니, 뭐 그녀도 목사님들 틈바구니에 끼어 한 알의 겨자씨 뿌릴 땅 달라고 외칠 수는 있지만, 그런 작은 요구는 좀 우습잖아요. 목사님들은 한 자루씩이나 종자들을 옆구리에 끼고 있는데 그녀가 어떻게 그들과 나란히 거기 가 파업할 수 있겠어요. 그녀는 life is great로 갈 수밖에 없네요.

Life is great

아, 그게 여러분은 다 아시는 'Lucky 손해보험' 회사래요. 거기서 great를 선물한대요. 파업하지 않아도 거기서는 life가 great해지는 보험을 선물해주나 봐요. 그녀는, 거기가 자신이 파업할 수 있는 곳인지 어떤지 좀 생각해볼 시간을 갖기도 했어요. 버스는 참 빠르네요. 맞바람도 무섭게 몰아치건만 속도는 줄어들지 않아요. 운전석에 앉아 계기판을 보는 것도 아닌데 어떻게 아느냐고요? 그야 간판들이 물러나는 속도로 가늠하지요. 그 가늠은 정확하지 않다고요? 물론 그렇겠지요, 하지만 시속 100km이든 99km이든 그걸 알아야할 이유가 있나요? 버스는 총알처럼, 날아가는 야구공처럼은 아니지만 그저 빠르지요. 화요일은 고속도로가 좀 한산하거든요. 월요일이라면 몰라도. 월요일은 물류가 많고 그 물류 운반하는 사람들 많고 그 물류량 기록하는 사람 많고, 그 물류 분배하며 회계 장부 기록할 사람 많이 이동하니 월요일은 고속도로가 만원이에요. 그래서 화요일의 버스는 월요일의 버스보다 빠른 편이죠. 뭐, 버스가 날아갈 돌풍은 아닌 것 같은데 주행 속도가 줄어들겠느냐고요? 그래요. 맞아요. 이젠 그만하기로 해요. 간판들이 자꾸 뒤로 휙휙 도망치고 있는데 계속 언쟁만 할 수는 없잖아요. 그녀가 이미 지나쳐 온 life is great로 가려면 버스를 세워야만 해요. 그런데 불행하게도 그녀가 탄 버스는 한 번도 멈추지 않고 목적지로 가는 버스에요. 그녀도 그걸 알고 리무진 버스에 올랐지만 더 나은 파업 장소를 찾아낸다면 기필코 무슨 일이 있어도 버스를 세울 예정이에요. 도와주세요, 여러분. 네 거기 그녀 바로 앞자리에 앉은 사람 −카운테스마라 로고 선명한 빨간 스웨터 입으신, 아, 네, 손은 안 드셔도 돼요. 빨간 스웨터는 그녀 손이 가 닿을 거리에 앉은 분이니까요. 어쨌든 손 드신 분 좀 알려주세요. 누가 손까지 드느냐고요? 그녀가, 말로는 설명하기 어려운 독특한 옷차림으로 맨 뒷좌석에 혼자 앉아 있었거든요. 10시 즈음해서 하나둘씩 버스에 승차하던 승객들 모두가 그 리무진 버스 안에서는 한번도 경험한 적이 없는 그녀의 독특함에 놀라 슬쩍슬쩍 그녀를 힐끔거리며 모두 뒤쪽 좌석으로 몰려 와 앉았거든요. 한번도 본 적 없으니 자꾸 보고 싶고 좀 더 자세히 보고 싶겠지요. 그들은 그녀가 여름도 아닌데 짧은 청치마에 검정 그물 스타킹을 신은 걸 모두 봤거든요. 그녀의 너덜너덜한 짧은 청치마단 한올한올 앞에서 그들은 웬일인지 몽환 속으로 빠져들었어요. 아주 무기력하게. 그들은 비몽사몽간 자신들이 그녀의 뭘 더 자세히 보려고 했는지 갑자기 잊은 듯했어요. 누가 시킨 것도 아닌데 어린아이처럼 두 손을 흔들며 손을 번쩍 드는 걸 보니까요. 아니면 그녀가 화물차 운전사에게 파업 장소를 물었던 것을 그들이 기억하는지도 몰라요. 어쩌면 리무진에 승차할 때부터 버스 운전사와 벌렸던 실랑이를 전부 기억하는지도 모르지요.

"신분증 좀 보여주시죠."

"없는데요."

"이 버스는 아무나 탈 수 있는 버스가 아니에요. 내리세요."

"여기, 신분증 대신 출석부요."

그녀를 비웃지도 못한 운전사가 무표정을 가장한 채 운전석으로 걸어가네요. 그의 뒷모습에는 이렇게 써 있었어요. 아, 도저히 입에 담을 수가 없네요. 너무도 끔찍하고 무서워서. 그녀가 앉은 맨 뒷자리까지 왔다가 맨 앞자리 운전석으로 걸어가는 그의 등에 쓰인 글을 그녀만 본 것일까요? 아, 글쎄 누가 그러는데, 그녀만 그 글씨를 봤대요. 남들 못 보는 걸 어떻게 그녀만 보느냐고요? 그녀는 그 사람 얼굴 한번만 보면 그 사람이 무슨 말을 할지 무슨 글을 쓸지 알 수 있는 독심술 비슷한 이상한 재능을 가졌기 때문이래요. 여러분도 한번 상상해보세요. 운전사와의 실랑이를 모두 구경한 승객들 또한 그 운전사와 마찬가지로 비웃지도 못하고 알 수 없다는 표정도 짓지 못한 채 화물차 화물칸 목사님들처럼 모두 굳어 있었지요. 빨간 스웨터 또한 목소리만 나긋나긋하게 표정 변화 없이 앉아 있네요. 그녀의 한 마디 한 마디에 온 신경을 곤두세우면서.

"난 어디로 가서 파업을 할까요?"

“아, 당신이 파업하기 적당한 곳은 아마도 ‘한국도로공사 교통
정보센타’ 중앙통제실일 거예요.”

“그래요?”

그녀는 무엇인가를 골똘히 생각했어요. 참 그 방금 지나친 화
물차의 높이는 3.4m에요. 25톤 트럭과 3.4m는 무슨 상관관계냐
고요? 그녀의 청스커트 밑위가 25cm에서 1~2cm 모자라거든요.
또 그녀가 사는 집 함석지붕의 높이가 3.4m거든요. 그녀만의 숫
자 놀이는 관심 없다고요. 죄송해요. 당신들 아무도 그 숫자에는
관심 없을 테니까. 25년 동안 학교 다니면서 3억 4천만 원을 썼
다는 것도 뭐 그녀만의 숫자지요. 그녀가 멸치 사려고 10년 동안
이래저래 팔아먹은 책이 모두 3천 400권이었다는 것도 시답잖은
숫자일 뿐이지요. 그래요, 맞아요. 죄송해요, 그 책들 속에는 만
화책도 성기가 완전 노출된 삼류 사진작가의 작품집도 흰 얼굴에
검은 가면을 뒤집어 쓴 어떤 백인 이야기도 있었거든요. 그 백인
이 누구인지 아세요? 모르신다고요? 검은 얼굴에 흰 가면만 안다
고요? 그럼 그녀가 팔아먹은 그 책에 뭐라 써있는지 전혀 모르시
겠지요. 우스꽝스럽게도 그건 가면 장사의 가면이야기였어요. 사
람들 모두가 가면을 원하는데, 그 중 흰 얼굴의 소유자가 가장 가
면을 많이 사 간다나요 원. 마음속이 검기 때문에 자기 본색을 정
직하게 드러내기 위해 검은 가면을 찾는다나요. 참 말도 안 되는
이야기도 있고 별 희한한 사람들도 많지요. 여러분은 왜 가면을
쓰나요? 안 쓴다고요? 이제부터는 그런 거짓말로 인생을 낭비하
지 마세요. 그러니, 어느 누가 그녀가 헌책방에 내다 팔은 3천

400권을 자랑스러워하겠어요. 자랑스러울 것 하나도 없는 3천 400권 얘기는 접고, 여기서 바로 교통정보센터로 갈게요. 물론 앞자리에 몰려 앉은 리무진 승객을 모두 데리고 갈 거예요. 왜 그들을 데려가느냐고요? 왜긴 왜겠어요, 그녀의 그물 스타킹이나 청스커트 단 아래 실밥 하나라도 만져보고 싶어 안달이 났는데 그들을 버리고 그녀 혼자 가면 그들이 그녀가 가버린 후 스트레스를 받을지도 모르잖아요. 그녀가 가 버린 이후의 스트레스가 무슨 스트레스인지는 다 아시죠? 워낙 그런 스트레스를 많이 받아 잘 안다고요, 그러실 거예요. 삼풍백화점 와르르 먼지 풀썩이며 무너지고 성수대교 중간 뎅거덩 부러지고 대구지하철 지지직 불타고 나서 걸린 병들이지요. 그들을 병나게 내버려둘 수는 없잖아요. 조금만 양심이 있고 적선할 줄 안다면….

거기 중앙통제실 참 가관이네요. 실타래처럼 꼬인 상행선·하행선이 빨간불·백색불 한켠으로 몰려있네요. 참고로 그녀가 타고 있는 버스는 경부고속도로를 달리고 있어요. 아무도 중앙통제실에서 그녀를 몰라보네요. 물론 같이 데려온 그녀의 추종자들도 몰라보네요. 중앙통제실 직원들이 그녀와 그 일행을 보지 못하다니 참 이상하지요. 시력이 안 좋은가 봐요, 아니면 색안경을 썼거나. 그들이 쓴 색안경 제조업체를 그녀도 알지요. 그 색안경은 안 보고 싶은 것은 안 볼 수 있는 센서가 자동으로 작동한대요. 그 작동은 착용자의 척추로 대뇌 속 뉴런을 통해 시신경 차단물질을 온몸으로 분비한대요. 그래서 차례로 색감과 질감과 부피감 모든 것을 시야에서 거두어간대요. 그러니 그녀와 그 친구 ―친구들이지요, 적어도 그녀를 집단 구타할 사람들은 아니니까―들을 보지 못하는 거지요. 글쎄, 중앙통제실 직원들이 색안경을 쓰고 무엇을 보는지 아세요? 욕망의 항아리라는 만화책이네요. 여러분은 그런 책 안 보시지요? 본다고요. 그래요…. 뭐 놀랄 일은 아니지만요, 여러분은 빨강·파랑·노랑 등 보고 싶은 것만 골라보지는 마세요. 그러면 그 항아리가 욕망의 항아리인지 똥항아리인지 잘 볼 수가 없잖아요. 다 잘 보고 피할 건 피해야지요. 그 색안경은 보통 뱃장으로는 살 수 없어요. 그녀는 엄두도 못 낸답니다. 그 색안경을 살 수 있는 사람은, 언젠가는 그 색안경 때문에 죽기 때문이지요. 아, 그 리무진 버스 운전사의 등에 쓰인 글이 무엇인지 이제 어쩔 수 없이 고백해야겠네요. ‘나는 색안경 때문에 어제 죽은 사람입니다.’ 이렇게 씌어져 있었어요. 얼마나 끔찍하고 무서워요. 어제 죽은 사람이 운전을 하다니…. 그 사람에게 그녀가 목숨을 맡기다니. 그녀가 어서 빨리 파업할 만한 곳을 찾아야 하는데 그녀는 아직도 갈팡질팡이 생각 저 생각 중인가 봐요. 운전은 목숨 내놓고 하는 것이란 것쯤은 여러분도 잘 아시죠? 이제부터 여러분은 누군가의 뒷모습을 잘 읽고 대중교통을 이용하세요. 대중교통뿐 아니라 모든 운전사의 뒷모습을 잘 읽어 보세요. 요즘에는 사람들이 그녀와는 달리 죽는 것을 별로 두려워하지 않는다고는 하지만 그래도 비명횡사는 좀 그렇지요. 문 모두 걸어 잠그고 집안에서 가벼운 종잇장처럼 아사하는 편이 훨씬 낫지요. 어제 죽어서도 멀쩡히 운전할 수 있는 세상이니 참 문제 많은 세상이지요.

언젠가 한번은 지하철 운전사 등에 쓰인 글을 우연히 봤지요. 갑자기 지하철 작동이 멎으며 운전사가 승객 칸으로 넘어올 때 본 우연한 등이었지요. 그 등에는 이렇게 씌어져 있었어요. '룰루랄라 난 운전한다. 사고 나면 난 색안경을 쓴다' 라고요. 사고 날 때만 쓰려고 색안경을 준비해 놨나 봐요. 그래야 아무것도 안 보이고 자기만 살아남지요. 혼자 살아남아 빈 승객 칸 달고 이리저리 1호선 2호선 선로 따라 시간을 다 보내고는 어느 날 그녀가 탄 리무진 버스 운전사처럼 죽겠지요. 죽은 다음날 그 리무진 운전사처럼 또 다시 지하철 운전대를 잡는지 안 잡는지는 아무도 몰라요. 아마 그 뒷모습을 잘 읽어봐야 할 거에요.

그 색안경은 '시스템 창에 관한 긴 생각'을 유발하는 어떤 유리창 회사의 창의적 노력에서 탄생한 안경이라네요. 저기 그녀 두 좌석 앞쪽에 앉은 공학박사가 그러네요. 5감을 모두 의지대로 차단할 수 있는데, 사람들은 그걸 1초도 참지 못하고 바로 동작 정지를 누르기 때문에, 곧 실험대상이 되지 않으려 하기 때문에 유전공학도 기계공학도 시스템공학도 다 발전이 안 된다고. 유전이나 기계는 아는데 시스템공학은 모르신다고요? 그녀도 잘 몰라요. 공학박사가 이렇게 설명하네요. 오늘날의 시스템은 대상이 되는 실재 구조와의 일치조응보다는 그것을 구성하는 명제 상호간의 내적 정합입니다. 어렵다고요? 그렇다면 시스템은 한 마디로 대상 그 자체이며 그것들은 서로 내부에서 뽀글뽀글 끓는다로 읽으면 좀 쉽지요? 그것도 어렵다고요. 에이, 그렇다면 그 창들이 내부에서 지글지글 끓다가 다른 창보다 더 그럴듯한 창이 된다는 소리로 읽지요 뭐. 그녀도 그 공학박사가 하는 소리가 무슨 소리인지 알겠어요? 다 몰라요. 그저 앵무새처럼 그 박사 입을 보고 따라 중얼거리는 거겠지요. 여러분도 한번 버스를 타고 경부 고속도로를 달려보세요. 거기 시스템들이 얼마나 부글부글 잘 끓고 있는지 그러다 끓고 있던 내부가 어떻게 터지는지 한번 보시면 아마 자다가도 벌떡 일어날 거예요. 너무 놀라서. 그녀가 본 시스템과 시스템이 충돌하는 장면은 두 번 보기 어려운 정말 놀라운 장면이거든요.

그 시스템은 그 비슷한 시스터라던가 시리얼이라던가로 달려가고 있었어요. 그녀는 실제로 그걸 보느라고 거의 '랭귀지와 프리젠테이션' 7장을 한 줄도 읽지 못했거든요. 보고 또 봐도 뉴스 편집기나 무료 학습 사이트로 보면 족할 것을 가르치라네요. 그녀는 그것을 강의하기 위해 어떤 대학으로 달려가는 중이랍니다. 그녀가 시스템이 충돌하는 것을 본 것은 바로 그 랭귀지와 프레젠테이션 덕분이지요. 간판과 간판이 겹쳐져 두 도형처럼 포개지고, 선분ㄱㄴ과 선분ㄷㄹ처럼 도로가 아슬아슬 겹쳐지면서 자동차들은 175도 둔각을 접촉사고 한번 안 내고 지나고요, 맑은 하늘과 포개진 저기 또 다른 낮은 먹장구름 사이로 햇살이 바늘 끝처럼 쏘아대는 것도 보고요 ―그 햇살에 그녀는 가끔 눈을 감기도 했지요―고속도로 주변 땅은 어떠냐고요? 땅도 마찬가지예요. 글쎄, 어떤 날은 깨밭에서 깨들이 먼지처럼 날아와 옆 갓밭을 모두 덮어버리더니 하늘로 소용돌이처럼 올라가다 새 날개처럼 양옆으로 떨어져 버리더라고요. 아, 땅이 움직이면 얼마나 좋을까요. 몇천 몇만 년 한 장소를 지켜볼 수 있다면 그 땅이 언제 어디로 움직이는지 알겠지만, 그녀는 여러분이 알다시피 70년 아니면 80년 살면 죽어요. 그녀가 그런 생각을 할 때 땅은 어깨를 편자처럼 납작하게 만들면서 마구 웃더라고요. 왜 웃는지 이유는 묻지 못했어요. 상상만 해도 웃음이 나올 일이 있나 봐요. 이미 버스는 그 지역을 통과해 다리를 건너네요. 그녀는 질문하기를 포기하는 수밖에 없겠지요. 그렇게 활달하게 웃어대는 납작한 땅속에 랭귀지와 프리젠테이션이 화석처럼 굳어진 걸 보면서 그녀는 어쩔 수 없이 다음 풍경을 감상했지요. 이제 랭귀지와 프리젠테이션은 점토판 시절로 돌아갔는지도 몰라요. 그 벌건 흙덩이 점토판에는 이렇게 쓰이겠지요. 심포지엄 유프라테스 강 피라미 10마리, 포럼 아고라 광장 12명, 브레인스토밍 집단 뇌발작…. 모르겠다고요. 누군들 알 수 있나요. 아마 유프라테스 강 피라미 10마리를 잡아 올린 시정잡배들이 모여앉아 자기 물고기를 진상 받아 달라고 왕에게 눈물 흘리는 그림이 곁에 있다면 몰라도. 혹 아고라 광장 바닥에 순혈주의 만세를 부르는 아니면 이현령비현령 민주주의는 물러가라고 소리치는 반벙어리가 그려져 있다면 좀 알 수 있겠지요. 브레인스토밍 집단 뇌발작이 뭐냐고요? 아 그건 그녀가 좀 알아요. 그건 자유연상이래요. 아무거나 입에서 나오는 대로 떠들어도 아무도 그걸 귀담아 듣지 않고 그걸 입에 담지도 않고, 마지막에 그 발작 끝나면 눈감고 앉아 가만히 듣던 발작 최면술사가 제 맘에 드는 발작을 일으킨 딱 한 사람만 자기 침대로 데려간다는 소문이 자자한 그 뇌발작이에요. 거기서 뇌발작을 일으킨 사람은 때로 드라마틱한 증상호전을 경험하기도 한대요.

색안경 얘기가 너무 길어졌지요. 그녀는 '납골당 반대' 판교 지점을 통과하고 있어요. 구더기 안 나오는 납골당을 만들 생각을 해야지, 원, 반대만 하면 뼈는 어디다 모시나요? 납골당 건립 반대자들은 안 죽을 재간이 있나 봐요. 아니면 조장이나 풍장으로 자신을 자연으로 되돌릴 예정인지도 모르죠. 돈 냄새가 어떤지 아는 사람들은 아마 안 죽을 지도 몰라요. 왜냐고요? 돈 냄새 맡은 사람의 몸은 썩지도 않는다고 누가 그러던대요. 누가 그랬냐고요? 어떤 장묘문화 골목 평론가가 말했어요. 그녀는 여전히 생각만 하고 있네요. 어서 빨리 버스에서 내려 파업 장소로 달려가야 하는데. 그녀는 여기서도 파업할 수가 없네요. 색안경 낀 사람들이 욕망의 항아리에 빠져 그녀와 그녀의 추종자들을 몰라보잖아요.

평화로운 우리 생활

이건 아무 광고에나 어울리지요. 그래서 그녀는 어떤 회사의 어떤 광고인지 유심히 안 봤어요. 그녀도 광고에 대한 색안경을 끼고 있네요. 시스템 창에 관한 긴 생각이 생산하는 그 색안경은 아니에요. 그걸 끼었다가는 제 명대로 못 살고 죽을 수 있으니 그건 피해야지요. 혹 여러분 중 그걸 사고 싶은 분이 있다면, 랭귀지와 프리젠테이션 강사를 위해 경부고속도로를 달리는 리무진 버스에 타 보세요. 그 버스는 오전 8시부터 10시까지 정각에 딱 세 번 출발한답니다. 평화로운 우리 생활 얘기하다 딴 곳으로 갔지요, 미안해요. '어울림'에도 어울리는 평화로운 우리생활, 'ij 인정건설'의 평화로운 주상복합건물에도 어울리는 평화로운 우리생활 그리고 '제한최고 속도 70km'에도 어울리는 평화로운 우리생활, 마지막으로 'Lynn 멀리 보는 집'과 가장 잘 어울리는 평화로운 우리 생활도 있네요. 아무래도 '꿈에 그린'에 가장 잘 어울리는 것 같네요. '평화로운 우리생활'은 그야말로 상품불문 계절불문 국적불문의 전천후 광고 카피지요. 화물차 앞 유리창의 화물연대 파업스티커가 반짝반짝 빛나는 것도 평화롭지요, 그 화물차 화물칸에 탔던 목사님들은 종자 자루를 움켜쥔 채 다시 평화로운 일상으로 돌아가 이렇게 중얼거리겠지요. 시멘트나 모래로 덮이지 않은 종자 뿌릴 땅 찾으면 되지 뭘, 삼천리 방방곡곡 찾아다니면 그런 땅이 없을라고. 납골당에 안 들어가고 공중에나 바다에 뼛가루 뿌리고 싶어하는, 플래카드 혼자 시위하게 만들어 놓은 그들도 이젠, 나도 이젠 뼛가루 구더기 방충제나 장례용품에 끼워 팔아야지 하면서 플래카드를 잊었겠지요. 플래카드는 거기서 비바람 눈보라에 펄럭이며 그녀 같은 사람들의 시선 한번으로 조용히 여생을 마치겠지요. 진짜 평화롭지요? 강요하지 말라고요? 그래요. 또 한번 죄송해요. 그래도 한 마디만 더. 누가 이 평화로운 시위를 바라보며 불행하다고 말했는지 아세요? 없네요. 그녀는 조명 밝은 평화로운 강의실로 들어가 평화가 무엇인지 몸으로 느끼며, 부드러운 자양이자 똥이고 종자이며 죽음의 싹이고 돈이고 무기이며 찌꺼기이고 성기인 평화의 효용성을 평화롭게 ―뒷자리는 들리든 말든 마이크 사용하지 않고 조용하고 낮은 목소리로 평화롭게― 발성하면 그것으로 그만이에요. 학생들은 아무도 불행하다 생각하지 않으며 살짝살짝 졸겠지요.

아, 저기 그녀에게 무슨 말인가를 거는 남자가 있네요. 신문에 코 박고 졸다 말고 벌떡 일어난 그가 그녀에게 이렇게 묻네요. 그녀에게 관심 없던 딱 한 사람이랍니다. 그녀는 그가 누구인지 버스에 오를 때부터 알고 있었지요. 어떻게 알았냐고요? 훌렁 벗겨져 몇 올 남지 않은 머리를 옛 일본 제국주의자들이 즐겨 쓰던 그런 모자로 은폐하고는, 쭈굴쭈굴한 얼굴은 신문으로 온통 가린 정년퇴직 1년 남은 승객이었답니다.

"당신 뭐하는 사람이야?"

"예?"

"지금 뭐하는지 모르지만, 좀 조용히 해 주세요."

아, 글쎄 그녀가 지금까지 혼자 중얼거리다 들켜버린 거예요. 다른 사람들은 그녀의 중얼거림을 잘 들으려고 향일성 식물처럼 그녀에게로 몸을 굽히건만 그는 전혀 아니네요. 뭐 그런 사람도 있지요. 그녀는 그제야 자신이 중얼중얼 혼자 떠들었던 것을 대오각성하고는 눈을 감고 등받이를 앞으로 바짝 당겨 허리를 직각으로 세워버렸어요. 허리 척추를 꼿꼿하게 세우고 그녀는 잠을 청했어요. 잠이 안 오나 봐요. 이제는 안 들리게, 정말 작은 목소리로 중얼거리기 시작했어요. 뭐, 그냥, 듣기 싫으면 귀를 막던지, 참 이해할 수 없네. 여러분도 그녀가 이해하기 힘들다고요? 알고 있어요. 그래도 다 들어봐요. 어쩌면 당신도 평화롭게 살아갈 일상생활의 특별지침을 얻게 될지 모르니까. 눈을 감고 작은 목소리로 그녀는 계속 중얼거리네요. 지쿨론 B 독가스로 학살된 홀로코스트, 미영연합군의 비무장 도살장 드레스덴 폭격사건, 체르노빌 참사 때 죽은

사람은 도합 몇 명인가요? 눈 감고 할 수 있는 놀이로는 그만이지
요. 한 100만 명쯤. 그래. 그 100만 명쯤에 끼었더라면 그녀의 이
름 또한 무슨 사건 희생자 혹은 참사자 명단에 끼었을 텐데. 어느
누구도 그녀의 이름을 부르며 애도하지는 않겠지만.

Yes! Hmall.com

'네, Hmall로 오세요.' 갈게요. 가면 어떤 사은품 주나요? 아,
그거요. 500만 원 이상의 우단모피 한 벌 사면 25만 원 상당의 상
품권을 준다고요? 그냥 상품권 먼저 주고, 모피는 나중에 사면 안
되나요? '사랑나누기 by 김점순'에서는 그녀의 그림이 그려진 동
전지갑-백동전 18개면 꽉 찰-을 9만 원에 파니 몇 개씩 사서 선물
하라고요? 추석도 지나고 겨울이 다가오니 연말연시 선물로 세일
할 때 준비해 놓으세요. 그러지요 뭐. 카드로 사면 한 달에 뭐 얼마
드나요. 그러지요 뭐. 그런데 문제는 그녀는 신용카드가 없어요.
공부하는데 두 학기 등록금 연체했다고 몸짓 무서운 어깨들이 그
녀를 방문해 카드를 압수했거든요. 현금으로 사면 되지요 뭐. 몰
대표전화를 받는 상냥한 목소리의 안내원이 그랬어요. 그런데….
그런데 말이에요, 아이 말하기 창피하네요. 그건 창피한 거라고 누
가 가르치지 않았는데 그녀는 어느새 그걸 창피한 것이라고 중얼
거리는 지나친 자존심을 가졌네요. 그녀는 그래서 아무것도 살 수
가 없어요. 돈 주고 사야하는 것들은 그녀에게 땅이 필요하다는 생
각을 하게 하지요. 그래. 땅 사야지. 땅 사서, 음식재료 다 심고, 옷
은 한 벌이면 그만이고 머리털은 모두 없애버리고 그러면 땅에서

키울 수 없는 것만 사고, 돈 안 벌어도 평생을 평화롭고 평탄하게 살 수 있을 거라고 중얼거리네요. 물론 세금 낼 돈은 벌어야겠지요. 근데 그녀가 왜 세금을 내야 하는지, 아시는 분? 아무도 대답하지 않네요. 그녀는 여기서 갑자기 버스에서 뛰어 내리려고 했어요. 누군가 조금만 자신을 애도할 기미가 보였다면. 그녀의 친구들은 눈만 멀뚱히 뜨고 그녀가 어디로 갈 지 지켜보기만 하네요. 에이, 친구도 아닌 친구들. 좀 도와주지 않고서.

젊은 생활의 욕심

늙은이의 생활에는 욕심도 없다? 설마 그러기야 하겠어요. 노욕 때문에 패가한 사람이 어디 한둘인가요. 저기 누구도 사변발이 사생활을 들켜가면서까지 노욕을 관리 못해 결국 실형선고 받았잖아요. 노욕의 모습은 여러 가지지요. 제자가 한 달 동안 인사 한번 없었다고 글쎄 '내가 누군지 알아, 어디 맛 좀 봐라' 하며 그녀가 9개월을 따라 다니며 달라고 했던 허브 밸리 사탕 한 알을 딴 사람에게 넘기고는 자신에게 노욕이 있는지조차 모르는 사람도 있지요. 그녀는 잠시 졸았어요. 결국은 버스가 오른쪽으로 몸통을 틀었어요. 그녀는 어디서도 내리지 못하고 학교까지 가네요. 고속도로를 벗어나 이제 국도로 접어드네요. 그런데 그녀는 자꾸 잠이 쏟아져 눈을 뜰 수 없네요. 작은 소리로 혼자 중얼거렸는데도 누가 그 소리가 듣기 싫었는지 그녀를 잠속으로 데려가네요. 그녀 주변에 몰려 있던 모든 사람들은 두 눈을 멀뚱히 뜬 채 그녀를 바라보건만 그녀는 고개를 왼쪽으로 까딱까딱 꺾으며 졸고 있어요. 앙증맞게도. 고속도로를 벗어나자 앙상한 배나무도 보이고 게장백반집, 면박사냉면집도 보이네요. 껍질 다 삭아빠진 게장 1마리에 딸려 나오는 반찬은 무엇일까? 면박사가 내놓은 냉면 고명은 뭘까? 뭘 그런 것에 관심을 갖느냐고요? 글쎄 말이에요. 눈만 뜨면 글자가 눈에 들어오고 글자만 보면 말놀이가 하고 싶어 입 가장자리가 간질간질한 그녀 취미 탓이겠지요. 그녀는 겨우 잠에서 깨어나 다시 한번 짧은 말놀이에 빠지는가 했더니 다시 잠이 들었어요. 자신의 성격을 탓하고 또 탓했지만 정신이 들지를 않네요. 이제 다 왔는데…. 누가 흔들어요. 내리래요. 다 왔다고. 그래요. 이제 친구들은 막 강의실로 달려갈 얼굴로 문 앞 으로 모두 몰려 나갔네요. 그런데 그녀는 휘청휘청 다시 반대편 상행 버스 편에 몸을 실었어요. 졸음이 쏟아져 그녀는 그 상행 버 스까지 겨우 걸어갔어요. 어떤 학생이 안녕하세요 혹은 안녕히 가세요 한 것 같은데, 그녀는 그게 어서 오란 소리인지 어서 가란 소리인지 잘 알아들을 수가 없었어요. 잠을 자며 인사를 받았기 때문이지요. 그녀가 파업할 수 있는 곳을 찾아 그녀는 바로 거기 서 내렸어야 했는데 너무 멀리 왔나 봐요. 알 수 있나요. 혹 그녀 가 상행 버스 타고 올라가다 파업할 적당한 곳에서 내렸는지 도…. 버스는 잠시 후 출발했어요.

집으로 돌아온 그녀는 문 옆에 붙어 있는 커다란 새 간판을 보 고는 거의 기절할 뻔했다. 거기엔 이렇게 씌어져 있었다. 'TK 기 지국, 그녀를 실어 나르다.' 언제 기지국이 생겼는지, 그녀는 휴대폰 폴더를 열고는 114에 전화를 걸었다.

"안녕하세요. 무엇을 도와드릴까요?"

"안 들려요…."

그녀는 114 상담원의 목소리가 잘 들리는 않는지 소리를 지른다.

"여기 사는데 언제 여기 기지국이 생겼냐고요?"

"……."

"뭐라고요? 여기는 홍은동 8번지라고요."

그녀는 목소리를 높여 다시 한번 홍은동 8번지를 외쳤다.

"아 거기 기지국 철거지역이에요."

"그녀를 실어 나르다는 뭐예요?"

"그건, 그 번지 폐가 사람들 기지국 철거되니까, 다른 곳으로 이사 가야 휴대폰이 터진다는 소리에요."

"아 그래요."

집안으로 들어서자 휴대폰 기지국 아이콘 막대가 아예 뜨지 않는다. 배가 고픈지 그녀는 배를 움켜쥔 채 방으로 들어가 베개 하나만 달랑 베고 방바닥에 누웠다. 시계 소리만 들린다. 그녀는 아주 서서히 깊은 잠에 빠져 들기 시작했다. 이후로는 다시 열리지 않을 그녀의 두 눈 속에는 아직도 이런저런 간판들이 수면을 가르는 고래등처럼 흘러간다. 우리네 인생이 그러하듯.

선 물
이소피아 소설집

초판 1쇄 인쇄일	2010년 11월 25일
초판 1쇄 발행일	2010년 11월 30일
지은이	이소피아
펴낸이	이정옥
펴낸곳	평민사
	서울특별시 서대문구 남가좌2동 370-40
	전화 (02)375-8571(代)
	팩스 (02)375-8573
	평민사(이메일) 모든 자료를 한눈에 —
	http://blog.naver.com/pyung1976
등록번호	제10-328호
값	10,000원

ISBN 978-89-7115-565-3   03800